Karla Bergmann

TOD AN DER UNI

Eine satirische Betrachtung
des deutschen Hochschulwesens

novum pro

Dieses Buch ist auch als **e-book** erhältlich.

www.novumverlag.com

Bibliografische Information
der Deutschen Nationalbibliothek:

Die Deutsche Nationalbibliothek
verzeichnet diese Publikation in
der Deutschen Nationalbibliografie.
Detaillierte bibliografische Daten
sind im Internet über
http://www.d-nb.de abrufbar.

© 2020 novum Verlag

ISBN 978-3-99064-961-9
Lektorat: Mag. Eva Reisinger
Umschlagfotos: Luis Molina,
Benoit Daoust | Dreamstime.com
Umschlaggestaltung, Layout & Satz:
novum Verlag

Gedruckt in der Europäischen Union
auf umweltfreundlichem, chlor- und
säurefrei gebleichtem Papier.

www.novumverlag.com

Sonntag

Trotz der Kühle an diesem frühen Morgen schwitzte er stark. Lag es daran, dass das Gewicht auf dem Fahrrad größer war als gedacht? Oder dass er langsamer vorankam als notwendig? Er wusste es nicht. Beides hing ja irgendwie zusammen. Aber ob das Schwitzen vom Körper oder von der Seele ausgelöst wurde, war schon eine Frage, deren Beantwortung Konsequenzen hatte. Den Körper konnte man trainieren. Bei der Seele war es wohl schwieriger. Vielleicht gab es deshalb dazu so viele Ratgeber. Er hatte schon früher in Stresssituationen stark geschwitzt. Vor wichtigen Terminen beispielsweise. Vermutlich war sein Nervenkostüm schwächer als sein Körper. Das übermäßige Schwitzen musste er im Auge behalten. Es gab ja Hunde und vielleicht sogar Menschen, die Angst riechen konnten.

Er spürte, wie die Angst stärker wurde. Er musste sie zurückdrängen, ihr Einhalt gebieten. Sonst würde er es nicht schaffen. Er durfte sich nicht unterkriegen lassen, nicht jetzt.

Um sich zu beruhigen, ging er in Gedanken die Vorsichtsmaßnahmen zum wiederholten Male durch. Es war doch an alles gedacht worden. Hier und um diese Zeit würde ihm niemand begegnen. Und wenn doch, würde niemand diesen lächerlichen Sportdress mit ihm in Verbindung bringen. Seine ehemalige Freundin hatte ihm das Teil geschenkt, kurz bevor die Beziehung zerbrochen war. Er hatte es noch nie getragen. Außerdem hatte er sein Gesicht mit ein paar markanten Ergänzungen versehen. Ergänzungen, die sich einprägten, weil sie das Gesicht aus der Menge der Alltagsgesichter heraushoben.

Er hatte eine Verpackung mit dem Logo eines Zeltherstellers gewählt. Dass man hier im weiten Umkreis nicht zelten durfte, hatte er im Ernstfall nicht gewusst. Und die Stelle, die er anstrebte, war gut gewählt. Vor einigen Wochen war er beim Wandern darauf aufmerksam geworden, als er sich kurz hinter die Gruppe zurückfallen lassen musste. Was ihn damals veranlasst hatte, sich die Stelle näher anzusehen, konnte er nicht sagen. Er war einfach hingegangen. Irgendwie hatte ihn die Stelle angezogen. Gab es Vorsehung?

Sie rannte. Ihre Verfolgerin kam immer näher. Noch bis zur nächsten Wegbiegung! Sie musste es schaffen. Noch bis zur Biegung! Plötzlich hielt etwas ihre Füße fest. Brombeerranken! Auch das noch! Die Verfolgerin kam näher, immer näher. Sie musste sich losreißen, koste es, was es wolle. Ein Ruck, und sie stürzte.

Erschöpft wachte Renate Kraft auf. Gott sei Dank war es wieder nur ein Alptraum gewesen. Sie hatte sich im Bettlaken verheddert, das war also die Brombeerranke gewesen. Vielleicht sollte man es als positive Fügung ansehen, dass auf dieses Bett kein übliches Spannbettlaken passte. Im Spannbettlaken konnte man sich nur schlecht verheddern. Wer weiß, wie lange ihre verzweifelte Flucht bei einem Spannbettlaken gedauert hätte! Und ein Vergnügen war die Flucht ja nun wirklich nicht gewesen. Wie lange hätte ihr Herz diesen Stress noch mitgemacht, in ihrem Alter!

Sie dachte wieder darüber nach, ob sie nicht hin und wieder im Ehebett schlafen sollte. Vor einigen Jahren hatte sie ein Bett in ihr Arbeitszimmer gestellt. Das Bett hatte unübliche Maße, ein normales Bett hatte leider nicht in die verfügbare Ecke gepasst.

Sie hatte den Schnarchgeräuschen ihres Mannes entkommen wollen, um am nächsten Morgen fit zu sein. Damals musste sie noch fit sein … Zumindest hatte sie das geglaubt. Doch das war nun vorbei. Sie wusste nicht, ob in ihrer jetzigen Situation die guten oder die schlechten Aspekte überwogen. Aber darüber wollte sie nicht schon wieder nachdenken. Das Bett war als Provisorium gedacht gewesen, aber wie das so war mit den Provisorien … Wenn nun aber nachts bei einem Alptraum ihr Herz aussetzte? Wenn ihr Mann sie am nächsten Morgen nicht im Wohnzimmer vorfand, würde er glauben, sie sei wandern gegangen. Und sich keine Gedanken machen. Wahrscheinlich würde er sie erst kurz vor dem Mittagessen vermissen! Das waren nun wirklich keine schönen Aussichten.

Andererseits, es war die Frage, ob ihr Mann etwas merken würde, wenn sie im Ehebett schlief. Schließlich hörte er in letzter Zeit ziemlich schlecht. Oder gab er nur vor, schlecht zu hören? Vielleicht wollte er auch gar nichts hören, nichts merken? „Als ich heute Morgen aufwachte, dachte ich, sie schläft noch. Manchmal kann sie ja nachts stundenlang nicht schlafen, dann schläft sie morgens etwas länger … Ich wollte sie nicht wecken." So oder so ähnlich könnte er sich herausreden.

Vielleicht wären diese Messgeräte, die man am Handgelenk trug, eine Lösung. In den Hypochonder-Zeitschriften wurden diese Geräte eigentlich nur als Fitness-Accessoires beworben. Darüber, dass man damit drohendes akutes Organversagen bei Senioren feststellen konnte, hatte sie noch nie etwas gelesen. Kein Wunder, wer wollte schon, dass die

gebrechlichen Rentner noch länger gepflegt werden mussten? Vielleicht fand sich aber ein Start-Up, das nur Geld verdienen und nicht gleichzeitig die Welt retten wollte? Wenn
mal schlechtes Wetter war, würde sie im Internet danach suchen. Der Vorsatz verbesserte ihre Laune. Wenigstens hatte
sie heute Morgen schon einen nützlichen Entschluss gefasst.

Aber diese Alpträume! Renate seufzte und versuchte sich
in Erinnerung zu rufen, warum sie eigentlich im Traum von
der jungen Frau verfolgt worden war. Vergeblich. Sie erinnerte sich nur an Szenen der Flucht. Warum nur hatte sie
neuerdings diese Alpträume?

Neuerlicher Elektrosmog? Nach ihrer Kenntnis hatte niemand in der Nachbarschaft einen Sendemast neu aufgestellt
oder eine Richtfunkstrecke eingerichtet. Wachsende Luftverschmutzung? Ob das Heizwerk wirklich in der Nacht
seine Filter durchpustete, wie es ein Heizungstechniker einmal unter dem Siegel der Verschwiegenheit berichtet hatte?
Und was machte das Klärwerk mit dem Methan, das nicht
zur Erreichung der Betriebstemperatur benötigt wurde?
Seit sie gelesen hatte, dass bei vielen Menschen nachts der
Geruchssinn ausgeschaltet ist, erschien es ihr sehr naheliegend, Luftschadstoffe in den Nachtstunden zu „entsorgen".

Irgendwie war der Mensch doch sehr unvollkommen.
Nicht nur einen Geruchssinn, der auch nachts aktiv war,
hätte sie sich gewünscht. Nein, sie hatte da gleich eine ganze
Reihe von Verbesserungsvorschlägen. Gerade die drohen-
de Klimakatastrophe erforderte doch dringend eine Reihe
von neuen Fähigkeiten. Verbesserung der Hitzetoleranz zum
Beispiel. Aber vermutlich würden die Menschen aussterben,
bevor sie die Anpassung geschafft hatten. Von dem, was da
kreuchte und fleuchte, ganz zu schweigen. Vielleicht über-
lebte wenigstens irgendein Biofilm.

Von den Behörden war hinsichtlich Luftverschmutzung keine Unterstützung zu erwarten. Dort saßen Beamte! Die würden alle Hinhalte-Möglichkeiten ausschöpfen, um nur ja nichts messen zu müssen. Womöglich würden sie etwas feststellen und müssten dann handeln! Diese Befürchtung konnte dann möglicherweise bei den Beamten Alpträume auslösen.

Vielleicht lagen die Ursachen für ihre Alpträume ja doch in ihr. Ganz auszuschließen war das nicht. Sie hatte in ihrer Kindheit schon einmal ähnliche Alpträume gehabt, und damals waren Elektrosmog und Luftverschmutzung zumindest in dem kleinen Biotop, in dem sie aufgewachsen war, noch kein Problem gewesen. Sie wurde damals auch verfolgt, aber nicht von einer jungen Frau, sondern von einem Ungeheuer, das furchtbare Töne ausstieß. Sie konnte sich noch genau an das Wesen erinnern. Heute würde sie es beschreiben als eine Mischung aus Einstein und Marge, der Frau von Homer Simpson.

Doch es war weniger das Aussehen des Ungeheuers gewesen, das sie in Angst und Schrecken versetzt hatte, sondern die Töne, sie es von sich gab. Das Scheusal hatte sie häufig mit einem Motorrad verfolgt. Konnten nächtliche Fahrten von Biker-Gruppen der Auslöser sein? Eine Auswanderungswelle Richtung Westen wäre durchaus denkbar gewesen. Aber fast jede Nacht? Eher unwahrscheinlich. Da hätte die Stasi doch etwas merken müssen.

Nächtliche Flugzeugtransporte schieden wohl auch aus, die Globalisierung war damals noch nicht genügend vorangeschritten. Man aß noch die heimischen Äpfel und nicht die aus Chile oder Neuseeland. Blieben noch heimliche Truppenbewegungen der ruhmreichen Sowjetarmee. Es war schon seltsam. „Sowjetarmee" war in ihrem Gehirn fest mit „ruhmreich" verknüpft. Was jahrelanges Training bewirken konnte!

Ja, und die letzte Möglichkeit: Schnarchgeräusche ihres Vaters. Bei dem Gedanken an ihren Vater huschte ein Lächeln über ihr Gesicht. Ihr Vater war ein wunderbarer Mensch gewesen, sie erinnerte sich gern an ihn. Sicher, die Schnarchgeräusche, insbesondere die Lautstärke, hätte man noch optimieren können. Und vielleicht dieses und jenes. Aber im Großen und Ganzen war sie sehr zufrieden, dass sie diesen Vater gehabt hatte.

Sie seufzte wieder. Was wohl ein Psychologe aus ihren Träumen gemacht haben würde? Vermutlich hätte man ihr eingeredet, dass da etwas Verdrängtes an die Oberfläche wollte, etwas, was tief in ihrem Unterbewusstsein eingeschlossen war und heraus musste, wenn sie mit dem Leben klarkommen sollte. Wer weiß, wie ihr Leben nach einer solchen Analyse verlaufen wäre?

Sie schaute zum Wecker, 5.36 Uhr. Eigentlich wachte sie immer gegen 6.30 Uhr auf. Ach ja, Zeitumstellung. Ihre innere Uhr hatte sich also noch nicht umgestellt. Es dauerte immer ungefähr eine Woche, bis ihr Körper begriffen hatte, dass er jetzt später das Signal zum Aufwachen geben musste. Zweifellos gab es hier noch Möglichkeiten zur Selbstoptimierung. Bestimmt hatte sich schon irgendein Coach oder Lifestyle-Magazin der Frage angenommen. Nach ihrer Erfahrung konnte man zwar nicht alle Probleme lösen, aber alle Probleme taugten irgendwo zum Geldverdienen. Ob schon entsprechende Wochenendseminare angeboten wurden?

Was sollte sie nun mit der Stunde anfangen, die sie früher als gewohnt aufgewacht war? Versuchen, wieder einzuschlafen, um den Übergang in den neuen Rhythmus zu beschleunigen? In Voraussicht auf die Zeitumstellung hatte sie bereits gestern und vorgestern erfolglos versucht, länger zu schlafen. Statt zu schlafen hatte sie nur über nutzlose Fragen nachgegrübelt. Damit musste Schluss sein! Das Grübeln brachte ja nichts außer schlechter Laune. Das konnte schlussendlich den ganzen Tag verderben, wie zahllose Selbstversuche bestätigt hatten. Also aufstehen und irgendwie versuchen, die Laune anzuheben!

Leider befand sich noch ein ernst zu nehmendes Hindernis zwischen ihr und den guten Vorsätzen. Die Umwälzpumpe der Heizungsanlage begann erst um 6.15 Uhr, warmes Wasser durch die Leitungen zu schicken. Ihr Mann, der gewöhnlich erst gegen 9.00 Uhr seinen Sorgen guten Morgen sagte, hatte bestimmt nicht daran gedacht, die Pumpe ein bisschen umzuprogrammieren.

Da blieb nun wirklich nur noch positives Denken. Kaltes Wasser hatte ja auch gute Seiten für die Gesundheit. Körperertüchtigung hatte sie dringend nötig!

Angesichts der erschreckenden Kälte des Wassers beließ sie es dann aber doch beim Waschen des Gesichts mit kaltem Wasser und verschob die Dusche auf später. Während sie ihr übliches Müsli-Frühstück, das leider eher gesund als schmackhaft war, in sich hineinlöffelte, beschloss sie, einen längeren Spaziergang zu machen. Hinter dem Wohngebiet führte ein schöner baumbestandener Weg an einem Bach entlang. Sie hatte sich noch nicht entschieden, wie weit sie gehen wollte. Morgenstund im frischen Grund! Einer ihrer Nachbarn würde schon bald wieder seinen Kamin befeuern, da war es vielleicht gut, wenn man vorher die Lungen mit ein bisschen frischer Luft gefüllt hatte.

Dummerweise war sie nun schon wieder bei einem ihrer Reizthemen angekommen. Was hatte man davon, einen Kamin anzuheizen, wenn man doch auf eine relativ saubere Gasheizung zurückgreifen konnte? Gut, das Gas reichte auch nicht ewig, hier mussten die Wissenschaftler endlich mal liefern. Bessere Speicher für die erneuerbaren Energien zum Beispiel. Das Verheizen von Holz konnte jedenfalls nicht die Lösung des Heizproblems sein. Das Gerede vom „klimaneutralen Heizen" ging ihr auf die Nerven. Was war klimaneutral daran, wenn das CO_2, das ein Baum in vielen Jahren eingelagert hatte, in kürzester Zeit in die Luft geblasen wurde? Und machte es wirklich manche Menschen glücklich, vor den prasselnden Flammen zu sitzen und darüber zu sinnieren, welcher Segen die Erfindung des Feuers für die Menschheit gewesen war? So wie es die Werbung versprach? Sie hatte einmal einen Film gesehen, in dem eine Frau vor dem Kamin saß und selig sagte: „Und erst der Geruch!" Welche Gerüche musste die Frau denn sonst ertragen? Axe? Oder eine Mischung aus Schweiß und Eau de Cologne, wie sie früher immer aus der Wohnung einer Nachbarsfamilie in ihrer „Platte" gewabert war? Wusste die Dame überhaupt, wie gut Wiesen und Gärten riechen konnten ohne die Zutat von Qualm?

Draußen war es noch feucht, aber herrlich ruhig und windstill. Die aufgehende Sonne malte helle Flecken auf den Weg. Sie liebte diesen Pfad. Er war nicht geschottert wie die meisten Wege. Auf den Schotterpisten hatte man nach fünfhundert Metern schmerzende Füße, wenn man nicht alpentaugliche Wanderschuhe trug. Vermutlich waren die Kriterien für die Zertifizierung der Wanderwege durch Lobbyisten der Wanderschuhe-Hersteller diktiert worden.

Dieser Weg hingegen war offenbar der Zertifizierung entgangen. Er war zum Teil mit Holzbohlen befestigt und mit Rindenmulch bedeckt. Der einzige Nachteil bestand darin, dass er ein bisschen schmal war, was bei hundebewehrtem Gegenverkehr schon mal zum Problem werden konnte. Vor Jahren war sie einmal beim Wandern von einem Hund angesprungen worden. Das Ereignis hatte eindrucksvolle Spuren auf ihrer hellen Jacke und offenbar auch in ihrem Gehirn hinterlassen. Sie konnte die Vierbeiner seitdem nicht mehr so richtig lieb haben.

Um diese Zeit würde ihr niemand begegnen. Hundebesitzer gingen früh am Morgen noch nicht auf längere Touren. Sie konnte in Ruhe vor sich hin trotten, ohne befürchten zu müssen, dass sie von einem neugierigen Hund angesprungen oder von einem lautlosen Jogger zu Tode erschreckt werden würde.

Es hatte noch keinen Frost gegeben in diesem Herbst, und die bisherigen Herbststürme waren auch nicht stark gewesen. Die Bäume trugen größtenteils noch ihr Laub. Sie liebte das Farbenspiel der Blätter im Herbst. Mit der Betrachtung der vielen Farben konnte man sich gut ablenken. Achtsamkeitstraining hieß das wohl, und es war nach ihrer Meinung eine der besseren Möglichkeiten, unliebsame Gedanken abzuwehren. Auch einige ihrer Freundinnen waren schon zu überzeugten Anhängerinnen dieser Form der Stressbewältigung geworden.

Als Kind war ihr nur der Frühling wichtig gewesen. Die ganze Natur war dann Ankündigung von etwas Schönem, es konnte alles nur besser werden. Inzwischen hatte sie wie der vielgepriesene Altmeister feststellen müssen, dass nicht alle Blütenträume reiften. Eigentlich war die Zukunft zu Ende. Man musste sich in ihrem Alter notgedrungen mit dem Herbst arrangieren und versuchen, da auch hin und wieder etwas Schönes und Gutes zu entdecken. Und die Natur lieferte, wo man ihr noch die Gelegenheit dazu gab.

Sie nahm den langen Weg und erreichte nach einiger Zeit den Wald. Schließlich hatte sie viel Zeit, und sie konnte langsam laufen. Niemand hetzte sie. Sie musste nicht ihrem

Mann hinterherrennen, der behauptete, langsames Laufen habe keinerlei gesundheitlichen Wert. Oder ihrer Freundin, die sich zwar ihrem Tempo anpasste, der es aber anzumerken war, dass sie viel lieber im gewohnten Rhythmus ihrer Nordic-Walking-Gruppe durch die Gegend gerannt wäre. Schade, dass sie den Fotoapparat nicht mitgenommen hatte. Zwar hatte sie schon Hunderte von Bildern dieses Weges, aber immer wieder glaubte sie, dass dieser oder jener Ausblick dieses Mal so toll war wie noch nie zuvor. Oder wie er nie wieder werden würde, wenn die hochfliegenden Pläne für die touristische Auferweckung des Gebietes erst konkrete Gestalt angenommen hatten.

Plötzlich erschrak sie. Aus den Augenwinkeln hatte sie etwas Unerwartetes wahrgenommen. Und war da nicht auch ein Geräusch gewesen? Ihr Herz klopfte stark. Sie hielt den Atem an und lauschte. Sie war schon ungefähr eine Stunde gelaufen, und es war ihr, wie erwartet, niemand und nichts begegnet. Sie konnte sich auch nicht erinnern, hier, so weit von menschlichen Ansiedlungen entfernt, jemals einem Menschen begegnet zu sein. War hier ein Tier unterwegs? Wildschweine nahmen ja jetzt überhand. Oder hatten gar die Wölfe ihr Jagdgebiet schon bis hierher ausgedehnt, obwohl es hier gar keine Schafe gab?

Sie horchte angestrengt. Nichts. Aber was hatte sie eigentlich gesehen? Im Wasserlauf, der nur wenige Meter unterhalb des Weges verlief, hatte etwas aufgeblitzt, als sei ein Sonnenstrahl reflektiert worden. Sie war automatisch weitergelaufen, bis ihr Gehirn entschieden hatte, dass da etwas war, was Aufmerksamkeit verdiente. So richtig schnell arbeitete ihr Denkorgan ja leider nicht mehr. Sie versuchte, durch das Gebüsch zu spähen. Aber von der gegenwärtigen Position aus sah sie nichts. Langsam ging sie rückwärts. Tatsächlich, jetzt sah sie genauer, was ihre Aufmerksamkeit erregt hatte. Ein Fahrrad, halb im Wasser, halb im Gebüsch. Irrte sie sich oder hatte sich das Vorderrad gerade noch gedreht? Man war ja heutzutage nirgends mehr vor Radfahrern sicher, auch an einem steilen unwegsamen Hang lief man Gefahr, dass ein Radfahrer hinter dem nächsten Baum hervorschoss. Downhill hieß das wohl.

Es gab sogar Wettkämpfe in dieser Sportart. Musste man unbedingt auf diese Weise seine Gesundheit aufs Spiel setzen? Schließlich gingen die Gelenke auch ohne diese spezielle Form der Belastung kaputt, wie Erfahrungen aus ihrem Bekanntenkreis belegten.

Aber für Downhill standen ihrer laienhaften Meinung nach die Bäume zu dicht, und ein für Radfahrer angelegter Schotterweg war auch nicht in der Nähe.

Trotzdem lag hier ein Fahrrad. Langsam kam ihr Gehirn in Schwung. Wie war das Fahrrad da hingekommen? War dem Besitzer etwas zugestoßen? Musste sie jetzt hinuntergehen und nachsehen, ob sie Erste Hilfe leisten konnte? Wie lange lag ihr Erste-Hilfe-Kurs überhaupt zurück? War sie noch auf dem Laufenden? Aber vielleicht war das auch ein vorgetäuschter Unfall, und der Radfahrer hatte es auf ihr Handy und andere Wertsachen abgesehen? Diese Tricks nahmen ja jetzt zu!

Hier stimmte etwas nicht. Sie spürte, wie die Angst in ihr hochkroch. „Sei nicht albern", ermahnte sie sich selbst. Was sollte da schon sein? Aber es kostete sie Kraft, den starken Fluchtreflex zu unterdrücken.

Da sah sie ihn! Er schien sie gerade erst bemerkt zu haben und starrte sie entsetzt an. Nicht erschöpft, nicht wie jemand, der Hilfe benötigt. Nur entsetzt. Entsetzt darüber, dass sie da war. Da stimmte etwas ganz und gar nicht. Ihre

Angst gewann nun doch die Oberhand. Sie begann zu laufen. Nur weg hier! Zurück! Nach einiger Zeit fiel ihr ein, dass sie nicht auf dem ursprünglichen Weg bleiben sollte. Ein Fahrradfahrer, der Böses im Schilde führte, hatte sie sicher schnell eingeholt, wenn er wollte. Also rannte sie ein Stück querfeldein durch den Wald und erreichte einen anderen Weg, der in die richtige Richtung führte. Glücklicherweise funktionierte ihr Orientierungssinn im Freien. Sie rannte nicht mehr, ging aber so schnell sie konnte. Irgendwann hörte sie eine Kinderstimme. Erleichtert verlangsamte sie ihre Schritte und bemühte sich, normal zu atmen. Zwei Paare mit einem Kind und zwei Hunden kamen ihr entgegen. Sollte sie den Ausflüglern von ihrem Erlebnis erzählen? Schnell verwarf sie den Gedanken. Man würde sie nur auslachen. Was hatte sie denn überhaupt gesehen? Ein Fahrrad im Wasser und einen Mann, der sie angestarrt hatte. Vielleicht hatte er nur ein Produkt seines Verdauungsapparates loswerden wollen, und sie hatte ihn dabei überrascht. Das Fahrrad hatte er vielleicht an einen Strauch gelehnt, und es war umgekippt. Er war erschrocken gewesen, weil dabei etwas nass geworden war, vielleicht eine Jacke, vielleicht sein Frühstück, auf das er sich gefreut hatte. Ja, so musste es gewesen sein. Erleichtert über diese einfache Erklärung ging sie weiter. Wie hatte sie nur so schreckhaft sein können! Vermutlich lag das an den vielen Krimis im Fernsehen. In Zukunft würde sie ihren Krimikonsum einschränken und lieber mehr Gartensendungen gucken.

Aber schon an der nächsten Weggabelung waren die Zweifel wieder da. Warum hatte der Mann das Fahrrad so dicht am Wasser abgestellt, dort, wo kein Weg war und man sich durch das Gebüsch kämpfen musste? Und da war noch etwas gewesen, das sie irritiert hatte, irgendetwas an der Haltung des Mannes hatte nicht gestimmt. Was war das gewesen? Ihr Bauch sagte ihr, dass dieses Detail wichtig war. Aber das Gehirn lieferte nicht.

Er musste husten. Und dann hörte er es. War das ein Quieken oder ein kleiner Schrei gewesen? Ein Mensch? Hier? Entsetzt wandte er den Kopf. Auf dem Weg stand eine ältere Frau. Sie hatte offenbar dieses Geräusch verursacht. Sie starrte in seine Richtung. Er duckte sich. War er schnell genug gewesen? Hatte sie ihn gesehen? Er hatte das Gefühl, dass seine Knie nachgaben. Krampfhaft griff er nach einem Zweig, um sich festzuhalten. Die Anspannung der letzten Stunden drückte ihn nieder. So, als hätte sein Körper nur auf diesen Moment gewartet, um sich zu rächen, um ihm zu sagen, dass es so nicht ging. Dass es so nicht gehen konnte. Er war schuld, er ganz allein. Er hatte im Grunde immer gewusst, dass es nicht funktionieren würde, nicht funktionieren konnte. Warum hatte er am Ende geglaubt, dass alles gut gehen würde?

Ein weiteres Geräusch riss ihn aus seiner Starre. Kam die Alte näher? Hatte sie ihn gesehen? Der blöde Husten! Er war nicht leise genug gewesen und hatte sie nicht kommen hören. Wer hätte denn damit rechnen können? Um diese Zeit? Alles hatte er durchdacht, aber dass ihn der Husten verraten würde?

Wenn sie ihn gesehen hatte, war alles zu spät. Hatte sie ihn gesehen? War die Alte überhaupt allein gewesen? Wer ging um diese Zeit allein im Wald spazieren? Wenn nun noch mehr kamen? Er zitterte.

Schließlich hörte er schnelle Schritte, die sich entfernten. Offenbar rannte die Frau. Sie schien allein gewesen zu sein. Musste er sie nicht verfolgen? Dafür sorgen, dass sie ihn nicht verriet? Aber er fühlte sich wie gelähmt. Es ging nicht, es ging einfach nicht. Er würde warten, bis sie kamen, um ihn abzuholen. Und er würde alle Schuld auf sich nehmen. Für seinen Fehler bezahlen.

Mehrere Minuten hatte er wohl so verharrt, regungslos, unfähig, etwas zu tun. Da hörte er ein anderes Geräusch. Ein Geräusch, das hierher gehörte. Ein kleiner Vogel hatte sich auf einem Zweig niedergelassen und verspürte offenbar das Bedürfnis, seinen Artgenossen etwas mitzuteilen. So, als wäre überhaupt nichts geschehen.

Er atmete durch. Fühlte sich plötzlich nicht mehr so hilflos, so ausgeliefert. Vielleicht war doch noch nicht alles zu Ende. Er durfte nicht aufgeben.

Ruhiger geworden, dachte er nach. Die Frau würde irgendwann jemandem von ihrem Erlebnis erzählen. Erkannt hatte sie ihn wohl nicht, er hatte gut vorgesorgt. Aber das Fahrrad! Es war auffällig. Er musste hier weg, sofort.

Fieberhaft überlegte er. Wenn sie einen Hund hatte, war er geliefert. Ein Hund würde alles finden. Aber falls sie einen Hund hätte, dann wäre sie mit dem Hund unterwegs gewesen. Nein, er musste das Risiko eingehen. Das Paket etwas entfernt verstecken und verschwinden. Hauptsache, die Alte fand nichts an dieser Stelle, wenn sie zurückkam. Er nahm zwei Pillen und machte sich daran, seine Spuren zu verwischen. Das trockene Laub war ein Segen.

Kurz bevor er das Auto auf dem Parkplatz sehen konnte, setzte er sich erschöpft auf einen Baumstumpf. Er musste sich ausruhen für das, was jetzt kam. Das Fahrrad konnte er hinter einem Holzstapel verstecken. Er würde es später holen, wenn es dunkel war, und es in den Garten seiner Tante bringen. Sie kam in dieser Jahreszeit nicht mehr in den Garten, und bis zum Frühling würde ihm schon etwas einfallen.

Etwa fünfzehn Minuten saß er regungslos auf dem Stumpf. Die Schweißausbrüche hatten nachgelassen und langsam kroch die Kälte in ihm hoch. Da fiel ihm etwas ein. Die Frau konnte ihn nicht erkannt haben, aber vielleicht erkannte er sie wieder. Wer trug denn heute noch so etwas! Ja, vielleicht würde er sie wiedererkennen. Und dann? Er schob die Frage von sich. Nicht jetzt. Er gab sich einen Ruck und ging zum Auto.

Zu Hause angekommen, machte sich Renate Tee. Zweites Frühstück. Das zweite Frühstück war ein langjähriges Ritual, das sie sich nicht abgewöhnen konnte. Früher, als sie noch regelmäßig am Schreibtisch saß, hatte sie zu dieser Zeit eine Pause benötigt. Tee und ein Brötchen als Alibi für kurzzeitiges Abschalten. Sie war mit der Tasse in der Hand durch den kleinen Park neben dem Dienstgebäude gegangen und hatte ihren Gedanken freie Bahn gelassen. In der Regel begegnete sie dabei niemandem.

Jetzt hatte sie morgens nichts mehr zu tun, aber das zweite Frühstück hatte sie beibehalten. Zwar hätte sie die Kalorien nicht gebraucht. Aber hieß es nicht, dass ein im Alter leicht erhöhter Body-Mass-Index ein längeres Leben versprach? Auf die Frage, wofür sie länger leben wollte, hatte sie zwar noch keine befriedigende Antwort gefunden. Aber es war doch tröstlich zu wissen, dass sie vom nächsten Schicksalsschlag wenigstens nicht aufgrund von Unterernährung umgehauen werden würde.

Sie dachte nach. Gleich würde ihr Mann aufstehen. Im Gegensatz zu ihr war er nun wirklich keine Lerche. Er lief abends zu seiner Hochform auf. Sie hatte versucht, sich ihm anzupassen, seinen Rhythmus zu übernehmen. Einer musste ja nachgeben, wenn man in einer Ein-Raum-Wohnung lebte. Das Experiment hatte drei Jahre gedauert. Wohnungen wurden zugewiesen, und wer keine Beziehungen und auch kein Westgeld hatte, musste sich gedulden. Leider war ihr Körper in den drei Jahren nicht zur Eule mutiert. Seither glaubte sie an die Theorie von starken und schwachen Morgen- und Abendtypen und richtete sich danach. Wenn sie heute an diese Zeit dachte, konnte sie sich nicht mehr vorstellen, wie sie die drei Jahre ausgehalten hatte. Dass sie damals überhaupt etwas geschafft hatte und nicht beim Psychologen oder Psychiater gelandet war!

Heute war ihr allerdings auch nicht mehr klar, warum sie sich seinerzeit umstellen wollte. Warum hatte sie nicht darauf bestanden, dass er sich ihrem Rhythmus anpasste? Bei den jungen Leuten heute musste in der Regel der Mann in einem anderen Zimmer schlafen, wenn es Probleme im gemeinsamen Schlafgemach gab. Ein zweites Zimmer war ja heutzutage in der Regel verfügbar – wenn man überhaupt eine Wohnung hatte.

Es war schon erstaunlich, wie sich innerhalb einer Generation die Antwort auf die Frage geändert hatte, wer die Oberhoheit im Schlafzimmer beanspruchte. Das war sicher ein tiefer gehender Wandel als die Wirkungen von #MeToo, machte aber medienmäßig leider nicht so viel her. Und verlief deshalb wohl weitgehend unkommentiert. Pikante Details über die Aktivitäten zu zweit im Schlafzimmer verkauften sich nun einmal besser als die Diskussion darüber, wer allein im Schlafzimmer bleiben durfte.

War die Tatsache, dass nun in der Regel die Frauen bleiben durften, ein Indiz für den Rückweg zum Matriarchat? Wäre sie eine Sozialwissenschaftlerin, würde sie jetzt einen Projektantrag zur Untersuchung dieses Phänomens stellen. Irgendeinen Fördertopf für Gender-Studien gab es immer.

Sollte sie ihrem Mann von ihrem morgendlichen Erlebnis erzählen? Und wenn ja, wann war die Wahrscheinlichkeit am größten, eine aufbauende oder wenigstens eine mitfühlende Meinungsäußerung zu hören? Nach ihrer Erfahrung reagierte er zu verschiedenen Tageszeiten ganz unterschiedlich. Bevor er gefrühstückt und die Zeitung gelesen hatte, konnte man nicht mit positiven Reaktionen von seiner Seite rechnen. Also musste sie noch ein bisschen Geduld haben. Aber das Geschehene nagte an ihr.

Als er auftauchte, war er nicht sonderlich gut gelaunt. Hatte ihn das Fernsehprogramm am späten Vorabend wieder dermaßen enttäuscht? Oder hatten Begleiterscheinungen des Schnarchens, möglicherweise Schlaf-Apnoe, zu mangelnder Sauerstoffzufuhr im Gehirn geführt? Sodass die für gute Laune zuständigen Areale nicht hinreichend versorgt worden waren?

Auf jeden Fall war jetzt kein guter Zeitpunkt für eine Berichterstattung. Er würde sie nur auslachen. Kein Mitgefühl für die Angst, die sie ausgestanden hatte, keine Anerkennung für die Geschwindigkeit, mit der sie den Rückweg absolviert hatte! Das Thema musste aufgeschoben werden.

Üblicherweise bereitete ihr Mann das Mittagessen an den Wochenenden zu. Sie war ganz zufrieden mit dieser Lösung, hatte sie so doch Gelegenheit, bei Bedarf ungestört in ihrem Garten zu werkeln. Sie wusste, dass er eine grundlegend andere Ansicht dazu hatte, wie ein schöner Garten auszusehen hatte: Akkurat geschnittene Hecken und ein makelloser Rasen waren nach seiner Meinung die Grundvoraussetzungen. Da sie aber nicht bereit gewesen war, diese Voraussetzungen zu schaffen, ignorierte er den Garten weitgehend. Zwar mähte er den Rasen und schnitt unter ihrer Anleitung die Hecken, aber das tat er vermutlich nur, weil er befürchtete, dass die Nachbarn den „unordentlichen" Garten auch ihm anlasten würden. Immerhin. Man konnte ja nicht alles haben.

Die Tatsache, dass sie im Garten weitgehend tun und lassen konnte, was sie wollte, hatte unbestreitbar Vorteile. Allerdings gab es auch Nachteile. Schließlich war sie nun bei etlichen Arbeiten auf Handwerker angewiesen. Und von denen glaubte offenbar noch ein beträchtlicher Teil, dass man Frauen besser übers Ohr hauen konnte.

Beim Mittagessen wirkte er einigermaßen aufgeschlossen. Und so hörte sie sich sagen: „Ich habe heute Morgen ein komisches Erlebnis gehabt." Er schaute auf. „Hast du wieder todesmutig eine Katze daran gehindert, unseren Garten zu düngen?" Sie biss sich auf die Zunge. Was hatte sie denn erwartet? Vermutlich sollte es ein Witz sein, aber sicher war sie sich nicht. Doch da musste sie jetzt durch. „Nein, ich war im Wald, als du gerade besonders schön geschnarcht hast. Ich habe die Töne sogar im Flur gehört." Das war nun leider keine gute Erwiderung, wenn man auf ein nettes Gespräch hoffte, aber sie konnte sich einfach nicht beherrschen.

Und sie schilderte ihr Erlebnis. Er hörte mit wachsendem Interesse zu. Offenbar war er doch neugieriger, als er üblicherweise zugab. Schließlich meinte er: „Naja, heute ist schönes Wetter, wir müssten eh ein bisschen laufen. Wir können ja noch mal nachsehen." Sie stimmte zu. Dass sie schon weiter gelaufen war, als für ihre Gesundheit gut sein konnte, kam ihm natürlich nicht in den Sinn. Aber man musste Opfer bringen. Vielleicht konnte sie ihn unterwegs für eine Pause gewinnen. Getrennte Wanderung mit unterschiedlichen Geschwindigkeiten und gleichem Ziel, wie sie es sonst gelegentlich praktiziert hatten, kam aus gegebenem Anlass wohl nicht in Frage. Sie machte sich einen Kaffee. Schließlich würde sie aus mehreren Gründen Mumm brauchen.

Sie liefen eine Weile schweigend nebeneinander her, oder genauer, sie lief einen Meter hinter ihm her und versuchte, ihren Ärger über seine Geschwindigkeit im Zaum zu halten. Heute brauchte sie ihn, sie musste durchhalten. Aber in Zukunft würde sie nur noch allein durch den Wald marschieren. Wie oft hatte sie diesen Gedanken schon gewälzt! Erschrocken hielt sie inne. Von wegen! Dieser Trost hatte sich ja heute Morgen erledigt. Wer wusste schon, was heutzutage in den Wäldern ablief, das nicht für die Augen neugieriger alter Frauen gedacht war! Da waren Wildschweinhorden wohl noch das geringste Übel.

Sie konzentrierte sich darauf, die Herbstfärbung der Bäume zu betrachten. Ja, es war herrlich hier, nicht ganz so schön wie am Morgen, aber trotzdem noch sehenswert. Sie begegneten drei Radfahrern und zwei einzelnen Joggerinnen. Ein Radfahrer und eine Joggerin bedankten sich dafür, dass sie sich brav an den Wegesrand gestellt hatte, um die Fitnessbewussten nicht zu behindern. Die anderen nahmen es als selbstverständlich hin. Sie waren wohl der Meinung, dass Wanderer hier nichts mehr zu suchen hätten.

Endlich näherten sie sich der Wegbiegung, hinter der Renate das Rad gesehen hatte. Dort, dort unten hatte es gelegen. Aber sie sah nichts. Hatte sie sich geirrt? Vielleicht kam die Stelle noch? Sie gingen noch ein Stück weiter bis zur nächsten Wegbiegung. Nein, so weit war sie ja am Morgen gar nicht gekommen. Er schüttelte nur wortlos mit vorwurfsvollem Blick den Kopf. Sie kehrten um. An der Stelle, an der sie glaubte das Fahrrad gesehen zu haben, gingen sie ans Ufer des kleinen Baches. Der Boden war gleichmäßig mit trockenem Laub bedeckt, keine Anzeichen von aufgewühlter Erde. Auch im Bach war nichts zu entdecken. Das Wasser hatte mögliche Spuren verwischt. Enttäuscht wandte sie sich ab. Da sah sie an der Seite des Baches, an einer ruhigen, etwas tieferen Stelle, etwas im Kreis schwimmen. Es war ein Stückchen Folie.

Aber was bewies das? Nichts. Der kleine Fetzen konnte von irgendwoher angeschwemmt worden sein und sich hier verfangen haben. Sie versuchte sich zu erinnern, was sie am Morgen getan hatte. Langsam ging sie zurück zum Weg. Sie war ein Stückchen zur Seite getreten. Daran erinnerte sie sich. Und richtig, hier war ein Abdruck, der von ihrem Schuh stammen konnte. Und die Blickrichtung? Der Busch? Alles stimmte. Es musste hier gewesen! Aber warum war außer dem Stückchen Folie nichts zu sehen? Hatten sie mögliche Spuren zertrampelt? Sie ging wieder zum Wasser, schob das Laub am Ufer mit den Händen beiseite. War hier etwas anders als bei unberührtem Waldboden? Sie konnte es nicht sagen. Er zuckte nur mit den Schultern. Sollte wohl heißen: „Du mit deinen Verschwörungstheorien."

Es war nicht von der Hand zu weisen, dass ihre Fantasie ab und zu mit ihr durchging. Aber damals, während des Aufenthaltes auf dem einsamen Anwesen auf Sizilien, als sie die einzigen Gäste gewesen waren, hatte sie nicht gesponnen. Sie war auch heute noch überzeugt, dass sie seinerzeit der Mafia sehr nahe gekommen waren.

Das war allerdings ein anderes Thema. Doch halt, war nicht die Hauptstadt ihres Nachbarlandes eine Hochburg der 'Ndrangheta? Naja, die Herren von den ehrenwerten Gesellschaften würden wohl professioneller vorgehen. Die Angst, die sie in den Augen des jungen Mannes gesehen zu haben glaubte, sprach nicht für einen Profi. Doch dann lief es ihr eiskalt über den Rücken. Was, wenn sie Halluzinationen hatte? Hörte man bei Schizophrenie nur Stimmen oder hatte man auch Halluzinationen? Wie hatte es denn bei der schizophrenen Frau angefangen, die früher in der Nachbarschaft gelebt hatte? Immerhin gab es den Fußabdruck! Doch der bewies ja nur, dass sie dagewesen war. Es war und blieb seltsam. Sie konnte ihm ansehen, dass er ihr nicht glaubte.

Montag

Als Marie Heimer die Tür zum Sekretariat des Institutes aufschloss, seufzte sie. Heute war Montag, und ihr „Zweit-Chef" Eschenbach würde da sein. Zwar war sie im Wesentlichen dem Institutsleiter Professor Behrmann zugeordnet, aber sie hatte auch einen Teil ihrer Arbeitszeit dem Herrn Professor Eschenbach zu widmen. Glücklicherweise kam Eschenbach in diesem Semester nur montags und mittwochs. Allerdings bombardierte er sie auch an anderen Tagen mit Aufträgen per E-Mail, aber es war doch etwas anderes, ob sie in Ruhe über eine Aufgabe nachdenken konnte oder ob er neben ihr stand und alles überwachte. Inzwischen zuckte sie schon zusammen, wenn sie seine langen Schritte auf dem Flur hörte. „Bitte, lass ihn vorbeigehen", flehte sie dann innerlich. Leider wurde ihre Bitte nur selten erhört.

Vermutlich würde er in wenigen Minuten auftauchen und ihr erklären, was sie in der Zwischenzeit ohne seine Aufsicht alles falsch gemacht hatte. Ob sie mittags überhaupt zum Essen kommen würde, war fraglich. Eschenbach ging nicht mit seinen Mitarbeitern oder anderen Professoren zum Mittagessen. Ob er gelegentlich allein irgendwo etwas aß, hatte sie noch nicht in Erfahrung bringen können. Auf jeden Fall schien er sehr wenig zu essen. Vielleicht glaubte er an die Forschungsergebnisse, die bei Reduktion der Nahrungszufuhr ein längeres Leben versprachen? In Tierversuchen hatte das ja offenbar funktioniert. Ob das Verfahren auch dazu geführt hatte, dass die Tiere netter wurden, hatte wohl bisher niemanden interessiert. Sie konnte sich jedenfalls nicht vorstellen, dass jemand durch Nahrungsentzug ein freundlicherer Mensch wurde.

Sie musste immer am Arbeitsplatz erreichbar sein, wenn Eschenbach da war. Gern betonte er, dass sie den Job schließlich nur ihm verdankte und dass sie folglich in erster Linie für ihn zu arbeiten hatte. Ihre Vorgängerin war dem Fachgebiet des Herrn Eschenbach zugeordnet gewesen, und als sie aus Altersgründen ausgeschieden war, hatte Eschenbach ein Mitspracherecht bei der Neubesetzung der Stelle eingefordert.

Marie seufzte erneut. Eschenbach war nach ihrer Kenntnis nie Leiter des Institutes oder Stellvertreter gewesen. Zwar gehörte er zum Institutsrat, aber da waren ja alle Professoren automatisch Mitglied. Auch in der Fakultät, dem Zusammenschluss mehrerer Institute, hatte Eschenbach nie wichtige Funktionen inne gehabt. Er gehörte nicht dem Rat der Fakultät an, in den Professoren, wissenschaftliche und technische Mitarbeiter sowie Studenten gewählt wurden und in dem eigentlich über die Belange der Fakultät entschieden werden sollte. Wenn aber das, was sie gelegentlich aus Diskussionen am Mittagstisch aufgeschnappt hatte, stimmte, entschied im Wesentlichen der Chef der Fakultät, der Dekan. Gelegentlich beteiligte er wohl seinen Stellvertreter, den Prodekan, und den speziell für Studienangelegenheiten zuständigen Studiendekan an den Entscheidungen. Den übrigen Mitgliedern des Fakultätsrates wurden häufig vorgefertigte Meinungen vorgesetzt, die nur noch abzunicken waren.

Sie hatte nie gehört, dass Eschenbach mit dem Dekan oder dem Institutsleiter besonders gut konnte. Und trotzdem dominierte Eschenbach das Institut, alle tanzten nach seiner Pfeife. Welche Hebel hatte er, um seine Ansichten durchzusetzen?

Außerdem gab es ja auch noch den Senat der Hochschule, das höchste Leitungsgremium, wie es so schön hieß. Die Senatorinnen und Senatoren wurden wie der Fakultätsrat gewählt. Für viele, insbesondere alteingesessene Ossis, war eine Wahl in den Senat so etwas wie ein Ritterschlag, und sie erfanden allerhand Winkelzüge, um gewählt zu werden. Zwar war Eschenbach kein Ossi, aber wenn man seinen Geltungsdrang in Betracht zog, war es schon seltsam, dass er nie für den Senat kandidiert hatte. Hatte er bei den Berufungsverhandlungen spezielle Regeln für sich erstritten?

Am Institut hatten einige alte Ossis die Wende überdauert, mehr als an manchen anderen Einrichtungen im ostdeutschen Hochschulwesen. Die Kolleginnen hatten ihr erklärt, dass das vor allem daran lag, dass die Fachrichtung weitgehend ideologiefrei war. Wieso die Ossis dann aber den Herrn Eschenbach berufen hatten, den scheinbar kaum einer mochte, war ihr ein Rätsel.

Marie hatte schon oft darüber nachgedacht zu gehen. Es fiel ihr schwer, Eschenbachs Art zu ertragen. Er war wohl der Meinung, dass er auf nichts und niemanden Rücksicht zu nehmen brauchte. Für die Art der Unterwürfigkeit, die Eschenbach offenbar erwartete, war sie einfach nicht gemacht. Die älteren Kolleginnen, die in der Wendezeit auf Gedeih und Verderb lernen mussten, sich „stromlinienförmig" zu verhalten, ließen gelegentlich Warnungen durchblicken. Eine nahm Eschenbach sogar teilweise in Schutz. Sie war der Meinung, dass er einfach keine Antenne für die

Befindlichkeiten seines Gegenübers hatte. Gab es das wirklich? Und wieso durfte jemand mit einem solchen Defizit Untergebene drangsalieren?

Sie war so stolz gewesen, als es ihr gelungen war, diesen Job als Institutssekretärin zu bekommen. Das Institut war größer als die meisten anderen Institute der Hochschule. Die Professoren und Mitarbeiter waren für einen eigenen Studiengang zuständig, sie hatten aber auch Ausbildungsaufgaben für etliche andere Studiengänge. Einige unter Maries Mit-Azubis waren vor Neid fast geplatzt, als sie den Job bekommen hatte. Was dann wirklich geplatzt war, waren allerdings nur Maries Illusionen gewesen. Ob sie Eschenbach bis zum Ende seiner Dienstzeit ertragen würde, erschien ihr immer fraglicher. Manchmal hatte sie Angst, dass sie ihm eine patzige Antwort geben könnte und er sie hinauswerfen würde. Die Macht dazu hatte er. Niemand würde sich ihm in den Weg stellen.

Da hörte sie ihn kommen und riss sich zusammen.

Eschenbach verschonte das Sekretariat an diesem Vormittag, was aber nur zur Folge hatte, dass Marie immer aufgeregter wurde. Was hatte Eschenbach bisher davon abgehalten, im Sekretariat nach dem Rechten zu sehen? Etwas Gutes konnte es nicht sein, da war sie sich sicher.

Gegen 11.00 Uhr erschien der Doktorand Zettlitz im Sekretariat. Zettlitz hatte bereits in der vergangenen Woche einen Dienstreiseantrag gestellt. Er gehörte zur Arbeitsgruppe von Professor Menzel, und der musste noch unterschreiben, damit der Antrag an die Verwaltung weitergeleitet werden konnte. Wie immer eilte es ein bisschen. Zettlitz hatte Marie gebeten, die Unterschrift von Professor Menzel zu erbitten, wenn sie ihn hörte. Schließlich residierte der Herr Menzel im

Nebenzimmer. Marie hatte ihn am vergangenen Donnerstag und am Freitag angesprochen, aber jedes Mal hatte er hektisch erklärt, gerade total im Stress zu sein und sich in der nächsten Woche mit dem Problem befassen zu wollen. Was an dem Antrag problematisch sein sollte, war ihr unklar. Aber der Herr Menzel sah offenbar an vielen Stellen Probleme und war meistens im Stress. Ob er damit Eindruck schinden wollte? Zumindest schienen die anderen Professoren und Menzels Mitarbeiter das Gerede vom Stress nicht sehr ernst zu nehmen.

Leider musste sie Zettlitz auch jetzt wieder enttäuschen. Professor Menzel war entgegen seiner Gewohnheit noch nicht gekommen. Urlaub hatte er auch nicht beantragt. Vermutlich würde er nach dem Mittagessen auftauchen. Der Zettlitz sollte sich nicht so haben. Sie versprach, ihn anzurufen, sobald Menzel erschien.

Um die Mittagszeit kam Eschenbach ins Sekretariat. Er wollte aus irgendeinem Grund Menzel sprechen. Das war merkwürdig, denn die beiden redeten nach Maries Erfahrung kaum miteinander. Kurz danach erschien die Sekretärin des Dekans, um die Post für das Dekanat abzuholen. Sie vermutete, dass es bei Eschenbachs Anliegen um die Ausschreibung für die neue Juniorprofessur gehen könnte. Juniorprofessor konnte man werden, ohne eine zweite Doktorarbeit, die sogenannte Habilitation, geschrieben zu haben. Eine Habilitation war früher die Voraussetzung dafür gewesen, eine Professur zu erhalten. Die Dienstzeit als Juniorprofessor galt nun als Äquivalent zu einer Habilitation. Allerdings hatte ihr einmal ein Mitarbeiter erklärt, dass es deutlich mehr Personen mit einer Habilitation gegeben hatte und wohl noch gab als Professorenstellen. Warum nun auch noch der Weg zur Professur über die Juniorprofessur eingeführt worden war, hatte sie nie ganz verstanden.

Die Vorbereitung von Ausschreibungen für Professuren war eigentlich Sache der Fakultät. Marie hatte aber schon gemerkt, dass die vier Institute, die zusammen die Fakultät bildeten, weitgehend unabhängig voneinander, manchmal wohl auch gegeneinander, agierten. Man musste sich also vor allem innerhalb des Institutes einig sein. Eschenbach, offenbar ein großer Anhänger von Juniorprofessuren, wollte wieder einmal die Ausschreibung einer Juniorprofessur durchsetzen. Zwar hatte das Institut allein schon mehr Juniorprofessuren als jede andere Fakultät der Universität, aber das schien niemanden zu stören. Die Ausschreibung der neuen Juniorprofessur mit der Begründung für den Senat und dem Text, der in den Medien erscheinen würde, sollte in der nächsten Sitzung des Rates der Fakultät behandelt werden. Die Einladungen mit den Unterlagen mussten spätestens morgen abgesandt werden. Vermutlich hatte Eschenbach Änderungswünsche zu den Texten, oder er wollte Menzel, der Mitglied des Fakultätsrates war, instruieren, war er zu tun hatte.

Gegen 13.00 Uhr erschien Eschenbach ein weiteres Mal im Sekretariat und verlangte Menzel zu sprechen. Notgedrungen nannte Marie ihm Menzels private Festnetznummer. Eine Handynummer hatte Menzel nie herausgegeben. Es war nicht einmal klar, ob er ein Mobiltelefon besaß. Wenig später kam Eschenbach erneut ins Zimmer und erklärte mit schneidender Stimme, dass Menzel nicht abnehme. Zaghaft verwies sie auf die Möglichkeit, dass Menzel gerade auf dem Weg ins Institut sein und jeden Moment auftauchen könnte. Eschenbach faselte etwas von einem Nachspiel. Für wen, ließ er offen.

Nachdem Eschenbach gegangen war, tauchte Institutsleiter Behrmann im Sekretariat auf. Vielleicht hatte sich

Eschenbach bei ihm beklagt. Von den Professoren kannte Behrmann den Menzel am längsten und vermutlich auch am besten. Leider konnte sich auch Behrmann Menzels Fernbleiben nicht erklären. Er versprach aber, zu Menzels Wohnung zu fahren, sobald er noch einige Dinge erledigt habe. Er schien nicht sonderlich besorgt zu sein. Wenn Menzel ernsthaft Hilfe nötig hatte, konnte er sich an seine Nachbarn wenden, war Behrmanns Argument.

Diese Aussage irritierte Marie ein wenig. Welche Art von Hilfe sollte Menzel denn benötigen? War er krank? Es wurde ja allerhand gemunkelt über Personen, die die Wende nicht ganz unbeschadet überstanden hatten. Wusste Behrmann, wussten die anderen etwas, was ihr noch niemand erzählt hatte? Sie war zwar schon fast drei Jahre am Institut, aber es gab immer noch eine unsichtbare Barriere zu den anderen Sekretärinnen. Und zu den Mitarbeitern und Professoren sowieso.

Offenbar hatte Menzels Ausbleiben schnell die Runde gemacht. Mehrere Mitarbeiter, die sonst eher selten im Sekretariat erschienen, kamen vorbei, meistens unter dem Vorwand, ihr Postfach zu leeren, und fragten beiläufig nach dem Herrn Menzel. Es schien, als vermute man etwas, als warte man auf etwas. Und jeder wollte der Erste sein, der es erfuhr. Marie kam es so vor, als sei sie die einzige Uneingeweihte. Sie war froh, als sie endlich Dienstschluss hatte.

Professor Behrmann hatte vor, noch eine neue Seminaraufgabe zu seiner Vorlesung zu formulieren. Er hatte den Stoff ein bisschen umgestellt und wollte mit einer speziellen Hausaufgabe das neu aufgenommene Kapitel besser im Gedächtnis der Studenten verankern. Vermutlich ein hoffnungsloses Unterfangen. Wer befasste sich heutzutage noch mit Seminaraufgaben? Ein Student hatte ihm sogar einmal erklärt: „Hausaufgaben? Das gab es zum letzten Mal in der fünften Klasse." Eigentlich machten neue Aufgaben nur Ärger. Die Assistenten, die die Seminare leiteten, in denen die Aufgaben besprochen wurden, hassten es, ihre Zeit mit neuen Aufgaben zu verschwenden. Sie wollten am liebsten die Lösungen der alten Aufgaben am Tag vor dem Seminar aus ihrem Ordner nehmen und nach dem Seminar wieder fein säuberlich abheften. Die Studierenden, wenn sie sich überhaupt mit den Aufgaben befassten, wollten die Lösungen bei ihren Spezis aus den höheren Semestern abschreiben. Manche Studentinnen sahen in der Lösungsbeschaffung auch eine Möglichkeit, gewissen Studenten etwas näher zu kommen, immerhin eine gelungene Verbindung des Angenehmen mit dem Nützlichen. Behrmann hatte manchmal darüber nachgedacht, warum es selten andersherum war, nämlich, dass Studenten bei Studentinnen abschrieben. Vermutlich ließ sich dieses Problem nicht mit einer Quote regeln.

Nur wenige Studierende, egal, ob männlich oder weiblich, schienen noch selbst über den Stoff nachzudenken. Vermutlich diente das Wort „Studierende", das man nun wegen der Political Correctness benutzen musste, vor allem der Selbsttäuschung der Bildungs-Oberen. Vielleicht hatte die Sache sogar einen positiven Aspekt: Wenn die jungen Leute oft genug hörten, dass sie Studierende seien, wollten vielleicht ein paar mehr wissen, was sie denn da eigentlich waren, und versuchten es mit dem ernsthaften Studieren. Allerdings gaben selbst diese wahren Studierenden in den Seminaren selten zu, dass sie versucht hatten, die Aufgaben zu lösen und eventuell sogar erfolgreich. Sie wollten nicht als Streber gelten, und nur wenige waren bereit, die Lösung einer Aufgabe zu erklären. Wozu gab es schließlich den Assistenten!

Manchmal schaffte Behrmann es nicht, die Aufgaben rechtzeitig, sprich eine Woche vor den Seminaren zum Thema, ins Netz zu stellen. Und in dieser Woche war wieder einmal „manchmal". Sein Beliebtheitsgrad bei den Assistenten, die die Seminare betreuten, würde wieder um ein paar Prozentpunkte sinken. Aber glücklicherweise wurde er ja nur von den Studenten bewertet. Und die hatten nun ein Alibi, wenn sie die Aufgaben nicht gelöst hatten, also keinerlei Grund, sich zu beklagen.

Aber heute war wirklich „höchste Eisenbahn", die Aufgaben mussten ins Netz. Schließlich fand morgen das erste Seminar zu diesen Aufgaben statt. Da hatte der Herr Menzel schon noch ein bisschen zu warten. Er war doch nicht Menzels Amme.

Aber Behrmanns Gedanken schweiften wieder und wieder ab. Verdammt, er konnte sich nicht auf die Aufgabe konzentrieren! Vielleicht brauchte Menzel wirklich Hilfe? Zwar hatte Behrmann seinerzeit den Nachbarn gegenüber in scherzhaftem Ton gesagt, dass sie doch bitte „ein Auge auf den Herrn Menzel haben" sollten. Sie hatten ihn verständnislos angesehen und nichts erwidert. Aber Menschen sind neugierig. Und Botschaften, die zunächst unverständlich erscheinen, prägen sich umso besser ein. Das Unterbewusstsein arbeitet, um die Bedeutung zu entschlüsseln. Egal, ob man irgendwann versteht, was gemeint ist, oder nicht: Es bleibt etwas im Gedächtnis hängen. Werbung beruhte ja weitgehend auf diesem Prinzip. Die Nachbarn würden bei ihm Alarm schlagen, wenn sich Menzel ungewöhnlich benahm. Aber vielleicht waren sie gar nicht da? Ließen sich gerade auf einem Kreuzfahrtschiff verwöhnen? Oder reisten „mit siebzig um die Welt"?

Wie sehr er sich auch bemühte, die Seminaraufgabe hatte gegenüber diesen Grübeleien keine echte Chance. Menzel war vor etwa fünfzehn Jahren schon einmal drei Tage verschwunden gewesen. Er war nicht ans Institut gekommen, nicht ans Telefon gegangen. Auf das Klingeln an der Wohnungstür wurde nicht geöffnet. Die damaligen Nachbarn konnten sich nicht erinnern, ihn gesehen zu haben. Man erwog, die Polizei einzuschalten. Aber am vierten Tag wurde Menzel in der Stadt gesehen, am fünften Tag erschien er wieder am Institut. Beiläufige Bemerkungen zu seinem Verschwinden ignorierte er, als habe er sie nicht gehört. Niemand wusste, ob er in den drei Tagen zu Hause gewesen war oder nicht. Mit der Zeit war Gras über die Sache gewachsen, die jungen Kolleginnen und Kollegen wussten nichts von dieser Sache. Nichtsdestotrotz hatte auch von denen niemand Zweifel daran, dass Menzel „speziell" war.

Entnervt gab Behrmann seine Bemühungen auf. Die Seminaraufgabe konnte er auch noch nachts erfinden. Er war es gewohnt, nachts zu arbeiten. Die Aufgaben würden wieder erst gegen 2.00 Uhr im Netz stehen. Hartmut, der morgen um 9.00 Uhr das erste Seminar zum neuen Thema zu halten hatte, müsste halt ein bisschen eher aufstehen und sich darauf vorbereiten, die Lösungen vorzuführen.

Behrmann stieg ins Auto. Der Parkplatz war fast leer. An der Ausfahrtsschranke stellt er fest, dass er seine Berechtigungskarte zum Öffnen der Schranke vergessen hatte. Er stellte das Auto an der Seite ab und ging in sein Büro, um die Karte zu holen. Leider war sie nicht da, wo er sie gewöhnlich hinlegte. Hatte er sie wieder am Kopierer vergessen? Vielleicht hatte sie jemand dort sichergestellt und ihm eine Mail geschickt? Aber alles Fehlanzeigen! Langsam wurde er nervös. Schließlich stellte sich bei der Wiederholung der Inspektionsrunde heraus, dass die Karte unter die Hochschulzeitung geraten war, die er aus dem Sekretariat mitgebracht hatte. Erleichtert atmete er auf.

Wie oft hatte er darum gebeten, eine gesonderte Karte für den Parkplatz zu erhalten! Aber nein. Alles – Drucken, Kopieren, Bibliothek, Bezahlung im Hauptgebäude der Mensa, Parkkarte – war in einer Karte zusammengefasst. Er hatte mehrfach nachgefragt, ob es nicht möglich sei, eine gesonderte Parkkarte, notfalls zu einer erhöhten Gebühr, zu erhalten. Die hätte er dann ständig im Auto lassen können, und sie wäre an der Schranke immer zur Hand gewesen. Doch bei jedem Vorstoß erhielt er die stereotype Antwort, dass alle anderen sehr zufrieden mit der gegenwärtigen Lösung seien. Allerdings kannte er niemanden von diesen „anderen". Die „anderen", die er kannte, waren genauso unglücklich über die Situation wie er. Vermutlich gab es unterschiedliche Definitionen von „andere" bei den Erfindern der Alles-Karte und bei denen, die mit dieser segensreichen Erfindung leben mussten.

Als er bei Menzels Wohnung ankam, dämmerte es bereits. Er ging ums Haus. Alle Fenster von Menzels Wohnung waren dunkel. Auch die Fenster der Nachbarn, mit denen er seinerzeit gesprochen hatte. Ein ungutes Gefühl beschlich ihn. Heute schien nicht sein Tag zu sein. Vielleicht würden die Aufgaben noch später ins Netz kommen.

Langsam ging er ins Haus und klingelte bei Menzel. Nichts rührte sich. Mühsam unterdrückte er einen Fluch.

Entschlossen klingelte er bei den Nachbarn auf der anderen Seite, einer Familie Schmidt. Auch hier rührte sich zunächst nichts, obwohl unter der Tür Licht durchschimmerte. Behrmann klingelte ein zweites Mal. Schließlich öffnete ein älterer Mann und sah ihn missmutig an. Glücklicherweise waren sie sich schon begegnet, und der Nachbar erkannte ihn. Den Herrn Professor Menzel, nein, den hatten sie schon eine Weile nicht mehr gesehen. Die mutmaßliche Frau Schmidt erschien nun auch. „Ich habe dir doch gesagt, hier stimmt etwas nicht", bekam ihr Mann zu hören. „Der Menzel kann doch nicht verreist sein." Der junge Mann in der oberen Etage, der vorgab, Student zu sein, hatte ihr doch erklärt, dass jetzt keine Semesterferien seien. An der An- und Abwesenheit des Herrn Studenten war das ja nicht mehr abzulesen. Früher hatte man zur Semesterzeit doch ständig auf dem Hochschulgelände zu tun gehabt. Aber jetzt? Der Herr Student war ziemlich häufig nicht da. Er konnte doch nicht ständig im Praktikum sein.

Behrmann unterbrach sie und wandte ein, dass ein Professor auch während der Vorlesungszeit verreisen könne. Schmidts sahen ihn entgeistert an „Muss der nicht unterrichten? Lehrer können doch auch nur in den Ferien verreisen."

Behrmann verzichtete darauf, sie aufzuklären. Soweit er sich erinnern konnte, war Menzel wirklich niemals während der Vorlesungszeit verreist. Das unterschied ihn von vielen anderen Kollegen, die Tagungsbesuche schon mal nach dem Tagungsort auswählten und nicht nach der wissenschaftlichen Relevanz, geschweige denn danach, ob die Tagung außerhalb der Vorlesungszeit lag.

Frau Schmidt erzählte, dass sie Menzel am Freitagmittag zum letzten Mal gesehen habe. Seitdem sei es in der Wohnung still gewesen, kein Lebenszeichen. Nein, einen Koffer habe Menzel am Freitag nicht bei sich gehabt. Weiter könne sie nichts sagen.

Behrmann verabschiedete sich resigniert. Offenbar waren die Nachbarn nicht zu einem Gespräch über den Herrn Menzel aufgelegt. Vielleicht hätte er erst ein bisschen Vertraulichkeit schaffen müssen, indem er Beiträge zum Lamento über den „Herrn Studenten" lieferte. Kommunikation war nicht seine starke Seite. Jetzt war es wohl zu spät.

Vermutlich hatten Schmidts nicht gerade ein herzliches Verhältnis zu Herrn Menzel gepflegt. Aber das war wohl die Richtung, in die sich nachbarschaftliche Verhältnisse generell entwickelten. Erst kürzlich hatte ja wieder eine Studie diesen Sachverhalt bestätigt.

Der Umgang mit Menzel war jedenfalls nicht gerade einfach. Man wusste nie, wie der gerade „drauf" war. Behrmann selbst hatte das oft genug zu spüren bekommen. Nach einer „guten Zeit" hatte Menzel mehrere Jahre nur das Notwendigste mit ihm besprochen, ohne dass Behrmann wusste, was er sich hatte zuschulden kommen lassen. Er wusste auch nicht, wie es zur Besserung des Verhältnisses gekommen war. Er war so froh über den Wandel zum Positiven gewesen, dass er nicht mit einer unbedachten Frage wieder alles verderben wollte.

Und erst das Theater mit der Rieger! Sie hatte ihm gesagt, dass Menzel manchmal die Straßenseite wechselte oder sogar umkehrte, wenn er sie von weitem sah. Im Gegensatz zu ihm schien die Rieger aber zu wissen, was hinter diesem Verhalten steckte.

Was sollte er nun tun? Vielleicht hatten die Nachbarn einen Schlüssel. Er musste sich eingestehen, dass das nicht sehr wahrscheinlich war bei einem derart misstrauischen Menschen wie Menzel. Aber er musste danach fragen. Eine Vermisstenmeldung konnte er nicht mehr ausschließen. Jeder würde ihn auslachen, wenn er die Nachbarn nicht nach einem Schlüssel gefragt hätte und Menzel als vermisst meldete.

Tapfer klingelte er noch einmal, auf verbiesterte Gesichter gefasst. Dieses Mal erschien nur die Frau. Nein, einen Schlüssel habe ihnen der Herr Professor nicht überlassen, nicht einmal, wenn er, wie jedes Jahr, einen Monat nach Holland fuhr. Sie entschuldigte sich damit, dass ihr Mann und sie gerade mit Tochter und Enkelkind in Belgien skypten.

Behrmann sah ein, dass das ein gewichtiges Argument war. Im Osten waren blühende Landschaften geschaffen worden, indem man die hässlichen Fabriken beseitigt hatte. Junge Leute hatten nun die Freiheit zu entscheiden, ob sie in die alten Bundesländer oder gleich ein bisschen weiter gehen wollten, dahin, wo man nicht so gut darüber informiert war, dass die Ossis jahrelang in einer Diktatur gelebt hatten und folglich irgendwelche Defizite entwickelt haben mussten. Die neuen Autobahnen lockten in die Ferne. Dass manche der jungen Ossis auch ganz gern zu Hause geblieben wären, hatten die neuen Politiker, die ja vor allem die Freiheit im Blick hatten, offenbar lange Zeit nicht einmal geahnt. So kannte Behrmann auch nur ganz wenige Absolventen, denen es geglückt war, in der Nähe ihrer Eltern einen angemessenen Job zu finden. Da war schnelles Internet schon ein Segen. So hatte man wenigstens die Möglichkeit, den Nachwuchs ab und zu zu begucken, auch wenn man bei Krankheit der Enkel und ähnlichen Missgeschicken nur hilflos gucken konnte.

Behrmann schüttelte sich. Er musste über andere Dinge nachdenken. Jetzt blieb wohl nur noch der Vermieter oder der Wohnungsverwalter, wenn er einen Blick in die Wohnung werfen wollte. Durften Vermieter die Wohnung eines Mieters ohne Einwilligung des Mieters betreten? Wohl eher nicht. Aber war hier nicht Gefahr im Verzug? Und ein neues Problem tat sich auf: Wer war der Vermieter?

Da fiel ihm etwas ein. Hatte Menzel nicht montags im Zwei-Wochen-Rhythmus zu später Stunde eine Vorlesung am anderen Ende des Campus? Wenn Menzel nach der Vorlesung gleich nach Hause gehen wollte, war die Strecke über das Institut ein Umweg.

Er selbst würde an Menzels Stelle nicht erst ins Institut gehen, wenn nicht ein besonderer Termin anstand. Schließlich durften sie auch zu Hause arbeiten. Und zu Hause war man effektiver, weil in der Regel niemand an die Tür klopfte, der den gerade hervorblitzenden schönen Gedanken wieder vertrieb. Menzel war vermutlich erst noch einkaufen gegangen. Manchmal aß er wohl auch in einer Gaststätte Abendbrot.

Menzel hatte nach seiner Kenntnis noch nie eine Vorlesung ausfallen lassen. Er schien in der Lehre seine tatsächliche Berufung zu sehen, sozusagen ein Vorläufer der sogenannten Lehrprofessoren. Und Menzel war stolz darauf, viele verschiedene Vorlesungen gehalten zu haben. Er bereitete sich akribisch vor, schrieb alles haarklein auf. Zwar behaupteten einige böswillige Stimmen, dass die gelegentlich sehr speziellen Themen den Studierenden nicht noch einmal begegnen würden. Und also auch nicht wesentlich die Karriere der Absolventen befördern könnten. Aber zu Behrmanns Erstaunen gab es immer wieder Studenten, die auch die sehr speziellen Vorlesungen des Herrn Menzel besuchten. Lag es am Schwierigkeitsgrad der Prüfungen? Oder an gewissen Hinweisen zu den Prüfungsfragen? Eine gute Note war schließlich eine gute Note, egal, wofür man sie erhalten hatte.

Behrmann spürte Erleichterung. Menzel hatte die Vorlesung ganz sicher gehalten, und Menzel würde auch seine morgige Vorlesung im Institutsgebäude halten. Dann würde sich alles aufklären. Seine Sorgen erschienen ihm auf einmal völlig unbegründet, und er machte sich wieder daran, die Seminaraufgabe zu formulieren.

Dienstag

Am Dienstagmorgen gegen 9.00 Uhr frühstückten Marie Heimer und ihre Kollegin Ursula Jahnke gemeinsam. Eschenbach kam dienstags nie, und die Herren der Arbeitsgruppe, der Ursula Jahnke zu dienen hatte, erschienen frühestens gegen 9.30 Uhr. Bis dahin hatte man Ruhe und konnte Neuigkeiten austauschen. Zwar musste man immer noch damit rechnen, dass irgendein Trottel gerade in dieser Zeit sein Postfach leeren wollte, aber im Großen und Ganzen war die Bude sturmfrei. Für Marie war es eine der wenigen Gelegenheiten, ein bisschen Einblick in das Funktionieren des Institutes zu erhalten.

Beiläufig erwähnte Marie, dass Menzel gestern nicht erschienen war. Ursula stutzte. „Das ist aber eigenartig. Gestern kam eine Mail vom einem seiner Studenten. Der braucht noch einen Prüfungstermin. Er hat mich gebeten, Menzel auf die Prüfung hin anzusprechen. Der Student behauptet, er habe Menzel eine Mail geschrieben, aber keine Antwort erhalten." Sie fuhr fort: „Ich habe mir nichts dabei gedacht. Man muss schon Glück haben, wenn Menzel auf Mails von Mitarbeitern beim ersten Versuch antwortet. Aber bei Studenten ist das anders."

Es klopfte. Marie und Ursula sahen einander an. Bestimmt wieder die blöde Rieger, die kam immer zur unpassendsten Zeit. Sie war lange genug am Institut um zu wissen, wann sie frühstückten oder Kaffee tranken, trotzdem platzte sie meistens genau dann ins Sekretariat.

Dieses Mal war es aber nicht die Rieger, sondern Behrmann. „Habt ihr Menzel schon gesehen?" Blöde Frage! Um diese Zeit schlief Menzel nach Überzeugung aller Mitarbeiter des Institutes noch. Behrmann aber auch. Und trotzdem war er jetzt da. Und er fühlte sich sichtlich unwohl in seiner Haut! Das war ja mal eine interessante Situation.

Also steckte hinter dem Nicht-Auftauchen des Herrn Menzel am Vortag offenbar mehr, als man bisher gemutmaßt hatte.

Behrmann begriff schließlich auch, dass seine Anwesenheit um diese Zeit für Verunsicherung sorgte. Eine unverfängliche Erklärung musste her. Also verkündete er, dass er in fünf Minuten einen Termin habe und gern vorher Menzels Meinung zu einer bestimmten Frage gehört hätte. Er wisse ja, dass Menzel um diese Zeit üblicherweise noch nicht da sei, aber einen Versuch sei es sicherlich wert gewesen, nicht wahr? Gestern nach der Vorlesung habe er Menzel leider nicht mehr erreicht.

Als er gegangen war, sahen sich Marie und Ursula erstaunt an. Ursula sagte langsam: „Menzel hat gestern eine Vorlesung gehabt? Womöglich bei dem Studenten, der mir die Mail geschickt hat? Ist der zu faul, zur Vorlesung zu gehen und Menzel dort zu fragen? Aber nun will ich es wissen!"

Die Segnungen des Internets halfen. Den Namen der Vorlesung fand man auf der Seite des Institutes, die Liste der potentiellen Teilnehmer gab es beim Prüfungsamt. Das Prüfungsamt bestätigte, dass der Mailschreiber zu den Studenten gehörte, die die Vorlesung eigentlich besuchen sollten. Ursula schaute noch einmal nach. Der vorhergehende Schriftwechsel war an die Mail, die sie erhalten hatte, angehängt. Die nicht beantwortete Mail an Menzel war am Montag zur Vorlesungszeit abgesandt worden. Das war nun doch starker Tobak. Der Student wollte bei Menzel eine Prüfung ablegen und gab gleichzeitig preis, dass er die Vorlesung schwänzte? Ursula informierte Behrmann.

Behrmann spürte, wie sich etwas in seinem Inneren zusammenkrampfte. Natürlich hatten die Studierenden in ihrem jahrelangen Kampf gegen die Anwesenheitspflicht in den Lehrveranstaltungen schon beachtliche Erfolge erzielt. Aber eine Mail zu diesem Zeitpunkt abzusenden, wenn man beim Empfänger noch eine mündliche Prüfung zu absolvieren hatte? Soviel Masochismus war auch bei den Studenten dieser wunderbaren Einrichtung eher selten. Andererseits, hatte nicht bereits Einstein festgestellt, dass die menschliche Dummheit unendlich war? Und mit Universitäten hatte der Herr Einstein ja auch seine Erfahrungen.

Aber befremdlich war es schon. Behrmann wurde klar, dass man nun etwas unternehmen musste. Und von welcher Seite er die Sache auch betrachtete, „man" war in diesem Fall wohl er selbst. Der Student hatte erfreulicherweise sogar eine Telefonnummer hinterlassen. Und kurze Zeit später hatten sie Gewissheit: Menzel war am Montag nicht zur Vorlesung erschienen. Das war nun wirklich eine alarmierende Botschaft!

Behrmann wurde klar, dass er Ersatzkräfte für die Lehrveranstaltungen finden musste. Ein Blick in den Lehrplan zeigte, dass Menzel erst am Mittwochnachmittag die nächste Vorlesung für eine andere Fakultät zu halten hatte. Behrmann hatte also noch einen Nachmittag lang Zeit, jemanden zu finden, der die Vorlesung halten konnte. Es blieb wohl nur ein wissenschaftlicher Mitarbeiter. Die jungen Professoren würden sich weigern, weil sie diesen Kurs noch nie gelesen hatten. Einer hatte sogar bei seiner Einstellung die Zusage verlangt, nie im sogenannten Dienstleistungsbereich, also bei Studenten anderer Fachrichtungen, eingesetzt zu werden. Der damalige Institutsleiter hatte die Zusicherung gegeben. Was er sich dabei gedacht hatte und ob er überhaupt dabei gedacht hatte, vermochte Behrmann nicht zu beurteilen. Es hatte auf jeden Fall ungeeignetere Institutsleiter als ihn selbst gegeben. Dieser Fakt war zugleich tröstlich und alarmierend. Ob man die ganzen Fehler der Vorgänger jemals wieder kompensieren konnte?

Der Herr Eschenbach kam als Vertretung erst recht nicht in Frage, weil sich maßgebliche Leute des betroffenen Studienganges schon vor Jahren über seine Vorlesungen beklagt hatten. Eschenbach brauchte nie wieder eine Vorlesung für eine andere Fachrichtung zu halten. „Einmal dumm gestellt, hilft fürs ganze Leben", dachte Behrmann zum wohl hundertsten Mal. Er hatte hinsichtlich Cleverness noch einiges zu lernen. Aber im Gegensatz zu einigen seiner Professorenkollegen hielt er eigentlich gern Vorlesungen für andere Fachrichtungen. Hin und wieder traf er auch da auf aufgeschlossene Studentinnen und Studenten, die Anlass zu der Hoffnung gaben, dass sie später mit dem Gelernten nützliche Dinge tun würden. Für diese jungen Leute lohnte sich die Mühe. Ein paar waren sogar Jahre später zu ihm gekommen und hatten sich Rat geholt für Belegarbeiten, Abschlussarbeiten oder Dissertationen. Das machte ihn ein bisschen stolz.

Menzels Spezialvorlesung für die eigenen Studenten am heutigen Nachmittag konnte man ausfallen lassen. Er wies Marie an, für den Fall, dass Menzel zehn Minuten vor Vorlesungsbeginn nicht erschienen war, in den Vorlesungsraum zu gehen. Sie sollte „Die Vorlesung fällt heute wegen Erkrankung von Herrn Prof. Menzel aus" an die Tafel schreiben, aber vorsichtshalber bis zehn Minuten nach Vorlesungsbeginn vor dem Hörsaal warten, ob Menzel nicht doch noch aufkreuzte.

Behrmann fuhr ein weiteres Mal zu den Nachbarn. Sie gaben sogar zu, ein bisschen an Menzels Tür gehorcht zu haben, aber nichts, rein gar nichts, hätten sie gehört. Sie schienen Feuer gefangen zu haben und hatten sogar schon die Adresse des Wohnungsverwalters herausgesucht. Na bitte, es ging doch!

„Es ist ja wie im Krimi", sagte der Mann. Und die Vorfreude darauf, einmal wenigstens in einem Beinahe-Krimi mitwirken zu können, war nicht zu überhören. „Blödkopp", dachte Behrmann, hütete sich aber, das laut zu sagen.

Der Wohnungsverwalter entpuppte sich als Wohnungsverwalterin. Sie schien interessierter zu sein als erwartet und versprach, umgehend zu erscheinen, falls sie den Herrn Menzel telefonisch nicht erreichen könne. Die Nachbarn fragten aufgeregt, ob man denn nicht die Polizei informieren müsse. Vermutlich stellten sie sich schon vor, wie die vermummten Beamten des SEK mit Maschinenpistolen bewaffnet, immer mit dem Rücken an der Wand Deckung suchend, um die Ecken von Menzels Wohnung huschten.

Behrmann versuchte, noch einiges über die häuslichen Gewohnheiten des Herrn Menzel zu erfragen, wurde aber weitgehend enttäuscht. Die Nachbarn wussten offenbar nicht mehr, als sie Behrmann bereits mitgeteilt hatten.

Nach etwa einer Viertelstunde erschien die Verwalterin. Sie musterte Behrmann aufdringlich und verlangte, seinen Ausweis zu sehen. Als die Nachbarn unmerklich nickten, sagte sie: „Also gut", und klopfte an Menzels Wohnungstür. Da erwartungsgemäß nichts passierte, rief sie Menzels Namen. Man hörte, wie im Haus vorsichtig Wohnungstüren geöffnet wurden. Leider war die Tür vom Herrn Menzel nicht dabei. Schließlich wählte die Verwalterin eine Handynummer. Behrmann nahm es interessiert zur Kenntnis. Der Verwalterin hatte Menzel offenbar mehr Vertrauen geschenkt als seinen Mitarbeitern. „Immer noch ausgeschaltet", ließ die Verwalterin wissen. Sie nahm einen Schlüsselbund aus ihrer Tasche und öffnete die Wohnungstür. Zu Behrmanns Erleichterung wies sie die Nachbarn unwirsch an, draußen zu bleiben. Hatte sie einschlägige Erfahrungen?

Nach dem Öffnen der Tür rief die Verwalterin nochmals Menzels Namen. Keine Antwort. Langsam ging sie mit Behrmann durch die Wohnung, niemand war da. Alle Zimmer waren pingelig aufgeräumt. Behrmann hatte nichts anderes erwartet. Er glaubte sogar, dass Menzel angesichts nicht gerade ausgerichteter Buchreihen körperliche Missempfindungen haben könnte. Vor einiger Zeit hatte er mal etwas über Menschen mit dieser Besonderheit gelesen. Es gab dafür doch sogar einen Fachbegriff.

„Man müsste mal gucken, ob seine Papiere da sind", fing er vorsichtig an. Aber die Verwalterin, offenbar ziemlich verärgert, antwortete barsch: „Das ist jetzt wirklich Sache der Polizei. Sie fassen hier nichts an!" Kleinlaut verließ er die Wohnung. Die Verwalterin schloss wieder ab.

Behrmanns Unruhe wuchs. Hier stimmte etwas ganz und gar nicht. Zurück im Institut, fragte er Marie, wie Menzel am Freitag gewirkt habe.

„Wie immer. Auch den anderen ist nichts aufgefallen."

„Welchen anderen?"

Marie zählte auf, wer schon alles seine Beobachtungen zum Verhalten des Herrn Menzel in der Vergangenheit beigesteuert hatte. Offenbar waren die üblichen Kaffeerunden deutlich größer geworden und hatten sich vernetzt. „Vergangenheit" war auch sehr breit ausgelegt worden. Behrmann wollte die Berichterstattung abkürzen und fragte: „Was glauben denn die Leute so?"

„Woher soll ich das wissen? Da müssen Sie sie schon selber fragen."

„Na, gibt es so etwas wie eine kollektive Meinung? Ich sage ganz bestimmt niemandem, woher ich sie habe."

„Die meisten glauben, dass er durchgedreht ist und sich irgendwo versteckt hält. In der Wendezeit soll es ja ähnliche Fälle gegeben haben. Schizophrene, die glaubten, die Nachbarn machen sie mit Laserstrahlen kaputt, solche Sachen." Behrmann konnte nicht umhin, sich Frau Schmidt mit einer Laserpistole vorzustellen, und hatte plötzlich Mühe, seine Gesichtszüge im Zaum zu halten. Marie hatte glücklicherweise seine Gesichtsakrobatik nicht bemerkt und erläuterte: „Wird vermutlich durch Stress ausgelöst. Manche scheinen dazu ziemlich viel gelesen zu haben. Es gab doch sogar einen Mord, der durch die Zeitungen ging. Manche haben angeblich in der Nachwendezeit richtig Angst gehabt vor den ‚Durchgeknallten'. Weil die ja einer Behandlung zustimmen mussten, was die meisten nicht taten. Die glaubten ja fast alle, sie seien völlig normal und die anderen hätten einen Schaden."

Behrmann seufzte. Zwar kannte er auch einen solchen „Fall". Aber jetzt lag die Wende hinreichend lange zurück. Von „Spätfolgen" hatte er noch nichts gehört.

„Gut, gibt es auch noch andere Theorien?"

„Naja, nicht unbedingt Schizophrenie, aber irgendeine andere Störung. Ja, daran glauben viele. Da soll es auch Fälle gegeben haben. Scheint nicht ganz leicht gewesen zu sein damals. Manche sagen, ich hätte hier einiges verpasst."

Ja, das hatte sie tatsächlich. Die Wende war schon eine aufregende und anstrengende Zeit gewesen. Viele hatten Blessuren davongetragen, egal, auf welcher Seite sie vorher angeblich oder tatsächlich gestanden hatten. Die meisten glaubten entweder, dass sie früher ungerecht behandelt worden waren, oder jetzt in der Wendezeit ungerecht behandelt wurden. Manche glaubten auch beides. Dazu kam die Ungewissheit darüber, wie es weitergehen würde. Menschen, die über die neuen Möglichkeiten jubelten, hatte es zwar gegeben. Aber sie waren nach seiner Erinnerung in der Minderzahl gewesen. Es hatte die Sorge dominiert, dass etwas aus dem Ruder laufen könnte. Auch den Segnungen des Kapitalismus hatten nicht alle hoffnungsfroh entgegen gesehen. Schließlich hatten sie hier Westfernsehen empfangen können. Er hatte diese Erinnerungen weitgehend verdrängt. Sollte jetzt alles wieder hochkochen?

Marie riss ihn aus seinen Gedanken.

„Manche glauben auch, dass er vielleicht jemanden überrascht hat. Er ist ja häufig spät am Abend und auch am Wochenende im Institut."

Das war ein Aspekt, an den Behrmann auch schon gedacht hatte. Und das war die Variante, die ihm von all den bedrückenden Möglichkeiten noch am besten gefiel. Zwar schloss der Sicherheitsdienst die Eingangstüren zum Gebäude an den Wochenenden ab. Aber aus den unterschiedlichsten Gründen hatten gelegentlich Mitarbeiter am Wochenende Sehnsucht nach ihrem Büro. Und manche vergaßen, die Eingangstüren nach dem Betreten des Gebäudes wieder zuzuschließen. Gelegentlich waren so schon Fremde ins Gebäude gelangt und hatten dort Dinge getan, bei denen Zuschauer eher unerwünscht waren.

Behrmann war irgendwie erleichtert, dass auch andere auf die Idee mit unbefugten Eindringlingen gekommen waren. „Fremde Personen und irgendein dummer Zufall" war die Erklärung für Menzels Verschwinden. Anders konnte es nicht sein. Er erinnerte sich daran, dass eine Frau geklagt hatte, ihre wertvollen Blumentöpfe, die die Flurfenster zierten oder, nach Sichtweise anderer, nur den Ausblick behinderten, seien verschwunden. Er selbst war damals der Meinung gewesen, dass sich ein Kollege durch das Insektenhabitat gestört gefühlt und das Problem auf endgültige Weise gelöst hatte. Aber vielleicht war ja wirklich geklaut worden? „Blumen hat er mir geklaut", ein Schlagertext aus seiner Jugend, kam ihm wieder in den Sinn. Lange hatte er gegrübelt, was damit gemeint war. Galt hier die Grammatik oder der Kontext? Auf jeden Fall hatte es die Sängerin geschafft, sich mit dieser wunderlichen Liedzeile in seinem Gedächtnis einzubrennen.

Und es waren nicht nur Blumen abhandengekommen. Einmal, erinnerte er sich, war in der oberen Etage ein Computer gestohlen worden. Aber das lag Jahre zurück. Andererseits, hatte nicht kürzlich in der Zeitung gestanden, dass es im nahen Wohngebiet eine Serie von Einbrüchen gegeben hatte? Vielleicht war der Herr Menzel im buchstäblichen Sinne über sich selbst hinausgewachsen und hatte versucht, einen Dieb zu stellen? Und der hatte die Nerven verloren! Es wurde ja nicht umsonst ständig davor gewarnt, den Helden spielen zu wollen.

Egal, was dahintersteckte, Behrmann musste jetzt wohl das Dekanat und das Rektorat informieren. Ersteres war problemlos. Der Dekan war auf Dienstreise, und mit einer Mail hatte er wohl seiner Informationspflicht Genüge getan.

Und das Rektorat? Er zögerte. Wenn nun der Menzel wieder auftauchte, so wie seinerzeit die Frau Ellerhagen? Dann würde das Institut nur unnötig ins Gerede kommen. Aber er musste sich absichern. Er konnte und wollte nicht die Verantwortung übernehmen, wenn etwas Schlimmeres vorgefallen war.

Entschlossen rief er im Sekretariat des Prorektors für Forschung an. Er erfuhr, dass dieser gerade mit einer Delegation in Osteuropa weilte, um die bestehenden guten

Kontakte weiter zu zementieren. Der Rektor gehöre dieser Delegation ebenfalls an. Behrmann erinnerte sich; er hatte darüber in der Zeitung gelesen. Es ging um den Abschluss einer Vereinbarung zur Zusammenarbeit. Das Forschungsgebiet allerdings, auf dem man zusammenarbeiten wollte, hatte ihn erstaunt. Er hatte noch nie gehört, dass seine Arbeitsstätte auf dem Gebiet der geplanten Zusammenarbeit irgendwelche Kompetenzen besaß. Vermutlich wollte man die Kompetenzen gerade durch die Kooperation erwerben. Auch den Namen der Uni, die Hauptpartner werden sollte, hatte er noch nie gehört. Aber das war der Lauf der Dinge. Daran musste man sich gewöhnen. So, wie sich in Deutschland seit der Einführung der Bachelor- und Master-Abschlüsse die Zahl der Studiengänge verdoppelt hatte, wuchs anderenorts sogar die Zahl der höheren Bildungseinrichtungen.

Da blieb nur noch der Prorektor für Bildung. Den kannte er nicht gut, er wusste nur, dass er ein bisschen umstritten war. Notgedrungen rief er auch dort an. Behrmann erfuhr, dass der Prorektor gerade eine Vorlesung für Schüler halte. Er werde in etwa einer Stunde wieder erwartet. Zwar gehörte Behrmann zu denen, die gelegentlich die Sinnhaftigkeit dieser Veranstaltungsreihe in Frage stellten, aber für den Moment war er ganz froh, dass er nicht zuerst mit dem Prorektor sprechen musste.

Behrmann beschloss, den Personalchef anzurufen, den er als umsichtigen Mann kannte. An einen ähnlichen Fall konnte sich auch dieser nicht erinnern, schlug aber vor, eine Vermisstenmeldung bei der örtlichen Polizeistation zu machen. Vielleicht konnte man die Kollegen dort dazu bringen, das Ganze nicht gleich an die bekannte Boulevard-Zeitung weiterzureichen, mit der man schon einmal schlechte Erfahrungen gesammelt hatte.

Da hatte Behrmann noch eine Idee: Peter! Warum war er nicht gleich darauf gekommen? Peter war derjenige in der Abteilung, der sich nicht nur notgedrungen, sondern aus Interesse und innerem Antrieb mit der Computerei befasste. Wenn man am Institut Probleme mit dem Computer hatte, was leider ziemlich häufig vorkam, war eigentlich der Systemadministrator zuständig. Wenn man Glück hatte, tat der irgendetwas, und das Problem war behoben. Wenn man Pech hatte, tat der irgendetwas, und eine Verschlimmbesserung war die Folge. Da sich die Wahrscheinlichkeit dafür, dass der positive Fall eintreten würde, von den Computer-Laien meistens schlecht einschätzen ließ, ging man in der Regel gleich zu Peter. Der half immer, und man hatte in der Regel Glück. Es war schon erstaunlich, dass es das heute noch gab. Peter hatte keine Familie und vermutlich deshalb viel Zeit. Dabei war er kein eigentlicher Nerd. Er war sehr belesen und reiste gern. Vermutlich hatte er von allen Kollegen die beste Allgemeinbildung. Nur mit seinen Theorien über Weltverschwörungen musste man vorsichtig sein. Wenn er in Fahrt kam, war man schließlich überzeugt, dass das Ende der Welt in wenigen Tagen hereinbrechen würde oder, bisher unbemerkt, schon hereingebrochen war. Meistens war man dann so deprimiert, dass nur noch ein paar mit Joggen erkämpfte Endorphine halfen. Wie Peter selbst mit seinen Verschwörungstheorien klar kam, war allen ein Rätsel. Weder hatte man ihn jemals bei einer schnelleren Bewegung erwischt, noch stopfte er Unmengen Schokolade in sich hinein.

Peters Beliebtheit war allerdings nicht nur dem Systemadministrator ein Dorn im Auge. Insbesondere die jungen Professoren, die sich selbst für computererfahren hielten, waren ein bisschen neidisch. Sie beklagten sich bei Behrmann und einigen anderen älteren Professoren, dass Peter nicht genug zu tun habe. Tatsächlich hatte sich Peter von den Forschungsthemen des Institutes ein wenig entfernt. Das wiederum war kein Wunder, denn er war ja damit ausgelastet, die Fehler der Institutsangehörigen beim Umgang mit dem Computer sowie die Macken der verwendeten Hardware und Software aufzuspüren und zu beheben. Oder auch nur die ahnungslosen Anwender über die Dinge aufzuklären, die der Systemadministrator „eingerichtet" hatte. Bei Menzel stießen die Neider auf offene Ohren. Peter war ihm suspekt, das war offensichtlich. Warum das aber der Fall war, hatte Behrmann nie herausgefunden. Allerdings reichte bei Menzel auch ein noch so kleines Vorkommnis, wenn es ihn in der falschen Laune traf, aus, um jemanden für immer oder zumindest für lange Zeit zu verdammen.

Behrmann war entschlossen, noch diesen letzten Versuch zu machen, bevor er die Polizei einschaltete. Peter, der dazu bestimmt in der Lage war, sollte sich mal ein bisschen auf dem Laptop in Menzels Büro umsehen. Vielleicht gab es da Anhaltspunkte für Menzels Verschwinden.

Behrmann ging zu Peter. Peter arbeitete in einem Zwei-Mann-Büro, und der Büroteiler war anwesend. Mitwisser konnte Behrmann jetzt nicht gebrauchen. Also erzählte er Peter von einem Problem mit seinem Computer, das dringend einer Lösung bedürfe. Wie gewohnt, versprach Peter, sich die Sache in fünf Minuten anzusehen.

Peter erschien. „Wo klemmt es denn? Ich weiß, dass es auf einigen Rechnern seit der Umstellung Probleme mit dem Einwählen ins zentrale Netz gibt. Das sollte aber leicht zu beheben sein."

Behrmanns Laune verschlechterte sich weiter. Er hatte seit der Umstellung nur lokal gearbeitet. Vermutlich warteten noch ein paar böse Überraschungen auf ihn. Aber bis jetzt konnte er dazu nichts sagen. Dabei wäre ein Problem mit seinem Computer ein guter Einstieg gewesen. Nun musste er sofort mit seinem Anliegen herausrücken.

„Du hast doch bestimmt schon gehört, dass der Menzel gestern und heute nicht aufgetaucht ist?"

Peter staunte. Offenbar wusste er noch nichts. Kein Wunder, ihm fehlten die wichtigsten Informationskanäle, die Frühstücksrunden und das gemeinsame Mittagessen. Er brachte sich sein Frühstück einschließlich Kaffee von zu Hause mit und ging mittags nach Hause, um sich etwas zu kochen. Mit seinem „Raumteiler", der ihm zwangsweise zugeteilt worden war, verbanden ihn keine Interessen. Peter interessierte sich nicht für Sport und die zum Teil daraus resultierenden gesundheitlichen Probleme seines Zimmergenossen. Dieser wiederum konnte mit Peters wachsender Sorge um die Entwicklung der Welt als Ganzes nicht viel anfangen. Vielleicht war dieses Desinteresse aber auch mentaler Selbstschutz.

Peter kannte allerdings die Story um Menzels früheres Verschwinden. „War er denn nicht früher schon mal einige Tage weg?"

„Ja, aber nicht während der Vorlesungszeit. Zwar hat er damals auch Termine platzen lassen, aber dieses Mal ist es ernster. Er hat gestern eine Vorlesung nicht gehalten."

Peter pfiff durch die Zähne. Das war freilich etwas anderes.

„Ach, und jetzt willst du mir sagen, dass ich seine Vorlesung übernehmen soll. Ich bin ja euer Lückenbüßer vom Dienst."

Daran hatte Behrmann noch gar nicht gedacht. Er hatte eher Hartmut im Visier gehabt. Aber vielleicht bot sich hier eine Erpressungsmöglichkeit: Stöbern im Computer, dafür keine Zusatzvorlesung.

„Nein, ich dachte eigentlich …, aber wenn du lieber die Vorlesung halten willst … Dann muss ich Mehlmann bitten. Ich will ja nicht alles bei dir abladen."

Mehlmann war der Systemadministrator. Es musste an Peters Ehre kratzen, wenn der etwas am Computer richten sollte.

Peter biss an. „Also, worum geht es jetzt beim Computer?"

„Es geht um Menzels Computer."

Peter brauchte eine ganze Weile, bis ihm die ganze Tragweite des Ansinnens klar war. „Du meinst, ich soll an Menzels Computer …? Wonach soll ich eigentlich suchen?"

„Das weiß ich auch nicht", gab Behrmann zerknirscht zu. „Aber, wie gesagt, wenn du lieber die Vorlesung halten willst …"

„Kennst du sein Passwort?"

Behrmann hatte geglaubt, dass es für Peter ein Leichtes sei, das Passwort zu knacken. Vermutlich konnte Peter das auch, wollte es aber nicht ohne Not zugeben. Neue Schwierigkeiten taten sich auf. Aber halt! Vor Jahren hatte Menzel einem Informatikstudenten Zugang zu seinem Computer gewährt. Der Student sollte Menzel helfen, irgendwelche Notenlisten zu führen. Der Student hätte sogar die Möglichkeit gehabt, Noten zu ändern, ohne dass es jemandem aufgefallen wäre. Der Bildungsreferent war hinter die Sache gekommen. Er war außer sich gewesen, und es hatte ziemlich vieler Zugeständnisse bedurft, um ihn davon abzuhalten, die Sache publik zu machen. Dem Menzel war zuzutrauen, dass er sein Passwort seitdem nicht geändert hatte.

Man musste den Studenten, der jetzt als Assistent im Rahmen eines Projektes an einer anderen Fakultät beschäftigt war, wohl oder übel teilweise ins Vertrauen ziehen. Aber der hatte vermutlich hinreichende Gründe, über die Sache

Stillschweigen zu bewahren. Schließlich hatte er auch seinerzeit nichts gesagt. Und vermutlich war sein Schweigen mit ein paar Privilegien erkauft worden.

Behrmann rief an, erklärte, dass er dringend Menzels damaliges Passwort benötige. Man brauche Informationen von Menzels Computer, aber Menzel habe einen Unfall gehabt und könne nicht befragt werden. Behrmann war selbst überrascht, wie leicht ihm diese Lüge fiel. Peter saß staunend daneben und fragte sich, ob Behrmann mehr wusste, als er ihm gesagt hatte.

Das Passwort wurde erstaunlich schnell geliefert, gerade so, als habe der junge Mann damit gerechnet, dass es noch einmal gute Dienste tun könnte.

Peter sagte: „O.K., ich habe das Passwort von dir bekommen, ohne dass ich weiß, woher du es hast. Du hast mich in deiner Funktion als Institutsleiter gebeten, dir zu helfen, weil Gefahr im Verzug ist. Dem Herrn Menzel könnte etwas zugestoßen sein. Sind wir uns da einig?"

Behrmann nickte. Eigentlich hätte er es mit dem Passwort auch allein versuchen können, aber nun wusste Peter ohnehin Bescheid. Und wenn es etwas zu finden gab, würde Peter es finden, da war er sich sicher.

„Noch einmal: Wonach soll ich suchen?"

„Ich glaube, dass es wichtig ist, herauszufinden, was Menzel in den letzten Tagen gemacht hat, wann er den Computer benutzt hat, Mails und dergleichen."

Peter öffnete das Mailverzeichnis. Und da gab es schon die erste Überraschung: Menzel hatte am Sonnabend um 16.36 Uhr mit seiner Mastercard ein Online-Ticket nach Frankfurt am Main gekauft und auf dem angeschlossenen Drucker ausgedruckt. Es handelte sich jedoch nicht um ein Ticket mit Zugbindung, sie wussten also nicht, wann Menzel gefahren war. Da die Nachbarn den Herrn Menzel weder gesehen noch gehört hatten, war zu vermuten, dass er danach gleich zum nahe gelegenen Bahnhof gegangen war und nur das Nötigste mitgenommen hatte. Aber warum? Was wollte Menzel in Frankfurt? Hatte er einen Flug gebucht?

Peter fand keine Buchung, aber Menzel hatte offenbar eine Seite mit Flügen nach Norwegen aufgerufen. Das einzige Land, das Menzel nach Behrmanns Kenntnis hin und wieder außerdienstlich besucht hatte, war Holland. Es gab auch keine Forschungsverbindungen nach Norwegen. Auf dem Computer fand sich kein Hinweis auf irgendwelche Kontakte nach Norwegen. Warum jetzt Norwegen? Das dunkle, kalte Norwegen? Behrmann konnte sich dafür nur einen Grund vorstellen, nämlich, dass keiner auf die Idee kommen würde, ausgerechnet in Norwegen nach Menzel zu suchen.

Behrmann war nicht viel klüger als zuvor. Auch Peter konnte sich keinen Reim auf die Sache machen. Sie beendeten ihre Recherchen.

Jeder hing seinen Gedanken nach. Behrmann musste jetzt Hartmut die frohe Botschaft überbringen, dass dieser morgen und vermutlich auf unbestimmte Zeit Menzels Vorlesung zu übernehmen hatte. Er wusste nicht, wen er sonst bitten konnte.

Schweren Herzens informierte Behrmann am späten Dienstagnachmittag die örtliche Polizeidienststelle. Man erklärte ihm, dass ein erwachsener Mensch seinen Aufenthaltsort nach Belieben wählen dürfe. Aber man wolle die Anzeige im Auge behalten. Man versprach sogar, sich um Menzels Handynummer zu kümmern und mit dem Flughafen Frankfurt Verbindung aufzunehmen. Ein klitzekleiner Stein fiel Behrmann vom Herzen. Er hatte nicht mehr die alleinige Verantwortung.

Mittwoch

Um 9.00 Uhr musste Renate beim Zahnarzt sein, es war Zeit loszugehen. Sie schaute noch einmal auf das Thermometer, acht Grad Celsius. Zu warm für die Wintermütze. Aber sie brauchte eine Kopfbedeckung. Weniger als zehn Grad ohne einen Schutz, das hielt ihr Kopf nicht aus. Und den Kopf würde sie vermutlich noch hin und wieder benötigen.

Der Mann schnarchte noch im Schlafzimmer, wo ihre Mützen aufbewahrt wurden. Im Flur lag nur die Baskenmütze, die sie am Sonntag getragen hatte. Das gute Teil war vor rund fünfzig Jahren von ihrer Mutter gehäkelt worden und hatte schon etliche Nachfolgemodelle überlebt. Allerdings war diese Art der Kopfbedeckung nun schon eine ganze Weile nicht mehr en vogue. Aber sie liebte diese Mütze und trug sie immer noch, wenn auch nur bei Gelegenheiten, zu denen ihr voraussichtlich keine Mode-Bloggerinnen begegnen würden. Dieser Sachverhalt war jetzt nicht gegeben, aber sie musste los. Entschlossen setzte sie die Mütze auf. Vielleicht konnte sie sogar die eine oder andere modebewusste Dame zur Nachahmung anregen. Stil-Ikone – das wäre doch mal eine aufregende Neuausrichtung in ihrem Rentnerdasein. Sie musste dann unbedingt auch einen Blog schreiben. Und vorher einiges über das Verändern von Fotos lernen. Es müsste doch möglich sein, Prominente mit ein bisschen Technik in ein von ihr entworfenes Kleidungsstück zu hüllen und irgendwo zu posten.

Ein Kopftuch konnte man ja zurzeit leider nicht tragen. Sie hatte Tücher immer als sehr praktisches Kleidungsstück geschätzt. Sah sie manchmal einen alten Film, in dem die weiblichen Stars im Cabriolet mit Kopftuch durch traumhafte Landschaften fuhren, wurde sie nostalgisch. Nicht, dass sie jemals ein Cabriolet besessen hätte. Aber sie besaß eine Sammlung sehr hübscher Kopftücher, die sie gern auch der Öffentlichkeit vorgeführt hätte. Ein „Testlauf" vor zwei Jahren hatte allerdings eine Reihe irritierter Anfragen nach sich gezogen und sie dazu veranlasst, die Kopftücher noch etwas weiter hinten im Schrank zu lagern.

Er fühlte sich zum ersten Mal etwas besser. Nach den stundenlangen Grübeleien war er heute Morgen noch einmal eingeschlafen. Aber die Kopfschmerzen waren da wie an jedem Morgen seither. Vielleicht wurde es nun besser, es musste einfach besser werden. Lange hielt er nicht mehr durch. Er hätte dringend eine Auszeit gebraucht. Aber jetzt wegzubleiben, würde ihn verdächtig machen. Es war unbegreiflich für ihn, wie man in dieser Situation cool bleiben konnte. Und dann war er wieder da, der Gedanke, der vor zwei Tagen wie aus dem Nichts aufgetaucht war und ihn seitdem verfolgte: Was, wenn er nur benutzt wurde?

Er zwang sich, auf die Umgebung zu achten, den Verkehr, die Menschen, die an ihm vorbeihasteten. Plötzlich hatte er das unbestimmte Gefühl, irgendetwas Wichtiges gesehen zu haben. Übersehen zu haben, weil die Hälfte seiner Aufmerksamkeit noch um das andere Thema kreiste. An der Ampel musste er warten. Eine junge Frau mit Kopftuch schob einen Kinderwagen heran. Kopftuch, Kopfbedeckung. Und da wusste er, was er gesehen hatte.

Er drehte sich um und versuchte, die Frau mit der Mütze zu finden. Schließlich sah er sie. Sie ging stadtauswärts und bog gerade in einen Fußweg ein. Er musste sich ihr Gesicht, ihren Gang, ihre Kleidung einprägen und herausfinden, wer sie war. Ein Glück, dass er das Smartphone mitgenommen hatte. Im Gehen öffnete er die Tasche, tat so, als habe er einen Anruf erhalten, hielt das Smartphone ans Ohr. Drückte zwischendurch immer wieder auf den Auslöser. Inzwischen war ziemlich klar, wohin sie unterwegs war. Es gab in dieser Richtung nur noch ein Wohngebiet. Aber er konnte nicht die ganze Zeit hinter ihr herlaufen. Er brauchte Hilfe.

Kommissar Liebetraut saß in seinem Büro und starrte auf den Bildschirm. Er las einen Bericht über ein Treffen, bei dem vereinbart worden war, dass die Kriminalbeamten künftig eine bessere Ausbildung erhalten sollten. Auch auf körperliche Fitness wollte man mehr Wert legen. Wie oft hatte er schon Ähnliches gehört. „Die Botschaft hör' ich wohl, allein mir fehlt der Glaube", dachte er auch dieses Mal wieder. Na, wenigstens hatte er in der Schule genügend über Goethe gehört, auch wenn das für seinen Beruf nicht übermäßig viel brachte. Als Kriminalkommissar war er wohl näher bei Schillers „Verbrecher aus verlorener Ehre". Allerdings waren die Motive heutzutage andere: Persönliche Zerwürfnisse, Habgier, organisiertes Verbrechen. Wer kümmerte sich noch um so etwas wie „Ehre"? In den Medien wurde alles ausgebreitet, eine Hemmschwelle wie „Ehre" gab es scheinbar nicht mehr.

Das Klingeln des Telefons riss ihn aus seinen Überlegungen. Sein Vorgesetzter, Hauptkommissar Venske, bat ihn zu sich. Was wollte denn der um diese Zeit von ihm?

Der Hauptkommissar sah bedrückt aus. „Wir haben eine Leiche gefunden." Ja und, eine Leiche fand man immer mal. Warum machte es der Chef so spannend? Hatten sich wieder ein paar Anhänger verschiedener Verbrechergruppen aus dem Rotlichtmilieu eine Schießerei geliefert? Was hatte er damit zu tun? Er hatte doch erst kürzlich diesen Lehrgang über Cyberkriminalität absolviert und wartete auf seine Versetzung in das neue Dezernat. Mit banalen Leichen würde er hoffentlich bald nichts mehr zu tun haben. War er wieder mal zur falschen Zeit am falschen Ort? Er wartete ab.

„Hast du schon von dem verschwundenen Professor gehört?"

„Dem von der wunderbaren Hochschule Engelsburg, der mitten im Semester abgehauen ist und seine Studenten im Stich gelassen hat?"

Der Chef seufzte. „Erstens heißt das heutzutage ‚Studentinnen und Studenten' oder ‚Studierende' und zweitens hat er die nicht im Stich gelassen, sondern er ist tot."

„Du meinst, er ist ermordet worden?"

„Er müsste ein paar anatomische Besonderheiten aufweisen, wenn er sich die tödlichen Verletzungen selbst beigebracht haben sollte."

Liebetraut entfuhr ein erstauntes „Oh". Ein toter Professor, das war schon mal was anderes.

„Er ist zweifelsfrei identifiziert worden und bereits auf dem Weg in die Gerichtsmedizin. Genaueres etc., du weißt schon. Die Staatsanwältin hat uns beauftragt, in Engelsburg zu ermitteln."

„Aber was hat das mit mir zu tun, ich dachte, ich komme endlich in die Abteilung W? Reinhardt ist für diese Fälle zuständig."

„Kommissar Reinhardt hat mir angedroht, sich mit Burn-Out krankschreiben zu lassen, wenn ich ihm den Fall übergebe. Es geht ihm wirklich nicht gut. Du weißt ja, er macht sich zu viele Sorgen um seinen Sohn. Er glaubt, dass er sich nicht genug um ihn gekümmert hat, seinerzeit. Aber wir mussten ja alle sehen, wie wir mit dem A. an die Wand kamen. Begreif doch, es geht um einen Professor! Reinhardt ist doch der Meinung, die Uni hätte ihn informieren müssen, als sein Sohn nicht mehr zu den Prüfungen ging. Ich glaube, der wird wirklich verrückt, wenn er bei denen ermitteln muss. Vielleicht erschießt er noch einen."

„Und was ist mit Ullrich?"

„Der verbringt seinen wohlverdienten Urlaub in Malaysia."

Der Chef fuhr fort: „Ich weiß, dass es vermutlich schwer werden wird, aber es ist auch eine Chance. Wie du den Fall Oberdorf gelöst hast, das war klasse. Noch so ein Erfolg, und sie werden dich hochschießen."

„Versuch nicht, mich auf diese Art zu ködern! Am Ende wird doch wieder ein Wessi aus dem Hut gezaubert, wenn es um Posten geht."

Venske schwieg, und Liebetraut bereute seine Äußerung sofort. Venske hatte längst eine Beförderung verdient. Aber bei der letzten Aufstiegsrunde war er wieder übergangen worden. Eine junge Kollegin aus Hannover hatte die Stelle bekommen. Vermutlich strebte man in den Kriminalämtern jetzt eine Frauenquote wie im „Tatort" an.

Scheinbar ungerührt fuhr Venske fort: „Und außerdem: Hast du nicht eine Tante in dem Verein? War die nicht sogar Professor? So ein bisschen Insiderwissen kann nicht schaden."

„Tantchen ist zu alt. Sie ist nicht mehr dabei. Außerdem habe ich sie seit Jahren nicht gesehen."

„Ein guter Grund, sie wieder einmal zu besuchen. Oder habt ihr euch gekracht? Könnte sie wollen, dass du dich blamierst?"

Liebetraut dachte nach. Nein, reinlegen würde ihn Tantchen nicht. Sie schien noch ein altmodisches Verständnis von Zusammenhalt in der Familie zu haben. Jedenfalls ging sie seinem Vater regelmäßig auf den Geist, lud ihn zu sich ein, wollte ihn besuchen. Sie schien auch noch nicht dement zu sein. Trotzdem, dieser Fall versprach Ärger. Tantchen hatte durchaus einige Macken. Sein Vater hatte sie als eigensinnig und starrköpfig beschrieben. Und dann diese arroganten Akademiker! Dass er auch ein Studium absolviert hatte, würde wohl kein hinreichender Grund dafür sein, ernstgenommen zu werden. Er spürte schon, dass er die Leute, die er befragen müsste, nicht mögen würde. Bei Reinhardt kam allerdings noch Hass hinzu. Nein, Reinhardt konnte den Job wirklich nicht machen. Doch er selbst? Er hatte nicht viel Berufserfahrung. Das Medieninteresse würde groß werden. Wenn er den Fall nicht lösen konnte, wäre er als medienbekannter Loser gebrandmarkt. Nicht auszudenken, was dann geschah. Vermutlich musste er sich dann in eine entlegene Ecke versetzen lassen oder gleich den Dienst quittieren und Kriminalschriftsteller werden. Immerhin hatte er dann diesen Möchtegern-Kriminologen voraus, dass er Ahnung hatte von den Abläufen bei der Polizei.

Im besten Fall durfte er abtauchen in die Abteilung Cyberkriminalität. Hatte er das nicht ohnehin gewollt? Mit den realen Leichen würde man ihn dann in Ruhe lassen.

Und wenn er den Fall löste? Tantchen würde ihm helfen. Sie träumte wahrscheinlich schon jahrelang davon, so eine Art Miss Marple zu werden. Und sie hatte nichts mehr zu tun. Eine Rentnerin, die nicht ausgelastet war. Sie würde sich vielleicht freuen, wieder eine Aufgabe zu haben, wenn auch nur kurzzeitig. Es käme auf einen Versuch an.

Schließlich sagte er, selbst ein bisschen von sich überrascht: „Wird Hensel auch dabei sein? Ohne ihn geht es wohl nicht." Sichtlich erleichtert, versprach ihm der Chef alle gewünschte Unterstützung. „Ich sage der Staatsanwältin Bescheid, dass du die Aufgabe übernimmst. Sie erwartet dich." Nun gab es leider kein Zurück mehr.

Liebetraut las die spärlichen Unterlagen noch einmal durch, während Hensel das Auto in Richtung Fundort lenkte. Alleinstehender Professor, seit Montag vermisst, am Freitag zum letzten Mal gesehen worden. Ein Förster hatte ihn gefunden.

Hensel hatte kurz mit der lokalen Polizeibehörde telefoniert. Es gab nur einen Waldparkplatz in der Nähe der Fundstelle. Dorthin würden sie fahren und den Förster befragen, der derweil mit zwei Beamten in einer nahe gelegenen Schutzhütte auf sie wartete.

In der Nähe der Schutzhütte hatte es noch vor wenigen Wochen Holzeinschlag gegeben. Harvester hatten die Waldwege aufgewühlt. Liebetraut fröstelte. Es war kalt. Am Wochenende war es schön gewesen, aber jetzt hatte Regen aus dem Weg eine Matschpiste gemacht. Hier würde man keine Spuren mehr finden.

Der Förster beeilte sich zu sagen, dass der Weg natürlich in Kürze wieder hergerichtet werde. Man habe gerade Holz geerntet. Er sagte tatsächlich „geerntet". Vielleicht bestand ja noch Hoffnung für den Verein für deutsche Sprache, und die Maschinen würden irgendwann in „Ernter" umbenannt werden. Obwohl, „Holzernte" hörten manche zurzeit auch nicht gern. Waldumbau stand ja auf der Tagesordnung.

Liebetraut zwang sich, dem Förster zuzuhören. Der sagte gerade, der Bürger wolle ja schließlich vor einem wohligen Kaminfeuer sitzen. Einer der Beamten grinste vielsagend. „Wohltätig ist des Feuers Macht", kam Liebetraut in den Sinn. Ein bisschen Schiller war also doch hängengeblieben.

Nach etwa einem Kilometer wurde der Weg besser. Hier hatte der Holzeinschlag schon vor längerer Zeit stattgefunden, und die Natur hatte getan, was sie in der kurzen Zeit tun konnte. Hier musste gründlich gesucht werden. Sie gingen vorsichtig am Rand des Weges entlang, den Blick auf den Boden gerichtet. Ab und zu sahen sie von Wildschweinen aufgewühlte Erde.

Vielleicht waren die Wildschweine auch letztendlich dafür verantwortlich, dass der Hund den Körper gefunden hatte. Sie hatten in der Erde gewühlt und wohl einen Teil der Folie freigelegt, in die das Opfer eingewickelt gewesen war. Liebetraut schaute sich um. Nicht nur die Wildschweine hatten hier gewirkt. Es war windig gewesen in den letzten beiden Tagen. Der Wind hatte das verbliebene Laub von den Bäumen gefegt und am Boden hin und her gewirbelt. Hier noch etwas zu finden, hieß die sprichwörtliche Nadel im Heu- oder besser Laubhaufen zu finden. Er beneidete die Leute von der Spurensicherung nicht.

Die Beamten hatten bereits einen Spürhund eingesetzt. Er war ein Stück in Richtung des Parkplatzes gelaufen und dann umgekehrt. Schließlich war er auch noch bis zum nahe gelegenen Bach gelaufen und stehengeblieben. Auch eine dritte Richtung hatte er eingeschlagen, aber ebenfalls nur eine kurze Strecke verfolgt. Hatte Wild den Hund irritiert oder hatte der Täter bewusst falsche Spuren gelegt?

Wie war der Professor hierhergekommen? War er ein Wanderfreak gewesen, womöglich mit einer Lieblingsroute, dem man nur hinter einer bestimmten Fichte auflauern musste? Oder war er schon tot gewesen, als man ihn hierher brachte? Fast zwei Kilometer vom nächsten Parkplatz entfernt, durch den Wald? Zwar war das Opfer klein, aber nicht magersüchtig. Offenbar hatten der oder die Täter nicht damit gerechnet, dass hier jemals einer vorbeikam. Von den geheimen Pfaden der Wildschweine und Förster wussten sie offenbar nichts. Hatten sie vom Ende des Holzeinschlags gewusst?

Nach der Rückkehr aus dem Wald musste sich Liebetraut erst einmal umziehen. Er war pitschnass und an seinen Schuhen hingen Lehmklumpen. Ein Glück, dass er ein zweites Paar Schuhe mitgenommen hatte.

Liebetraut hatte im Institut des Professors angerufen und darum gebeten, dass sich der Institutsleiter oder der Dekan als erste Ansprechpartner zur Verfügung halten sollten. Im Institutsgebäude traf er Herrn Professor Behrmann, den Institutsleiter. Der Dekan gehörte zu einem anderen Institut und war auf Dienstreise, wurde aber in Kürze zurückerwartet.

Behrmann bot Liebetraut und seinen Kollegen eines der Büros als behelfsmäßigen Besprechungsraum für die Dauer der Ermittlungen an. Es war das Arbeitszimmer eines emeritierten Professors gewesen, einen Nachfolger gab es noch nicht. Das Zimmer war ein bisschen beengt, aber sie konnten ihre Computer, den Drucker und das Faxgerät aufstellen. Für Befragungen konnte der Beratungsraum genutzt werden. Für den Anfang war das ausreichend.

Inzwischen waren auch Hensel und die Kollegin Caroline Margarethe Müller, genannt Gretchen, angekommen. Die beiden arbeiteten gern zusammen, „Hensel und Gretel" waren eine Einheit. Liebetraut bat sie, sich Listen der Angehörigen des Institutes und der Institute in der Nachbarschaft zu besorgen. Da das Institutsgebäude am Rand des Campus lag, mussten auch die Anwohner in der Nähe des Institutsgebäudes einbezogen werden. Nicht zu vergessen, die Nachbarn von Menzels Wohnung, hier konnte die Wohnungsverwalterin Listen bereitstellen.

Liebetraut bat Behrmann, auf ihn zu warten und ging in Menzels Arbeitszimmer. Die Spurensicherung war dort auch schon zugange. Ihr Leiter Hans galt als so pedantisch, dass er gewiss eine Art Idealbesetzung für dieses Amt darstellte. Leider gab es im Team keine attraktive Kollegin wie in etlichen Krimis. Ein Besuch bei Hans war nichts als öde Pflichterfüllung.

Hans war noch mürrischer als üblich. Die Putzfrau hatte ziemlich gründlich gearbeitet. Auf die Idee, das Zimmer nach Menzels Verschwinden zu sperren, war niemand gekommen. Die Sekretärin war mehrfach im Raum gewesen und hatte Unterlagen gesucht. Und wer weiß, wer noch. Es gab Fingerabdrücke in Hülle und Fülle. Es würde allerhand Arbeit machen, die Fingerabdrücke aller Institutsangehörigen zu erfassen. Aber da mussten sie wohl durch.

Liebetraut hörte sich Behrmanns Bericht an. Er wusste schon, dass Menzel nicht verheiratet war und nach Kenntnis der Institutsangehörigen keine Nachkommen hatte. Keine Familienbande, die man nur genau genug durchleuchten musste, und voilà, das Tatmotiv war da. Das erschwerte leider die Ermittlungen. Sie mussten sich wohl oder übel stärker mit der Persönlichkeit des Toten befassen. Behrmann erläuterte, dass Menzel ein sehr verantwortungsbewusster Mensch gewesen war, der sich akribisch auf seine Lehrveranstaltungen vorbereitete. So wie man generell am Institut der Lehre und dem Fortkommen der jungen Leute große Aufmerksamkeit widme. Alles klang vorbereitet und wohl durchdacht. Das Institut musste nach Behrmanns Worten ein idealer Ort sein, an dem die Wissenschaftlerinnen und Wissenschaftler beharrlich nach neuen Erkenntnissen strebten und sich aufopferten, um auch ihre Studentinnen und Studenten auf dem steinigen Pfad der Erkenntnis voran zu bringen. Liebetraut musste an Reinhardt denken und unterbrach den Redefluss.

„Professoren haben keine Arbeitsplatzbindung. War Professor Menzel häufig an seinem Arbeitsplatz zu erreichen?"

„Natürlich. Er kam zwar spät, aber er blieb in der Regel lange und war sogar häufig an den Wochenenden im Institut."

„Ist es üblich, an den Wochenenden im Institut zu sein?"

„Eigentlich nicht. Wir arbeiten häufig zu Hause. Manche bevorzugen aber die räumliche Trennung zwischen Dienst und Freizeit."

„Und wen kann man üblicherweise am Wochenende hier antreffen?"

Behrmann schaute ihn entsetzt an. „Sie glauben doch nicht, dass einer von uns …? Nein, das ist ganz unmöglich. Herr Menzel war ein anerkannter Kollege. Und er ist ja auch schon so lange hier."

„Hatte er Feinde am Institut?"

„Nicht, dass ich wüsste." Die Antwort kam wie aus der Pistole geschossen. Sein Gegenüber hatte offenbar die Verhörsituation in Gedanken durchgespielt, „Tatort live" sozusagen. Liebetraut hatte einen süffisanten Spruch auf den Lippen. Es kostete ihn einige Überwindung, sachlich nach den Freunden des Herrn Menzel zu fragen.

Behrmann schaute unglücklich drein. Offenbar hatte er diese Frage auch erwartet, war aber zu keinem befriedigenden Ergebnis hinsichtlich einer unverfänglichen Antwort gekommen.

„Der Herr Menzel hatte wohl keine engen Freunde am Institut. Er wurde als Kollege geschätzt."

„Wissen Sie von Freunden aus seinem privaten Umfeld?"

„Er gehörte zu einer Männerrunde, die sich wohl regelmäßig zu Geburtstagen traf."

„Bitte geben Sie meinem Assistenten eine Liste mit den Personen, die zu diesem Kreis gehören. Wir müssen uns auch mit ihnen unterhalten. Aber noch einmal zu den Beziehungen am Institut. Es gibt doch immer Personen, zu denen man ein engeres Verhältnis hat als zu anderen. Das ist ja häufig schon durch die Dienstaufgaben bedingt."

Behrmann schien erleichtert. Das war eine einfache Frage.

„Ich selbst hatte häufig mit ihm zu tun. Er gehörte zum Fakultätsrat und war Vorsitzender des Prüfungsausschusses für unseren Studiengang. Er hatte also dafür zu sorgen, dass das Studium für unsere eigenen Studenten ordnungsgemäß ablief. Wir mussten uns abstimmen, wenn es um organisatorische Dinge ging. Das Geld ist immer knapp, und in unserer Fakultät wird, wie anderorts auch, gelegentlich darum gestritten."

„Sie waren also ein gutes Team, wenn es um die Interessen des Institutes ging?"

„Ja, ja, das kann man so sagen." Behrmann wirkte plötzlich müde.

„Und innerhalb des Institutes? Gab es in letzter Zeit Probleme, mit der Stellenverteilung zum Beispiel?" Liebetraut wusste nicht allzu viel über die Probleme an Universitäten. Dass man sich mehr Geld für Forschung und Lehre wünschte, konnte man den Zeitungen entnehmen. Um Stellen ging es wohl gelegentlich und um Befristungen der Arbeitsverhältnisse. Aber wie die Verteilungskämpfe im Einzelnen abliefen, wusste er nicht. Er musste unbedingt mit Tantchen reden.

Behrmann ließ die Frage unbeantwortet. Stattdessen sagte er eifrig: „Wissen Sie, was ich glaube? Das war eine von diesen Einbrecherbanden, die jetzt die Gegend unsicher machen. Menzel hat vielleicht einen oder eine ganze Bande bei irgendwas überrascht. Das kann sonstwo gewesen sein." Aha, Behrmann versuchte es mit einem Ablenkungsmanöver, auch eine interessante Erkenntnis. Das Stellenthema musste er also im Auge behalten.

„Haben Sie einen Grund für diese Annahme?"

„Ja, natürlich. Was meinen Sie, was früher alles gestohlen wurde!"

„Und heute?"

„Naja, an den Wochenenden wird jetzt stärker kontrolliert, ob zugeschlossen ist. Die Kolleginnen und Kollegen haben Schlüssel und müssten sofort wieder zuschließen. Es kommt vor, dass man das mal vergisst."

„Können Sie das noch ein bisschen untersetzen? Gibt es jemanden, der eher selten abschließt?"

„Bitte hören Sie auf, uns irgendwas zu unterstellen! Wir alle machen unsere Arbeit, so gut wir können. Aber man ist gelegentlich mit den Gedanken woanders. Nicht umsonst gibt es das Bild vom zerstreuten Professor. Und wenn man nur mal schnell etwas aus dem Arbeitszimmer holen will, schließt man halt manchmal erst zu, wenn man wieder geht."

Soso, zerstreute Professoren. Vielleicht so zerstreut, dass man einander versehentlich die Köpfe einschlug? Irgendwie klang Behrmann nicht sonderlich überzeugend.

Liebetraut notierte: „Jeder kann rein, auch am Wochenende."

Ihm war klar, dass sie mit allen Mitarbeitern reden mussten, egal, ob sie am Wochenende im Institut gewesen waren oder nicht. Am besten, man rief alle zusammen und forderte sie auf, über ihre Beobachtungen nachzudenken, damit sie bei der Unterhaltung mit seinen Kollegen so gut wie möglich antworten konnten. Die Gefahr, damit Anlass und Zeit für das Ausdenken von Ausreden und Verdrehungen zu schaffen, war wohl vernachlässigbar. Hier wusste ohnehin schon jeder Bescheid.

Also bat er Behrmann, alle Mitarbeiter, Doktoranden und Professoren am nächsten Tag zwischen der ersten und zweiten Vorlesungseinheit in den Besprechungsraum zu bitten.

Hensel saß im Dienstzimmer und hatte sich Menzels Computer vorgenommen. „Hier ist natürlich auch nicht nur einer dran gewesen. Eines ist interessant: Menzel hat offenbar am Sonnabendnachmittag eine Online-Fahrkarte nach Frankfurt gekauft. Das wussten die Damen und Herren aber bereits. Sie haben ihren besten Computermann an Menzels Computer gesetzt und nachsehen lassen. Ich habe schon mit ihm gesprochen. Wegen der Fahrkarte glaubte ja zunächst auch niemand, dass Menzel etwas zugestoßen ist."

„Und weshalb hat man das der Polizei nicht gesagt?"

„Natürlich wollte niemand zugeben, dass man sich einfach so an den Computer eines Kollegen setzt."

„Und hat man die Spur Frankfurt verfolgt?"

„Da musst du den Institutsleiter Behrmann fragen. Der hat sich offenbar der Sache angenommen."

Liebetraut ging zu Behrmanns Arbeitszimmer. Ein Student erläuterte etwas an einer weißen Tafel. Behrmann winkte ärgerlich ab, folgte Liebetraut aber letztendlich ins Dienstzimmer.

„Warum haben Sie mir nichts von der Fahrkarte erzählt?" Man sah Behrmann an, dass er die Frage jetzt noch nicht erwartet oder noch keine aus seiner Sicht befriedigende Antwort darauf gefunden hatte. Oder steckte noch mehr dahinter? Wusste Behrmann mehr, als er zugab? Und warum?

„Ich habe nicht daran gedacht."

„Haben Sie in Frankfurt nachgeforscht, ob Menzel angekommen ist?"

„Wir wussten ja nicht, wen wir fragen sollten. Menzel hat in Frankfurt keine Angehörigen, zumindest keine, von denen wir wissen. Seine Eltern lebten in Magdeburg. Seine Mutter ist schon lange tot, und zu seinem Vater hatte er wohl kein so gutes Verhältnis. Ich glaube, der Vater ist auch tot."

„Haben Sie sich denn nie über Persönliches unterhalten?"

„Selten. Wir reden über fachliche Dinge. Damit haben wir genug zu tun."

Liebetrauts Stimmung sank. Wenn man sich hier nie über persönliche Dinge unterhielt, würde auch Tantchen nichts wissen. Sein einziger Trost war Tantchens Neugierde. Sie war ihren Kollegen bestimmt hinreichend auf den Geist gegangen.

Er sah noch einen Weg. „Und Kollegen, mit denen er zusammenarbeitete, oder ehemalige Studenten, Doktoranden? Arbeitet von denen jemand in Frankfurt oder Umgebung?"

„Meines Wissens arbeitet Menzel nur mit Kollegen aus Braunschweig und Holland zusammen, sonst mit niemandem. Und Studenten? Hören Sie, wir können nicht auch noch verfolgen, was aus jedem einzelnen Studenten wird. Manche tauchen ab und nach drei Jahren wieder auf."

„Sie verfolgen nicht, wohin Ihre Absolventen gehen?"

„Natürlich wird das registriert. Die Absolventen müssen einen Fragebogen ausfüllen. Da wird auch abgefragt, wohin sie gehen. Da müssen Sie mal im Studentensekretariat nachfragen. Aber viele legen erst mal eine Pause ein, gehen auf Reisen. Die glauben doch, dass sie dann im Berufsleben nur noch im Hamsterrad laufen. Was ja irgendwie auch stimmt. Na, jedenfalls gehen nicht alle sofort nach dem Abschluss in den Job. Man schaut sich erst mal um. Und nicht alle melden sich dann wieder und sagen uns, was sie tun. Aber wir haben in der Regel die Heimatadressen, die zu Studienbeginn angegeben werden. Damit kommt man im Notfall schon weiter."

„Und Doktoranden? Heißt es nicht, dass sich Professoren über die Stellen definieren, die ihre Doktoranden bekommen?"

„So viele Doktoranden haben wir hier leider nicht. Schließlich bekommt man in unserer Fachrichtung auch ohne Doktortitel in der Regel einen Job. Unsere Absolventen …"

Liebetraut unterbrach den Redefluss: „Welche Doktoranden hatte Menzel in den letzten Jahren? Ich brauche eine Liste." Er notierte die beiden Namen, die Behrmann genannt hatte, und gab sie an Hensel weiter. Dann entließ er Behrmann.

Liebetraut überlegte. Er musste mit Menzels Nachbarn sprechen. Gretchen hatte eine Liste erstellt. Zwar hatte ihm Behrmann schon von einem wenig ergiebigen Gespräch mit einer Nachbarsfamilie auf der gleichen Etage berichtet, aber vielleicht hatten andere Personen etwas bemerkt, was sie weiterbringen konnte. Außerdem war er eitel genug zu glauben, dass er den Nachbarn mehr entlocken konnte als Behrmann.

Liebetraut begann mit einem alleinstehenden älteren Herrn, der die Wohnung unter Menzel gemietet hatte. Auf das Klingeln wurde sofort geöffnet, geradeso, als hätte der Mann hinter der Tür gewartet. Das Verschwinden von Menzel hatte offenbar die Runde im Haus gemacht. Dieser Nachbar, ein Herr Maier, war nach Liebetrauts Informationen ein pensionierter Lehrer, den man mit dreiundsechzig Jahren in den Vorruhestand geschickt hatte. Bestimmt hatte er Menzel darum beneidet, noch jeden Tag zur Arbeit gehen zu dürfen, eine Aufgabe zu haben. Liebetraut kannte viele ehemalige Lehrer, die gern noch ein paar Stunden unterrichtet hätten. Und das betraf nicht nur die Alleinstehenden. Manche der Verheirateten stellten nun bei ständiger häuslicher Anwesenheit fest, dass sie zu Hause eine „bessere Hälfte" hatten, die noch anstrengender war als die Schüler. Viele Lehrer wünschten sich einen schrittweisen Ausstieg. So ein abrupter Abgang war nicht leicht zu verkraften. Das ganze über die Jahre angehäufte Wissen, wohin nun damit? Auf der anderen Seite fehlten Lehrer. Die Bildungspolitik war schwer zu verstehen.

Maier bat Liebetraut herein und bot ihm Kaffee an. Liebetraut wollte schon ablehnen, denn sein Magen hatte kein ungetrübtes Verhältnis zu Kaffee. Aber als sein Blick auf die Kaffeemenge fiel, die Maier zubereitet hatte, beschloss er, mögliche Magenschmerzen in Kauf zu nehmen. Maier hätte die ganze Arbeitsgruppe mit Kaffee versorgen können. Oder wollte er die Spurensicherung bestechen, die am Nachmittag in Menzels Wohnung aufkreuzen würde? Ein paar Informationen für eine Tasse Kaffee? Nun ja, schließlich wollte Liebetraut auch ein paar Informationen. Also eine Tasse Kaffee für ein paar Informationen. Wenigstens sollten Milch und Zucker die unangenehmen Wirkungen des schwarzen Gebräus etwas abmildern. Aber Fehlanzeige! Seine Bitte um Zucker wurde mit einem Vortrag über die verderblichen Wirkungen des Zuckers im Allgemeinen und die neuen Erkenntnisse der Ernährungswissenschaftler im Besonderen pariert. Die wachsende Zahl der Gesundheitsmagazine im Fernsehen hatte hier offenbar ein dankbares Publikum gefunden. Andererseits, wie sollte man als Rentner den ganzen Tag herumbringen? Guckte man die Ratgeber-Sendungen, hatte man zumindest hin und wieder das Gefühl, etwas Sinnvolles zu tun.

Liebetraut erfuhr, dass heutzutage kein bewusst lebender Mensch mehr Zucker in den Kaffee tat, und ertappte sich doch tatsächlich bei dem Gedanken, ob nicht vielleicht der Zucker im Kaffee die Ursache für sein Kaffee-Problem sein könnte. Wenn dem so war, würde sich sein Magen heute nicht beklagen, ein Hoffnungsschimmer.

Wie bekam er jetzt wieder die Kurve zu Menzel? Gequält fragte er: „Trank Menzel auch gern Kaffee?" Zu Liebetrauts Überraschung wurde die Frage verneint. „Zumindest nicht zu Hause. Ich habe ihm mehrfach Kaffee angeboten, aber er hat nie angenommen. Sagte immer nur, dass er keine Zeit habe und noch etwas vorbereiten müsse. Ja, eigentlich hat er immer gerade irgendwas vorbereitet. Ich meine, wir als Lehrer hatten auch viel vorzubereiten. Jeden Tag vor den Schülern, man musste sie ja immer aus Neue motivieren."

Liebetraut resignierte. Das war auch das falsche Thema gewesen. Und Menzels Ablehnung eines Kaffeekränzchens mit Maier konnte durchaus auch andere Ursachen haben als eine Abneigung gegen Kaffee. Vielleicht war Menzel auf dem Gesundheitssektor nicht so bewandert und hatte befürchten müssen, an die Wand diskutiert zu werden. Wer tat sich so etwas an? Jedenfalls war Menzel vermutlich nicht mit einem Zusatz im Kaffee betäubt und anschließend erschlagen worden. Also versuchte Liebetraut es anders.

„Wie war denn der Tagesablauf des Herrn Menzel?"

„Ja, da habe ich mich auch immer gewundert. Wir mussten ja immer früh raus. Ganz früher fing die Schule manchmal schon um 7.00 Uhr an. 7.00 Uhr, das muss man sich mal vorstellen. Ich bin niemals zu spät gekommen. Aber die höhere Bildung scheint ja erst mittags anzufangen, wenn ich mal vom Herrn Menzel ausgehe. Also, der ging ja erst um 11.00 Uhr aus dem Haus."

„Vielleicht hat er vorher zu Hause gearbeitet?"

„Das kann ich mir nicht vorstellen. Der hatte einen ganz komischen Lebenswandel. Wenn ich mal nachts raus musste, brannte oft oben noch das Licht."

Liebetraut überlegte, wie Maier das festgestellt haben könnte. Er musste wohl die Tür zum Flur geöffnet oder aus dem Fenster geschaut haben. Man konnte ja froh sein, dass es derart neugierige Menschen gab. Beruhte nicht die halbe Polizeiarbeit auf den Beobachtungen Neugieriger? Wenn nur die Polizisten immer gut genug zuhörten!

Er fragte: „Was könnten Sie sich denn vorstellen?"

Maier sah ihn verständnislos an: „Was meinen Sie?"

„Naja, hatte Menzel gelegentlich Gäste?"

„Nein, Herr Kommissar, nicht, was Sie denken. Der hat niemals jemanden mitgebracht."

„Kann es nicht sein, dass Sie das nur nicht bemerkt haben?"

„Ach, Herr Kommissar, in diesen Häusern sind die Wände ja nicht sehr dick. Man hört es, wenn in den angrenzenden Wohnungen gesprochen wird. Aber jetzt, wo sich mich fragen: Vor etwa drei Wochen war offenbar ein junger Mann in Menzels Wohnung."

„Haben Sie ihn gesehen? Können Sie ihn beschreiben?"

„Nein, ich habe ihn nur gehört. Und der Menzel hatte am nächsten Tag recht gute Laune."

„Können Sie sich an das Datum erinnern?"

Maier dachte nach. „Ich war an dem Tag beim Arzt. Es muss der Donnerstag gewesen sein, der Donnerstag vor drei Wochen."

Aber konnte die Stimme nicht auch aus einem Lautsprecher gekommen sein? Vielleicht war nur der Fernsehapparat etwas lauter als gewöhnlich eingestellt gewesen, oder Menzel hatte telefoniert und vergessen, den Lautsprecher auszuschalten?

Als hätte er Liebetrauts Gedanken erraten, fuhr Maier fort: „Es war außer Menzel noch jemand in der Wohnung. Ich höre das an den Schritten und der Toilettenspülung."

Na, wenn das so war. Aber man konnte ja noch einmal die Fernsehgewohnheiten des Herrn Menzel erfragen.

„Hat Menzel eventuell nachts ferngesehen?"

Jetzt war Maier beleidigt. „Woher soll ich das wissen?"

„Sie haben doch gerade gesagt, dass die Häuser sehr hellhörig seien. Ich habe eine Tante, die regt sich immer furchtbar über Geräusche aus den Nachbarwohnungen aus. Ich erinnere mich, dass sie oft erzählte, sie wisse genau, was die Nachbarn gucken."

„Vermutlich hat Menzel nicht oft geguckt. Nur sonntags, da hat er mich immer gestört. Wir mussten ja früh raus, und wenn dann der Fernseher aus der Nachbarwohnung …"

Liebetraut unterbrach ihn: „Was hat er denn sonntags geguckt?"

„Erst den Tatort, und dann Anne Will, oder wie die alle heißen."

„Wann haben Sie denn Menzel zuletzt gesehen?"

Maier hatte offenbar schon lange auf diese Frage gewartet. Wie aus der Pistole geschossen kam die Antwort: „Am Freitagmorgen. Er kam gegen 11.30 Uhr aus der Kaufhalle zurück. Und dann ist er gleich wieder gegangen, vermutlich zum Mittagessen."

„Wissen Sie, wo er zu Mittag isst?"

„Nein, ich gehe immer in die Kantine im Altersheim. Da treffe ich ein paar Leute, mit denen ich reden kann, meine Altersklasse halt. Den Menzel habe ich dort aber noch nie gesehen. Ich habe immer angenommen, dass er in der Mensa zu Mittag isst. Aber er war später noch einmal da. Ich habe ihn gehört."

Liebetraut horchte auf. Endlich ein neuer Anhaltspunkt. „Wann haben Sie ihn denn gehört?"

„In der Nacht. Er muss recht spät gekommen sein. Er war sehr leise, das sollte er um diese Zeit ja auch. Aber ich habe ihn trotzdem gehört. Warten Sie, irgendwann ist ihm etwas runtergefallen. Das muss so gegen 1.30 Uhr gewesen sein."

„Und am Sonnabendmorgen oder später?"

„Nichts. Ich habe seitdem nichts gehört."

Liebetraut überlegte. Es erschien unwahrscheinlich, dass Menzel in seiner Wohnung getötet worden war. Wie hätte man die Leiche aus dem Haus bringen können, ohne gehört oder gesehen zu werden? Andererseits, bei einer Tat im Affekt war nichts auszuschließen. Schließlich war etwas heruntergefallen.

Und wer war der junge Besucher? Ein Student, der Privatunterricht bekam, wie es offenbar an altehrwürdigen Unis im Vereinigten Königreich noch Sitte war? Ein Doktorand, der in einer Sackgasse steckte und sich Rat beim Betreuer holte? Oder war die Sache pikanter? War der Herr Professor vielleicht im Internet auf Dinge gestoßen, die er nun auch einmal ausprobieren wollte?

Hatte er sich später noch einmal mit dem Besucher getroffen, vielleicht im Institut? War etwas aus dem Ruder gelaufen? Oder hatte Menzel tatsächlich am späten Freitag einen Wildfremden im Institut überrascht, und dieser hatte dann nachgeschaut, ob in Menzels Wohnung etwas zu holen war? Die Spusi sollte sich die Wohnung sehr gründlich vornehmen.

Liebetrauts Smartphone klingelte. Gretchen informierte ihn, dass der Dekan jetzt zu sprechen sei. Liebetraut entschied sich, die weitere Befragung der Nachbarn seinen Mitarbeitern zu überlassen. Er verabschiedete sich und machte sich auf den Weg ins Institut. Unterwegs informierte er Gretchen kurz über sein Gespräch mit Herrn Maier. Man musste bei den weiteren Gesprächen unbedingt herausfinden, ob jemand den Besuch des jungen Mannes bestätigen konnte, und wenn ja, wie dieser Besuch bewertet wurde.

Der Dekan gehörte zu einem anderen Institut. Er textete Liebetraut sofort zu, sagte die Floskeln her, die man nach seiner Meinung von ihm erwartete. Er könne das Ganze überhaupt nicht verstehen, es müsse sich um die Tat eines

Wahnsinnigen handeln, er selbst könne sich keinerlei Gründe vorstellen, die etwas mit Menzels Tätigkeit an der Uni zu tun hätten. Und selbstverständlich würde man jede Unterstützung geben, damit das schauerliche Ereignis aufgeklärt werden könne.

Liebetraut ließ den Redefluss eine Weile plätschern. Eine gewisse Eitelkeit war in den Ausführungen nicht zu überhören. Gelegentlich war von Stanford die Rede, wo man sich gewisse Lorbeeren verdient hatte. Liebetraut erinnerte sich dunkel an einen Fall an einer amerikanischen Elite-Uni, wo eine Professorin die Mehrheit ihrer Institutskollegen erschossen hatte. Der Grund: Ihre Stelle war nicht verlängert worden. Hegte auch hier jemand einen derartigen Groll? Eine Stelle an einer Uni zu ergattern, noch dazu eine Professorenstelle, war sicher ein anstrebenswertes Ziel. Auf einer Professorenstelle wurde man verbeamtet, und es hieß, dass ein Professor tun und lassen könne, was er wolle. Hatte sich jemand zurückgesetzt gefühlt? Vielleicht war der Tod des Herrn Menzel ja wirklich der Anfang der Auslöschung der Elite dieses Hortes der Wissenschaft? Das wäre allerdings eine Nummer zu groß für ihn.

Liebetraut wartete, bis sein Gesprächspartner langsamer redete. Das war meistens ein Zeichen dafür, dass die zurechtgelegten Formulierungen erschöpft waren. Der Dekan hatte gerade das postfaktische Zeitalter und die Missachtung der Wissenschaften durch den Normalbürger abgehandelt. Nun bat er darum, es doch bitte so einzurichten, dass der Name der Fakultät, auf jeden Fall aber sein Name nicht im Zusammenhang mit dieser misslichen Angelegenheit in den Medien erscheine. Wenn er schon erwähnt werden müsse, dann bitte nur als „der Dekan". Man wisse schließlich, wie so etwas im kollektiven Gedächtnis haften bleibe. Die

Leute studierten die Zeitungen doch heutzutage nur noch diagonal, läsen Mord und womöglich seinen Namen, und schon habe sich im Unterbewusstsein eine falsche Verknüpfung verankert.

Der Dekan schwieg schließlich. Venske hatte Liebetraut seinerzeit eingeschärft, dass man nach solchen Monologen einem Akademiker gegenüber auch eine angemessene Zeit lang schweigen sollte. Der Gesprächspartner glaubte dann hoffentlich, dass die geschliffenen Formulierungen und messerscharfen Analysen dem armen Polizisten für eine Weile die Sprache verschlagen hatten. Das war ein guter Ausgangspunkt, um Fragen zu stellen in der Hoffnung, dass die Eitelkeit relativ ehrliche Antworten generieren würde.

Also fragte Liebetraut nach einer Zeitspanne, die er für angemessen hielt, wie die Zusammenarbeit mit Menzel gewesen sei. Der Dekan sah ihn verständnislos an: „Aber ich habe doch gerade gesagt ..."

„Sie haben ausgeführt, dass die Zusammenarbeit innerhalb Ihrer Fakultät sehr gut war. Daraus schließe ich, dass Sie sich sehr um ein gutes Klima bemüht haben. Das kann auch bedeuten, dass das nötig war, weil andere eine, nun ja, nicht so positive Ausstrahlung haben. Der Herr Menzel könnte ja auch ein Sandkorn im Getriebe gewesen sein."

„Ein Sandkorn im Getriebe, nein, das war er nicht. Aber ich habe die wichtigen das Institut betreffenden Dinge ohnehin mit dem Institutsleiter geklärt."

„Also würden Sie den Herrn Professor Menzel nicht gerade als Ihren Freund bezeichnen?"

„Freund, nein, gutes kollegiales Verhältnis, ja."

Liebetraut begriff, dass er es hier mit einem Herrn zu tun hatte, der vorerst freiwillig keinen Tratsch erzählen würde. Bei dem musste er jetzt nicht so sehr darauf achten, was er sagte, sondern darauf, was er nicht sagte. Leider war er für eine solche Taktik noch nicht gut genug vorbereitet. Also dankte er dem Dekan für das „sehr aufschluss- und hilfreiche" Gespräch und täuschte Eile vor.

Er brauchte Hintergrundinformationen. Informationen, die geeignet waren, den Gesprächspartner zu überraschen, ihm vielleicht das Gefühl zu vermitteln, dass man mehr wusste, als tatsächlich der Fall war. Höchste Zeit für ein Gespräch mit Tantchen. Hier ahnte wahrscheinlich niemand etwas von seinen familiären Beziehungen. Das sollte möglichst lange so bleiben. Tantchen war bestimmt mit diesem konspirativen Ansatz einverstanden. Glücklicherweise trug er den Nachnamen seiner Mutter.

„Leon", rief Annett Schäfer genervt. „Wo bist du denn?" Da hatte sie nun höchstens fünf Minuten mit Frau Winkler gesprochen, und schon war der Dreijährige wieder verschwunden. Es war zum Haare-Ausraufen. Kaum ließ man ihn aus den Augen, drohte irgendein Unheil. Glücklicherweise war er bisher nicht auf die Straße gelaufen. Sie verabschiedete sich hastig von Frau Winkler und ging auf dem Bürgersteig bis zur Ecke zurück. Aus den Augenwinkeln sah sie noch, wie die Winkler den Kopf schüttelte und ins Haus ging. Bestimmt war die auch davon überzeugt, dass sie eine pädagogische Blindgängerin war. Eine Mutter, deren Kind sich bei der erstbesten Gelegenheit aus dem Staub machte! Die hatte gut Kopfschütteln, sie hatte eine brave Tochter, die aufs Wort gehorchte.

Sie merkte, wie langsam Panik in ihr hochstieg. Wo war das Kind? Nur mit Mühe konnte sie die Tränen zurückhalten. Nur nicht heulen, die Winkler stand bestimmt hinter der Gardine und wartete gespannt.

Endlich sah sie Leon. Er saß neben einer Pfütze und lenkte sein Spielzeugauto durch das Wasser. Erleichtert hätte sie Leon am liebsten in den Arm genommen. Aber wie würde das von Frau Winkler interpretiert werden! Und pädagogisch wertvoll gegenüber Leon war das auch nicht.

„Leon, ein Auto kann doch nicht durchs Wasser fahren. Das können nur Amphibienfahrzeuge." Leon kannte sich mit Autos besser aus als sie selbst. Und der Opa hatte ihm zum Geburtstag ein Amphibienfahrzeug geschenkt. Leon war glücklich gewesen. Die beiden hatten das Fahrzeug auch gleich ausprobiert. Doch nun antwortete Leon: „Der Opa hat nicht Recht. Autos können auch durchs Wasser fahren. Ich habe es gesehen."

Verblüfft fragte sie: „Wo hast du das gesehen?"

„Ich habe es vom Fenster aus gesehen, als es dunkel war."

„Bist du wieder hochgeklettert und hast aus dem Fenster gesehen?" Sie erinnerte sich, wie entsetzt sie gewesen war, als sie Leon nach einem vermeintlichen Mittagsschlaf auf der Heizung am Fenster angetroffen hatte. Er hatte ihr stolz erzählt, welche Autos er auf der Straße vor dem Fenster gesehen hatte. Obwohl das Ereignis schon etliche Monate zurücklag, war ihr bis heute unklar, wie er aus seinem Kinderbettchen heraus und auf die Heizung gelangt war. Ein Stuhl stand nicht in der Nähe.

„Das Auto ist durchs Wasser gefahren, und es war ganz dunkel", antwortete Leon.

„Aber vom Fenster aus sieht man doch kein Wasser."

„Das Wasser war neben dem Parkplatz. Und da ist das Auto gefahren. Und es war ganz dunkel." Dachte sich Leon jetzt Geschichten aus? Sie hatte ihm viele Geschichten erzählt, wenn er krank war. Er willigte nur in ein Dampfbad ein, wenn er dabei eine Geschichte von seinen Lieblingshelden hören konnte. Sie erfand irgendeine Story. Meistens hatte sie dann bis zum nächsten Dampfbad vergessen, was sie erzählt hatte. Ganz im Gegensatz zu Leon! Anfangs hatte er sie ärgerlich korrigiert. Dann hatte sie schließlich begriffen, wie sie aus dem Dilemma herauskam. Und so fingen die Dampfbäder in der letzten Zeit damit an, dass sie erst einmal Leon erzählen ließ, welche Geschehnisse beim vorhergehenden Dampfbad behandelt worden waren. Die „Dampfbadstory" erinnerte irgendwie an einen Fortsetzungsroman im Fernsehen, bei dem zu Beginn der nächsten Folge erst einmal das bisherige Geschehen in Erinnerung gerufen wurde. Nur dass es hier nicht durch den Erzähler, sondern durch den Zuhörer geschah. Leon schien ein gutes Gedächtnis zu haben, auch wenn sie das nicht anhand ihrer eigenen Erinnerung überprüfen konnte – zumindest nicht bei der Dampfbadstory. Eigentlich könnte Leon ja ganz und gar das Weiterspinnen übernehmen. Aber vielleicht war das ungesund für die Stimmbänder – Dampfbad und Sprechen?

Plötzlich durchzuckte sie ein Gedanke. Die Frau Winkler hatte ihr doch gerade erzählt, dass einer der Professoren aus dem nahen Institutsgebäude vermisst wurde und vermutlich tot sei. Vielleicht hatte das Auto aus Leons Erzählung etwas damit zu tun?

„Leon, wann war das, als du das Auto gesehen hast?"

„Vor dem Geburtstag von Linda. Ich habe ihr auch von dem Auto erzählt, und sie hat gesagt, das hätte ich geträumt. Dabei habe ich es gesehen!"

Sie erinnerte sich, dass Leon nach der Geburtstagsfeier mit finsterem Gesichtsausdruck erklärt hatte, dass er nicht mehr mit Linda spielen wolle. Auf ihre erstaunte Frage nach dem Warum war sie mit einem nichtssagenden „weil Linda doof ist" abgespeist worden. Der Geburtstag von Linda, Leons

Cousine, war am Sonntag gefeiert worden. Also hatte Leon das Auto in der Nacht vom Sonnabend zum Sonntag gesehen.

Der Campus begann auf der anderen Straßenseite. Der Professor hatte in dem großen Gebäude gearbeitet, das direkt gegenüber ihrer Wohnung lag. Hinter dem Gebäude befand sich ein Parkplatz. Und neben dem Parkplatz war bis vor kurzem eine Baustelle gewesen. Leon konnte von seinem Schlafzimmer aus die Baustelle sehen und hatte viel Zeit damit verbracht, die Fahrzeugbewegungen auf dem Gelände zu beobachten und zu kommentieren. Und auf der ehemaligen Baustelle gab es wirklich eine ziemlich große Pfütze.

Auf einer Baustelle wurde vielleicht ab und zu auch nachts etwas angeliefert. Selbst etwas enttäuscht von dieser profanen Erklärung, sagte sie: „Da haben die Bauarbeiter sicher eine Lieferung bekommen." Leon sah sie empört an, schüttelte den Kopf und sagte: „Es waren aber keine Bauarbeiter da. Und in der Nacht werden keine Sachen gebracht. Da schlafen die Fahrer. Die müssen nämlich jede Nacht schlafen."

Das hatte bestimmt auch der Opa gesagt, und an den Aussagen vom Opa war nicht zu rütteln. Das hatte sie längst begriffen. Vielleicht musste sie dem Opa mal ein paar Tipps für erzieherisch wertvollere Themen als Autos geben.

Und dann war die Angst plötzlich wieder da. Wenn das Auto wirklich etwas mit dem toten Professor zu tun hatte, war Leon vielleicht in Gefahr. Womöglich hatte nicht nur Leon das Auto gesehen, sondern die Autoinsassen hatten auch den Jungen bemerkt. Wenn das Auto auf ihn zugekommen war. „Leon, bitte, es ist ganz wichtig, dass du mir alles sagst, was du gesehen hast. Waren da auch Leute, und hat dich jemand gesehen?"

„Nein, Leute waren nicht da, nur ein kleines graues Auto, das durch die Pfütze gefahren ist."

„Hast du gesehen, woher das Auto gekommen ist?"

„Nein."

„Wohin ist denn das Auto gefahren?"

„Es ist zum Katzenfutterhaus gefahren."

Mit dem Katzenfutterhaus meinte er vermutlich den „Fressnapf", in dem sie manchmal Winterfutter für die Vögel gekauft hatten. Während sie versucht hatte, Inhalt und Preis der einzelnen Vogelfutterpackungen ins Verhältnis zu setzen, war Leon immer ausgebüchst. Sie hatte ihn dann meistens in der Abteilung für Katzenfutter gefunden, wo er sich die Katzenbilder auf den Packungen ansah und ihr erklärte, welche dieser Katzen ihm besonders gut gefielen.

Leons Antwort hatte bestimmt geklungen. Das Auto war in die entgegengesetzte Richtung gefahren. Aber die Erleichterung währte nur einen kurzen Moment. Wenn Leon nicht flunkerte, war ein Auto über die Baustelle gefahren. Nach dem Tag, an dem es nach Frau Winklers Aussage das letzte Lebenszeichen vom verschwundenen Professor gegeben hatte. Leon war ein Augenzeuge. Und der Täter konnte Leon gesehen haben. Im Kinderzimmer brannte ja immer die kleine Nachttischlampe. Sie durfte Leon nun erst recht nicht mehr aus den Augen lassen, und sie musste mit den Polizisten reden.

Langsam beruhigte sie sich etwas. Die Zicke aus dem Erdgeschoss würde Augen machen, die mit ihrem braven Mädchen. Zwar gab es in der Zickenfamilie auch keinen Vater, aber die Großmutter war ständig vor Ort. Sie hatte einmal durch die Wohnzimmertür gehört, wie sich Mutter und Großmutter über Leon unterhalten hatten. „Da setzen sie Kinder in die Welt und können sie dann nicht erziehen", hatte sie als Fazit der Auflistung von Leons Untaten gehört.

Warum nur war Leon ständig in Bewegung, ständig auf Achse? Ermahnungen und Vorhaltungen prallten an ihm ab.

Griff hier die Epi-Genetik? Kämpfte sie erfolglos gegen eine Erbmasse an, die ihr Ex latent weitergegeben hatte? Seit man wusste, was das erworbene An- und Abschalten der Gene anrichten konnte, müssten Bindungswillige doch eigentlich verpflichtet werden, den Stammbaum des jeweils anderen danach zu durchforsten, ob Verhaltensweisen vorkamen, die man nicht tolerieren konnte. Das war sicher nützlicher als das Befolgen dieser Erziehungsratgeber. Manche Ratschläge erweckten ja schon beim Durchlesen das Gefühl, dass sich der Verfasser oder die Verfasserin – vielleicht unter dem Termindruck des Verlages – verzweifelt etwas aus den Fingern gesogen hatte.

Sie erinnerte sich an die These ihrer Mutter, dass Ernährungswissenschaftler und Erziehungswissenschaftler hin und wieder großen Schaden anrichteten. Sie hatte diese Meinung lange als Frustreaktion ihrer Mutter abgetan, weil die in ihren Bemühungen hinsichtlich konsequenter Erziehung und Einhaltung von Ernährungsprinzipien nicht übermäßig erfolgreich gewesen war. Inzwischen war Annett geneigt, die Ansicht ihrer Mutter in Bezug auf die Erziehungswissenschaftler zu überdenken. Leon konnte als Gegenbeispiel für die Wirksamkeit etlicher Ratschläge dienen, die als Ergebnis hochwissenschaftlicher Forschungen angepriesen worden waren. Allerdings hatte Annett den Verdacht, dass Journalisten die Ergebnisse der Wissenschaftler ein bisschen vereinfacht und auf eine griffige Formel gebracht hatten. Und dann hatte einer vom anderen abgeschrieben ...

Möglicherweise hatte die Mutter ja auch mit den Ernährungswissenschaftlern Recht. Annett fielen auf Anhieb etliche Empfehlungen ein, die einige Jahre später als fragwürdig oder gar falsch eingestuft worden waren. Aber an Empfehlungen konnte man sich halten oder man konnte es bleiben lassen.

Liebetraut sah Tantchen schon von weitem. Obwohl es bereits dämmrig war, werkelte sie auf ihrem Balkon. Ihr Outfit erinnerte an eine Vogelscheuche. Tantchen trug eine Mütze, die nach oben gerutscht war, und eine Holzfällerjacke für Männer. Unwillkürlich musste er an die Erzählungen seines Vaters denken. Von einer Urgroßmutter war überliefert, dass sie immer ihre ältesten Kleidungsstücke trug, um die neuen zu schonen. Modetrends mussten damals zwar noch nicht so strikt befolgt werden wie heutzutage, aber irgendwann war die Bekleidung ihrem Sohn peinlich geworden. Er machte Nägel mit Köpfen und verbrannte die alten Sachen kurzerhand. Ein jahrelanges Zerwürfnis war die Folge. Irgendetwas von Urgroßmutters Genmustern hatte offenbar überlebt und manifestierte sich in Tantchens Bekleidungsweise.

Tantchen erschrak sichtlich, als sie ihn sah. Ohne ein Wort der Begrüßung fragte sie: „Was ist denn los? Geht es deinem Vater nicht gut?"

Ganz so hatte er sich das Wiedersehen nach etlichen Jahren zwar nicht vorgestellt, aber immerhin nahm Tantchen Anteil an den Befindlichkeiten seiner Familie. Der Vater hatte ihm erzählt, dass Tantchen schon immer eine Pessimistin gewesen war und nun offenbar seit einiger Zeit glaubte, dass es nur noch schlimme Nachrichten in der Welt gab. Er war froh, dass er seinen Vater noch einmal kurz über die Gewohn- und Besonderheiten seiner künftigen „informellen Mitarbeiterin" befragt hatte.

Er zwang sich, unbeschwert zu klingen: „Nein, nein, ich hatte hier zu tun, und wollte einfach mal vorbeischauen."

Sie sah ihn misstrauisch an, bemerkte aber schnell, dass er sie beobachtete, und zwang so etwas wie Freundlichkeit in ihr Gesicht. Er war geübt genug zu erkennen, dass ihr das sichtlich schwer fiel. „Komm rein! Hast du Zeit für einen Kaffee?"

Schon wieder Kaffee! Und dann um diese Zeit! Darüber hinaus war Tantchen bekannt dafür, dass sie keine Ahnung hatte, wie ordentlicher Kaffee zu schmecken hatte. Nach Angaben seines Vaters trank sie zwar täglich Kaffee, aber nach ihrer eigenen Aussage nur aus „gesundheitlichen Gründen". Welche Gründe das waren, darüber schwieg sie sich aus. Bezeichnenderweise behauptete sie dazu ständig, dass es ihr egal sei, wie das schmecke, was sie zu sich nahm. Folglich könne sie sich auch „gesund" ernähren. Was das in Bezug auf den Kaffee bedeutete, wollte er jetzt nicht herausfinden. Also bat er um einen Tee.

Tantchens Tee war besser als erwartet. Sie stellte ein paar Höflichkeitsfragen, wie es ihm gehe, wie es seinem Vater gehe. Aber dann platzte es aus ihr heraus: „Sag mal, hast du etwas mit dem Verschwinden vom kleinen Menzel zu tun? Bist du etwa mit dem Fall betraut?" Er nickte stumm.

In Tantchen arbeitete es sichtlich. Er hätte zu gern gewusst, was jetzt in ihrem Kopf vorging. Ihre Neugier war in der Familie sprichwörtlich. Er musste sich jetzt geschickt verhalten, um einige Informationen aus ihr herauszulocken und nicht mehr zu verraten, als er durfte. Sie hatte ihm gerade einen ersten Anknüpfungspunkt geliefert.

„Wieso kleiner Menzel?"

„Na, typischer Kleiner-Mann-Komplex!"

Verblüfft sah er Tantchen an. War das ein zielführender Ansatz? Man konnte nie wissen. Also fragte er: „Was verstehst du denn darunter?"

Tantchen holte tief Luft, wie zu einem längeren Monolog. Dann hielt sie plötzlich inne und sah ihn zweifelnd an. Er hatte den Eindruck, dass sie in Gedanken seine Körperlänge schätzte. Er gehörte sicher nicht zu den Kleinwüchsigen, aber er wusste auch nicht, welche Körpergröße Mann erreicht haben musste, um nicht durch Tantchens Raster zu fallen. Sie sagte: „Also ich möchte vorausschicken, dass ich auch kleine Männer kenne, die sehr gute Wissenschaftler waren oder noch sind und denen man auch moralisch nichts vorwerfen kann. Aber es gibt ganz viele andere."

Und nun legte Tantchen los. Offenbar hatte sie schon viel über kleine Männer im Allgemeinen und Menzel im Besonderen nachgedacht. Jetzt schien sie es zu genießen, jemanden gefunden zu haben, der sich ihre Theorien anhörte.

Ihre Hauptthese war die, dass kleine Männer ein Problem mit Frauen hätten. Liebetraut war geneigt, ihr in diesem Punkt zuzustimmen, schließlich war für kleine Männer die Partnerwahl etwas schwieriger. Von einigen Typen, die durch ihr Geld „sexy" wirkten, einmal abgesehen. Aber Tantchen hatte noch eine andere Erklärung. Sie führte die meisten Probleme darauf zurück, dass die kleinen Männer – wobei sie klein nicht ausschließlich auf die Körpergröße bezog – in der Hierarchie der Männer meistens unten stünden und folglich nicht auf andere Männer herabsehen könnten. Ihrer Meinung nach hatten da Ansichten aus der Zeit der Mammutjäger überdauert. Weil aber jeder Mensch gern auf jemanden herabsehen wolle, sahen die kleinen Männer halt auf Frauen herab. Und wenn das nicht so ohne Weiteres klappte, versuchten sie, die Frauen so klein aussehen zu lassen, dass es klappte.

In Liebetraut keimte der Verdacht auf, dass sich Tantchen durch den Herrn Menzel wohl nicht hinreichend wertgeschätzt gefühlt hatte. Aber ein vorsichtiger Einwand in diese Richtung wurde barsch abgebügelt. Um zu beweisen, dass ihre These allgemeingültig war, führte Tantchen nun Beispiel um Beispiel an. Leider hatten aber alle Beweisfälle nichts mehr mit dem Herrn Menzel zu tun, und sie entfernte sich auch historisch gesehen immer mehr vom Ausgangspunkt.

Als sie beim sechsten Beispiel angekommen war, sah er ein, dass sie ohne sein Zutun wohl nicht mehr zum Herrn Menzel zurückkehren würde. „Sind auch noch andere Frauen am Institut in Bezug auf den Herrn Menzel deiner Meinung oder früher deiner Meinung gewesen?"

Erbost funkelte sie ihn an. „Natürlich glaubst du mir nicht. Aber ich sage dir: Körpergröße spielt da schon eine Rolle. Wie gesagt, da wirken noch ein paar Ur-Gene mit. In Hawaii zum Beispiel …"

Liebetraut winkte erschrocken ab. Das führte nun doch ein bisschen weit. Aber Tantchen war mit dem Thema noch nicht fertig. Zwar ließ sie ihn an ihren Erkenntnissen hinsichtlich der hawaiianischen Männer nun nicht mehr teilhaben, aber sie fuhr mit nachdrücklichem Unterton fort: „Und viele definieren sich über ihre Funktionen, nicht darüber, was sie leisten. Das ist heute vielleicht wichtiger als die Körpergröße."

Er seufzte. Kein Wunder, wenn sich Tantchen mit dieser Meinung bei den Männern ihres Institutes nicht viele Freunde gemacht hatte. Aber wenn er noch etwas Konkretes herausfinden wollte, durfte er nicht so schnell aufgeben. Seine Tasse war fast leer, und so gesund, dass er eine zweite Tasse gewünscht hätte, war das Gebräu nach seiner laienhaften Meinung auch nicht.

„Und die anderen Professoren? Ihr habt doch auch zwei Professorinnen. Wie schätzt du die denn ein?"

„Ich habe gar nichts, ich gehöre nicht mehr dazu, schon vergessen?" Tantchen hatte also ihre Verabschiedung aus dem Dienst, die offenbar nicht ganz nach ihren Vorstellungen verlaufen war, noch nicht vollständig verarbeitet.

„Na, immerhin bist du lange genug am Institut gewesen. Und du schwatzt doch bestimmt ab und zu mit jemandem. Wie macht sich deine Nachfolgerin, die Frau Professor Hofmeier, denn so?"

„Sie macht sich ganz hervorragend, Betonung auf ‚sich'. Will heißen, sie macht vor allem das, was sie auf dem Weg nach oben voranbringt. Sie hat ein Coaching absolviert und verhält sich so, wie man es ihr vermutlich im Coaching beigebracht hat. Wenn ich es richtig verstanden habe, geht es beim Coaching ja darum, die Frauen so zu beeinflussen, dass sie sich in erster Linie als Vorbilder für junge Frauen verstehen. ‚Optimierung des eigenen Vorankommens' scheint die Devise zu heißen, schließlich soll man ja als leuchtender Stern vielen jungen Frauen den Weg weisen. ‚Nice girls don't get the corner office' gehört da sicher zur Pflichtlektüre. ‚Übertriebener Einsatz für die Belange der Studierenden' kommt bei den Empfehlungen wohl eher nicht vor. Wenn ich wüsste, wer sie gecoacht hat, wer diese Coachine – man muss ja jetzt unbedingt irgendeine weibliche Form verwenden – war, ich würde der gern mal einen Brief schreiben."

„Und das Verhältnis zum Professor Menzel?"

„Ich glaube, das war so schlecht nicht. Schließlich hat sie Menzel geholfen, die Rieger loszuwerden."

„Wieso loszuwerden? Ist die denn nicht verbeamtet?"

„Natürlich ist sie das. Aber man kann jemanden aufs Abstellgleis schieben, wenn man sich einig ist."

„Und wie wurde die Rieger aufs Abstellgleis geschoben?"

„Herrje, in welcher Welt lebst du denn? Noch nichts von Frauenförderung gehört? In den Gremien, in allen Berufungskommissionen etc. muss eine Frau, möglichst eine Professorin, vertreten sein. Und wenn es nur eine oder zwei Professorinnen gibt, haben die also eine gewisse Macht. Und wenn man dann eine in den Gremien hat, die quertreibt, ist man froh, wenn man sie ersetzen kann. Durch die andere eben."

„Du willst sagen, die Frau Rieger hat eher die Richtung vertreten, die dir genehm war, die Frau Hofmeier vertritt nun die Linie, die dem Herrn Menzel und seinen Parteigängern genehmer ist?"

„Ich halte deinen Sarkasmus aus. Die Hofmeier ist noch jung und neu im Geschäft. Sie muss sich darauf verlassen, was man ihr einredet. Und leider vertritt sie die Meinung der tonangebenden Herren vehementer, als die es tun würden. Schließlich will sie aufsteigen."

„O.K., die Frau Hofmeier ist also als Täterin eher unwahrscheinlich, aber die Frau Rieger hätte wohl ein Motiv. Verstehe ich dich da richtig?"

„Was heißt hier Motiv? Ich beschuldige die Rieger doch nicht. Aber der Menzel bekämpft sie."

„Warum?"

„Eben das weiß ich nicht so genau. Er hat sie mal böse beschimpft. Wahrscheinlich ist es nicht dabei geblieben. Sie behauptet immer, dass sie nachtragend sei, und dass sich manche Leute noch wundern würden, wenn sie auspacke. Und dass sie Dinge ‚erlauern' könne."

Plötzlich veränderte sich ihre Miene. Sie schien nachzudenken: „Vielleicht hat er sich ja selbst umgebracht? Vielleicht war sein Verkehrsunfall vor fünf Jahren in Wirklichkeit ein Selbstmordversuch? Oder er hat sich jemanden im Internet gesucht. Oder in den holländischen Coffee-Shops. Wer weiß, was es dort alles gibt. Tod auf Verlangen, so heißt das doch, oder? Und Geld zum Bezahlen hat er ja gehabt."

Liebetraut hatte das Gefühl, dass er eingreifen musste. Mit Tantchen schien die Fantasie durchzugehen. Zwar beruhte Kreativität nach seiner Ansicht weitgehend darauf, dass man seiner Fantasie freien Lauf ließ, ohne gleich zu bewerten. Aber hier ging es nicht um Kreativität. Liebetraut versuchte, ein bisschen zu gegensteuern.

„War der Herr Menzel denn trübsinnig?"

„Hier muss man ja trübsinnig werden."

Naja, diese Antwort hätte er sich nach dem bisher Gehörten auch selbst hersagen können. Aber er musste noch einmal nachhaken: „Hast du einen konkreten Anhaltspunkt, der diese Meinung stützt?"

„Die Ärzte glauben doch heutzutage, dass man trübsinnig werden kann ohne ein spezielles traumatisierendes Ereignis. Wenn zum Bespiel das wunderbare Mikrobiom quertreibt. Aber das beklagt sich sicher auch nicht ohne Grund. Soweit ich die Sache bisher verstanden habe, macht es wohl vor allem Probleme, wenn ihm ein paar von den netteren Mitbewohnern abhandengekommen sind, weil sie zum Beispiel verhungert sind. Was wohl heißt, dass neben psychischem Stress als Auslöser nun auch noch Ernährung oder Ernährungsumstellung in Betracht kommen. Vielleicht sind längere Fernreisen unter dem Gesichtspunkt gar nicht so gut."

„Und gab es in Menzels Leben längere Fernreisen? Du hast die holländischen Coffee-Shops erwähnt."

„Nur nach Holland. Aber die Holländer ernähren sich wohl nicht so sehr anders. Würden sonst so viele Holländer munter durch Deutschland touren?"

„Bleibt also der psychische Stress."

„Den hatten wir doch alle. Zumindest in der Wendezeit. Selbst wenn man bis dahin etwas gelehrt hatte, was auch in den alten Bundesländern für richtig erachtet wurde, hieß das noch nicht, dass man auch bleiben durfte. Es konnte ja sein, dass man ‚moralische Schuld' auf sich geladen hatte. Ja, und manchmal befanden über diesen Punkt Personen, über deren moralische Eignung für den ‚Beurteilungs-Job‘ man durchaus unterschiedlicher Meinung sein konnte. Häufig wurde ja schon das Merkmal ‚nicht in der Partei gewesen‘ als hinreichender Beleg für eine hohe Moral angesehen.

Weißt du, was mich am meisten erstaunt hat? Dass man plötzlich auch Leuten zuhörte, die vorher niemand ernst genommen hatte und die dann wenige Jahre nach der Wende erneut von keinem mehr ernst genommen wurden.

Um auf den Menzel zurückzukommen. Der Menzel hatte einen Konkurrenten, der durch persönliche Beziehungen mit einem der neuen Moralapostel verbandelt und dadurch klar im Vorteil war. Letztendlich hat der Menzel aber, wie du ja weißt, seine Stelle behalten können. Aber die Überprüfung, oder was auch immer, dauerte. So eine lange Zeit der Ungewissheit kann schon mal die eine oder andere Verbindung im Gehirn umprogrammieren. Vielleicht reicht dann später der sprichwörtliche Tropfen, ein klitzekleiner Übertragungsfunken an der falschen Stelle, und die Sicherung brennt durch. So stelle ich mir das jedenfalls vor.“

Tantchen schwieg. Sie wirkte plötzlich anders, traurig. Liebetraut wusste nicht so recht, was er erwidern sollte. Er hatte die Stimmung seinerzeit bei seinen Eltern miterlebt. Zwar waren sie nicht so voller Hoffnung auf blühende Landschaften gewesen wie die Verwandten aus dem Tal ohne Westfernsehen, aber sie hatten doch geglaubt, dass alles besser werden könne. Ganz langsam hatte sich dann die Erkenntnis eingeschlichen, dass der Betrieb, in dem die Eltern arbeiteten, ein unliebsamer Konkurrent für eine alteingesessene Firma in den alten Bundesländern war und folglich keine Überlebenschance hatte.

Aber jetzt war keine Zeit für Sentimentalitäten, er hatte einen Fall zu lösen. Die Idee einer Tötung auf Verlangen war natürlich auch ein Ermittlungsansatz, den sie verfolgen mussten. Allerdings war diese Lösung doch recht unwahrscheinlich. Gretel war mit der Überprüfung von Menzels Finanzen beschäftigt. Sollte es dort Unregelmäßigkeiten geben, würde Liebetraut es bald wissen. Doch vielleicht wusste Tantchen noch mehr?

„Gab es denn in letzter Zeit ein Ereignis, das ihn vielleicht aus der Bahn geworfen haben könnte, oder Anhaltspunkte dafür, dass der Herr Menzel aus dem Leben scheiden wollte?", fragte er und bemühte sich, beiläufig zu klingen.

Aber Tantchen schien plötzlich keine Lust mehr zu haben, dieses Thema zu vertiefen. „Was weiß ich! Vergiss es! War nur so eine Idee. Ohne tieferen Hintergrund. Ich gehöre leider nicht zu den Weisen. Du weißt ja: Auch der Weise hat dumme Gedanken, aber er verschweigt sie."

Was sollte das denn jetzt wieder? Er erinnerte sich an die Worte seiner Großmutter, immerhin Tantchens Mutter: „Sie liebt es in Andeutungen zu reden. Das ist einfach nur furchtbar. Man grübelt ständig darüber nach, ob mehr hinter ihren Aussagen steckt. Und fühlt sich total verunsichert." Wie wahr! Vielleicht wollte Tantchen aber gerade das? Verunsichern? Um sich überlegen zu fühlen? Man konnte nie wissen. Andererseits, wenn sie nun Recht hatte? Wie viele an diesem Institut hielten sich für einen Weisen und gaben nur den Teil ihres Wissens preis, der ihnen nützte? Vermutlich mehr als in den Fällen, an denen er bisher mitgearbeitet hatte. Vielleicht sollte er Tantchen bei Gelegenheit dazu befragen – wenn er mal viel Zeit hatte.

Aber erst musste er ihr noch ein paar Informationen über das Beziehungsgeflecht am Institut entlocken. Bis jetzt hatten sie ja kein Motiv. Er musste unverfänglich beginnen, wenn er einen allgemeinen Überblick gewinnen wollte.

„Das Hochschulwesen scheint mir, von außen betrachtet, doch noch eine Insel der Seligen zu sein. Von der Lehre mal abgesehen, könnt ihr arbeiten, wann ihr wollt, könnt forschen, was ihr wollt, und seid abgesichert. Ein Traumjob sozusagen. Hat man sich nicht sogar solche Dinge wie Dual Career und Familienfreundlichkeit auf die Fahnen geschrieben? Und Frauen werden toll gefördert."

„Mit der Absicherung hast du Recht. Aber erst, wenn man eine Professur ergattert hat. Vorher ist das Hangeln von Befristung zu Befristung die Regel. Bei manchen Assistenten geht das ein Leben lang so. Wie man das aushält, weiß ich nicht. Und erst recht nicht, wie das mit Familie zusammengehen soll. Man versucht ja immer mal, die Befristerei zu begrenzen. Dann werden irgendwelche Obergrenzen für die Jahre in befristeter Tätigkeit festgelegt. Das führt dann erstaunlicherweise meistens dazu, dass gute Leute, die kurz vor einer solchen Grenze stehen, gehen müssen.

Natürlich gibt es ab und zu ein Beispiel zum Vorzeigen. Da wird halt auch die Frau eines Professors, den man haben wollte, mit einer Professur bedacht. Oder ein Professor setzt seine Frau auf die unbefristete Stelle, die ihm zugestanden wurde. Obwohl die Frau fachfremd ist! Letzteres kann es doch auch nicht sein."

„Bitte übertreib nicht wieder! Ich weiß sonst nie, was ich glauben kann und was nicht. Die eigene Frau einstellen! Das geht doch nur in der Wirtschaft. Wofür gibt es denn Berufungskommissionen?"

„Die gibt es nur für Professoren, nicht für wissenschaftliche Mitarbeiter. Bei den Mitarbeitern haben die selbstherrlichen Professoren freie Hand. Das nennt man dann Freiheit von Forschung und Lehre."

Nach einer kurzen Pause fuhr Tantchen fort: „Ich vermute, du als Mann siehst bei diesem Fall jetzt nur die Ungerechtigkeit gegenüber den anderen Mitarbeitern. Aber versetz dich mal in die Rolle der armen Frau. Die ist dem Kerl doch ausgeliefert. Sowas wird dann noch als Familienfreundlichkeit verkauft."

„Vielleicht ist es ja die große Liebe. Nicht jede geht mit deiner Aufgeklärtheit an eine Beziehung heran. Man kann doch nicht immer nur vom schlimmsten Fall ausgehen."

„Aufgeklärtheit! Realitätssinn nennt man das! Und ohne Realitätssinn geht man heutzutage unter. Die Frau muss für den Herrn Gemahl glänzen. Solange sie das kann, ist alles gut. Aber was passiert, wenn sie es nicht mehr kann? Von den anderen Mitarbeitern kann sie keine Unterstützung erwarten. An der Uni gibt es eine andere Tradition als in Handwerksbetrieben, wo eine mithelfende Ehefrau akzeptiert ist."

„Gibt es denn keine Kontrollmöglichkeit? In solchen Fällen müsste es doch einen Aufschrei geben."

„Die Feministinnen müssten aufschreien. Sonst schreit niemand mehr auf. Die Professoren nehmen die Entwicklung erfreut zur Kenntnis und sammeln die Beispiele. Sie haben damit eine Rechtfertigung, bei Bedarf genauso zu handeln. Und die Mitarbeiter auf ihren befristeten Stellen halten erst recht den Mund. Die einzigen, die vielleicht aufmucken, sind die Studenten, solange sie keine wichtigen mündlichen Prüfungen bei den beteiligten Personen haben. Was denkst du denn, warum so viele Studienordnungen mündliche Prüfungen vorsehen?"

Liebetraut schluckte. So hatte er das noch nicht gesehen. Der Referent, der bei seiner Ausbildungsstätte die Noten verwaltete, hatte immer behauptet, dass die mündlichen Prüfungen vor allem deshalb das Nonplusultra seien, weil der Prüfende dem armen Prüfling im Notfall mit einem Tipp weiterhelfen und so die gute Note retten könne. Dass das

Tippgeben vom Wohlwollen des Prüfers abhing, war natürlich naheliegend. Dummerweise hatte er aber noch nie darüber nachgedacht. Vermutlich widmeten auch andere Studenten diesem wichtigen Thema nicht die gebührende Aufmerksamkeit.

Tantchen riss ihn aus seinen Gedanken. „Was unsere Arbeitsbedingungen angeht, da hast du teilweise Recht. Manche betreiben mehr oder weniger Hobbyforschung. Das sind die, die am lautesten nach Freiheit von Forschung und übrigens auch Lehre schreien. Meistens bekommen sie Recht. Das hat auch dazu beigetragen, dass die Zahl der Studiengänge ständig wächst. Man muss nur einen zugkräftigen Namen finden, und schon kann man einen neuen Studiengang kreieren. Es heißt nicht umsonst: ‚Kommt ein neuer Professor, gibt es eine neue Vorlesung; kommen zwei neue Professoren, gibt es einen neuen Studiengang.‘ Früher war alles viel mehr reglementiert. Es gab eine gewisse Anzahl von grundlegenden Fächern, und für diese Fächer gab es Rahmenprüfungsordnungen, die wie der Name sagt, den Rahmen absteckten für das, was mindestens gelehrt und geprüft werden sollte. Daran musste man sich halten. Mit der Abschaffung der Diplomstudiengänge und der Einführung der Bachelor- und darauf aufbauenden Master-Studiengänge hat sich das geändert. Wohlgemerkt, ich bin nicht gegen die sogenannten konsekutiven Studiengänge. Sie sind halt sehr verbreitet in der Welt, und meines Erachtens muss man sich anpassen. Bei der Einführung der neuen Studiengänge gab es allerdings zum Teil ganz schönen Widerstand. Viele Deutsche glauben ja immer noch, dass das deutsche Diplom weltweit bekannt und anerkannt sei. Ich habe im Gegensatz zu dieser typisch deutschen Selbstüberschätzung Fälle erlebt, wo schon Wissenschaftler in unseren westlichen Nachbarländern nicht wussten, was ein Diplomabschluss bedeutet. Die neuen Studiengänge mussten auch nicht, wie teilweise behauptet, zwangsläufig zu einem Niveauabfall führen. Man hatte die Möglichkeit, sie so zu gestalten, dass die Inhalte des jeweiligen Diplomstudienganges weiterhin vermittelt werden konnten."

„Halt, ich kann dir nicht ganz folgen! Was hat das denn mit der wachsenden Zahl der Studiengänge zu tun, die du gerade beklagt hast?"

„Warte doch ab! Ich komme schon noch zum Punkt. Es ist ja nicht von der Hand zu weisen, dass man auch neue Inhalte vermitteln muss, Digitalisierung und so. Also wurden die Rahmenprüfungsordnungen abgeschafft, und an ihre Stelle trat die sogenannte Akkreditierung von Studiengängen. Eine Akkreditierungskommission, die von einem übergeordneten Akkreditierungsrat beaufsichtigt wird, begutachtet die Vorstellungen einer Hochschule für einen bestimmten Studiengang oder auch gleich für mehrere Studiengänge. Das ist ein lukratives Geschäft, für eine Akkreditierung müssen die Hochschulen zahlen. Also lehnen die Akkreditierungskommissionen in der Regel geplante Studiengänge nicht ab, sie geben Empfehlungen, die noch einzuarbeiten sind. Sonst würde man sich ja selbst den Geldhahn zudrehen. So kann man erklären, dass sich die Zahl der Studiengänge seit dem Beginn des Umstellungsprozesses nahezu verdoppelt hat. Wer soll denn da noch den Überblick behalten! Bei den Tagen der Offenen Tür der Bildungseinrichtungen wird den Studierwilligen allerhand vorgegaukelt. In dem Alter können die doch noch gar nicht wissen, was man für einen Berufswunsch wirklich braucht. Also fallen sie auf schöne Namen der Studiengänge herein. Später merken sie, dass ein schöner Name für das Studierte noch keine Jobgarantie ist. Also suchen sie einen Abschluss mit einem weniger klangvollen Namen, aber einer Perspektive. So kommt es zu den vielen Quereinsteigern, zum Beispiel bei den Lehrern.

Und wenn ich einmal beim Lamentieren bin: Die Studenten müssen jetzt Kompetenzen erwerben. Kompetenzen sind das, worum sich jetzt alles dreht. Es geht nicht mehr um Inhalte. Wenn du mich fragst, der reine Blödsinn. Ein paar Grundkenntnisse braucht man in jedem Fach. Und die sogenannten Soft Skills, die auch erworben werden sollen, hat man in dem Alter entweder oder man hat sie nicht. Nach meiner Überzeugung, die immerhin durch ein paar Sachbücher gestärkt wird, kann man Kreativität oder Verantwortungsbewusstsein in diesem Alter nicht mehr antrainieren, man kann nur aufpassen, dass sie nicht verloren gehen.

Die paar Kompetenzen, die erworben werden müssen, sind leicht erfunden, man hat ja viel mehr Spielraum als bei anerkannten Inhalten. Da kann man immer das Gleiche aufschreiben, garniert mit irgendeinem unverständlichen Fachbegriff. Zumal ja sogar die Formulierungen und die Verben, die verwendet werden sollen, teilweise vorgeschrieben sind. Die Texte werden dann von ‚Evaluierungsbeauftragten‘ überprüft. Meistens sind das Leute, die keine Ahnung davon haben, was inhaltlich wichtig ist, und nur abhaken, ob die gängigen Formulierungen vorkommen."

„Aber die Kompetenzen müssen doch überprüft werden!"

„Das ist das Allerbeste. Eine wirkliche Kompetenz kann man in der kurzen Prüfungszeit doch überhaupt nicht beurteilen. Also wird geprüft wie bisher, es werden Inhalte abgefragt. Kompetenzen kann man aber mit verschiedenen Inhalten erwerben, die Inhalte werden ja nicht vorgeschrieben. Also kann man auch lehren, was man will, und das prüft man dann ab. Ich habe noch keinen getroffen, der das Kompetenzgequatsche ernst nimmt. Aber man kann es so gut für die eigenen Zwecke ausnutzen. Deshalb machen alle mit."

„Du kannst mir jetzt nicht erzählen, dass da alle freudig mitmachen!"

„Naja, freudig wirklich nicht! Aber es gibt halt entsprechende Gesetze, die zum Teil nicht sehr vernünftig sind. Zugegebenermaßen gibt es auch ein paar Verantwortungsbewusste in den Hochschulen, die versuchen, den Gesetzesrahmen so auszulegen, dass am Ende etwas Vernünftiges herauskommt. ‚Aus sachgerecht mach rechtskonform‘, hat das mal jemand genannt. Aber ich glaube tatsächlich, dass die, die das versuchen, in der Minderzahl sind."

Das war starker Tobak. Zwar war bei Tantchens Hang zu Übertreibungen Vorsicht geboten, aber irgendwas würde schon dran sein. Leider hatte sich das Gespräch schon wieder ziemlich weit von der Situation am Institut entfernt.

Also versuchte er, dem Gespräch einen Schubs in Richtung „Institut" zu geben.

„Du hast die ausgebeutete Ehefrau erwähnt. Gibt es bei euch etwas Ähnliches, Ehepaare oder so?"

„Nein, bei uns hier nicht. Früher, als eine gewisse Anzahl unbefristeter Stellen unterhalb der Professorenebene noch die Regel war, war das anders. Da hat man wohl etwas mehr für ‚Familienzusammenführung‘ getan. Und ich hatte nicht den Eindruck, dass das besonders nachteilig für das Institut war."

Dann stutzte sie plötzlich und sagte: „Da fällt mir ein: Vielleicht haben wir bald wieder ein Paar am Institut! Regina hat mir kürzlich so etwas erzählt. Da hättest du dann wirklich ein Vorzeigeprojekt."

„Was für ein Paar ist denn das?"

„Sie hat hier eine sogenannte Postdoktoranden-Stelle. Das bedeutet, sie hat promoviert und arbeitet jetzt auf einer befristeten Assistentenstelle. Es heißt, dass eine Juniorprofessur für sie geschaffen werden soll. So viele Frauen, die das unsichere Geschäft der Nachwuchsförderung über sich ergehen lassen wollen, haben wir ja nicht. Die meisten ziehen nach wie vor einen relativ sicheren Job in der Wirtschaft vor. Vor kurzem hat sie sich offenbar einen Doktoranden geschnappt, der noch zu haben war. Die beiden wohnen wohl inzwischen zusammen. Nun hat man auch für ihren Freund eine Stelle locker gemacht. Er wird demnächst seine Promotion verteidigen und soll dann eine Stelle als Lehrkraft für besondere Aufgaben bekommen. Aber warte mal … War sein Betreuer nicht der Menzel? Aber der Verteidigungstermin liegt ja, glaube ich, schon fest. Da muss ja auch das Gutachten schon fertig sein. Also alles in Butter. Die beiden haben wirklich das große Los gezogen. Trifft man heute an kleineren Hochschulen kaum noch."

Er zog die Liste mit den Professoren, Mitarbeitern und Doktoranden des Instituts heraus. Bis jetzt hatte er ja nur etwas über ausgewählte Personen erfahren und eine vermutlich nutzlose Vorlesung über die Umgestaltung der Lehre über sich ergehen lassen müssen. Er brauchte weitere Informationen und ging die Liste durch. Tantchen hatte zu jeder und jedem eine Meinung, die meistens ziemlich sarkastisch formuliert wurde. Einen Professor Eschenbach hielt sie für die „absolute Katastrophe" für das Institut. Liebetraut erinnerte sich, dass sie vor Jahren schon einmal über diesen Herrn lamentiert hatte. Die Begebenheit war in seinem Gedächtnis haften geblieben, weil Tantchen früher normalerweise nicht über ihre Arbeit gesprochen hatte. Sie hatte damals ihre Ausführungen mit dem Satz „Wir haben jetzt eine völlig neue Spezies im Institut" eingeleitet. Und dann war eine Reihe von Vorfällen geschildert worden, die er nur schwer mit seinen hehren Vorstellungen vom Wirken eines Professors in Einklang bringen konnte.

Zu seiner Beruhigung gab es auch „dreieinhalb" Professoren, denen sie „gute Forschung und Verantwortungsbewusstsein für die Studierenden" zugestand, und einige Assistenten, die sie offenbar schätzte. Liebetraut machte Pluszeichen, Minuszeichen und Schlangenlinien für „unentschieden" hinter die einzelnen Namen. Aber was bedeutete ein halber Professor mit Verantwortungsbewusstsein?

„Er ist ein guter Forscher. Aber er ist wenig durchsetzungsfähig. Die anderen tanzen ihm auf der Nase herum. Er ist häufig krank. Ob die Krankheit die Ursache dafür ist, dass er nichts durchsetzen kann, oder ob er sich die mangelnde Durchsetzungsfähigkeit zu sehr zu Herzen nimmt und deshalb häufig krank ist, kann ich nicht beurteilen."

Liebetraut fühlte, wie seine Konzentration abnahm. Wenn er morgen fit sein wollte, musste er endlich gehen. Zwar hatte er an etlichen Punkten bei Tantchens Ausführungen das unbestimmte Gefühl gehabt, noch einmal nachhaken zu müssen. Aber das waren Fragen, die noch ein bisschen warten konnten. Am kommenden Tag war viel zu tun. Hoffentlich hatten Hensel und Gretel morgen früh Neues zu berichten. Er selbst wollte sich beim Frühstück noch einmal die Liste der Professoren und Mitarbeiter mit den Symbolen durch den Kopf gehen lassen.

Donnerstag

Um 8.00 Uhr trafen sich Liebetraut, Hensel, Gretel und der Computerexperte Konrad im provisorischen Arbeitszimmer. Venske hatte erreicht, dass ihnen auch noch ein Herr Kollmann aus der örtlichen Polizeidienststelle zugeordnet worden war. Kollmann hatte früher einmal eine Lehre im Verwaltungsbereich der Universität angefangen, das Vorhaben aber nach zwei Jahren abgebrochen. Er konnte also auf Erfahrungen mit den Befindlichkeiten einiger Angehöriger der Uni zurückgreifen und damit eine wertvolle Hilfe bei den Befragungen sein.

Liebetraut schilderte sein Gespräch mit Behrmann und dem Dekan. Seinen Besuch bei Tantchen erwähnte er nicht. Es musste ja nicht gleich jeder wissen, dass er noch eine geheime Informationsquelle besaß. Er redete sich ein, dass sein diesbezügliches Schweigen gerechtfertigt war, denn schließlich hatte er ja nichts Relevantes über den Fall erfahren. Und vielleicht war es gut, wenn die anderen unvoreingenommen an die Befragungen gingen. Es war zu befürchten, dass Tantchens Aussagen ein bisschen verzerrt waren. Der Herr Eschenbach war offenbar ihr Lieblingsfeind. Mal sehen, wie ihn die Kollegen erlebten.

Hensel hatte am Vorabend die Bewohner der restlichen fünf Nachbarhaushalte befragt. Man war sich einig gewesen, dass der Herr Menzel sehr zurückgezogen gelebt hatte. Niemand hatte eine andere Person als den Wohnungsinhaber in die Wohnung gehen sehen. Stimmen in der Wohnung, die nicht dem Wohnungsinhaber zuzuordnen waren, hatte niemand außer dem Herrn Maier gehört. Genau genommen hatte von den anderen Befragten nie jemand etwas aus der Wohnung gehört. Lediglich eine ebenfalls allein lebende Frau mittleren Alters, die eine Etage höher wohnte, hatte angegeben, dass sie zweimal einen jungen Mann vor dem Haus gesehen habe. Als der junge Mann zum zweiten Mal längere Zeit vor dem Haus herumlungerte, habe sie ihn schließlich gefragt, ob er auf jemanden warte. Er habe sie erschrocken angesehen und „nein, nein" gestammelt. Kurz darauf war der Herr Menzel nach Hause gekommen. Als sie wenige Minuten später wieder nach dem jungen Mann ausgeschaut hatte, war er nicht mehr zu sehen gewesen. Die Frau berichtete, der junge Mann habe südländisch ausgesehen und vermutlich mit Akzent gesprochen. Aber wer könne das bei einem Wort schon hundertprozentig sagen? Der Vorfall lag etwa drei Wochen zurück. Hensel hatte noch einmal die zuerst Befragten abgeklappert, aber keiner hatte den jungen Mann gesehen. Allerdings passte die Beobachtung zur Aussage von Nachbar Maier, der die Stimme eines jungen Mannes aus Menzels Wohnung gehört haben wollte.

Liebetraut machte sich eine Notiz. Sollten sie nicht vorankommen, wollte er noch einmal mit der Frau sprechen. Offenbar wusste sie am besten über den Herrn Menzel Bescheid. Vielleicht hatte sie Menzel als eine mögliche Beute betrachtet und sich ein bisschen intensiver um seinen Tagesablauf gekümmert als andere.

Konrad hatte sich noch einmal Menzels Computer vorgenommen, allerdings nichts Neues entdeckt. Wie Hensel schon festgestellt hatte, war von dem Computer am Sonnabend ein Online-Ticket gekauft worden. Außerdem hatte Menzel oder jemand anderes am Sonnabend Mails gesichtet. Am Freitag hatte Menzel offenbar längere Zeit an einem Gutachten gearbeitet, das wohl im Wesentlichen fertig war.

Die Spurensicherung hatte im Zimmer von Menzel Fingerabdrücke von Menzel selbst, den beiden Sekretärinnen und fünf weiteren Personen gefunden. Ein paar Abdrücke gehörten vermutlich der Putzfrau, die das Zimmer am Sonntagabend gründlich gesäubert hatte. Kollmann erhielt den Auftrag, sich mit der Putzfrau zu unterhalten.

In Menzels Wohnung waren nur Fingerabdrücke von Menzel und zwei weiteren, bislang unbekannten Personen gefunden worden.

Menzels Schlüsselbund, an dem sich wohl auch ein Generalschlüssel befunden hatte, war nirgends aufgetaucht. Das konnte sich zu einem größeren Problem ausweiten. Wenn die Gefahr bestand, dass der Generalschlüssel in die falschen Hände geraten war, musste das gesamte Schließsystem des Institutes ausgetauscht werden. Das war aber ohnehin nicht innerhalb eines Tages zu bewältigen. Also beschloss die Runde, noch bis zum Wochenende abzuwarten, ob man etwas über den Verbleib des Schlüssels ermitteln konnte. Der Sicherheitsdienst wurde aber angewiesen, häufiger zu kontrollieren.

Ein Smartphone, das Menzel zugeordnet werden konnte, hatte man ebenfalls nicht gefunden, obwohl Menzel nach Aussage der Wohnungsverwalterin eines besessen hatte. Eine Rückfrage bei der örtlichen Polizeidienststelle, die sich ja nach Behrmanns Anzeige um die Handydaten kümmern wollte, hatte ergeben, dass das Smartphone bis zum Freitagabend in der Nähe des Institutes eingeloggt gewesen und um 23.34 Uhr ausgeschaltet worden war.

Aus der Gerichtsmedizin war bisher nur bekannt geworden, dass Menzel am Wochenende gestorben war, irgendwann zwischen Freitagabend und Sonntagmorgen. Man hatte aber Anhaftungen von frischem Putzmörtel an seiner Kleidung gefunden, ein Umstand, der wohl eher für einen Tatort außerhalb des Institutes sprach. Das Institutsgebäude war ein nach der Wende entstandener Neubau, der augenscheinlich noch keiner Renovierung bedurft hatte.

Mittlerweile rückte die Zeit für die Versammlung im Institut heran. Liebetraut bat Gretchen, anschließend mit ihm die Professoren und älteren Mitarbeiter des Institutes zu befragen. Hensel sollte mit dem Kollegen Kollmann die jüngeren Assistenten und die Doktoranden interviewen und sich danach mit den Anwohnern in der Nachbarschaft des Institutsgebäudes unterhalten.

Tantchen war auf dem Weg zur Physiotherapie. Wie immer auf diesem Weg kreisten ihre Gedanken um ihre Gesundheit. Vermutlich würde sie früher oder später zum Hypochonder werden, wenn sie es nicht schon war. Oder hieß das Hypochonderin? Bestimmt war für die richtigen Feminist*innen die Verwendung der männlichen Form schlimmer als der Vorwurf, hypochondrisch zu sein. Man sollte das einmal überprüfen. Und war denn überhaupt das Gendersternchen noch aktuell, oder hatte sie da auch schon wieder die Entwicklung verschlafen?

Sie schüttelte den Kopf. Über solchen Unsinn dachte sie nun nach. Hatte sie denn nichts Besseres zu tun? Vermutlich hatte sie doch Schaden davongetragen, als sie früher Studien- und andere Ordnungen daraufhin durchsuchen musste, ob auch in allen möglichen und unmöglichen Fällen die weibliche Form verwendet wurde. Ein junger Kollege war ihr in dieser Hinsicht immer als Vorbild hingestellt worden. Dass seine gelobten Ausführungen später als inhaltlich mangelhaft enttarnt worden waren, hatte niemanden mehr interessiert. Hauptsache, die Form stimmte. Das schmerzte immer noch.

Sie straffte sich. Dieses nutzlose Thema war ein für alle Mal abgehakt. Sie musste über ihre Gesundheit nachdenken.

Außer ihr tat das ja wohl keiner. Ärzte hatten ihr erklärt, dass Dauermedikation oder Operation die beiden Möglichkeiten seien, zwischen denen sie wählen konnte. Noch fiel es ihr schwer, sich mit diesem Standpunkt anzufreunden. Beides hieß, sich den Ärzten auf Gedeih und Verderb auszuliefern. Bei diesem Gedanken wurde ihr regelmäßig mulmig, denn sie war ein bisschen vom Glauben an die Halbgötter in Weiß abgefallen. Vor einigen Jahren hatte sie erstaunt festgestellt, dass man ihr zwei Medikamente verschrieben hatte, die sich in ihrer Wirkung gegenseitig aufhoben. Für die Nebenwirkungen hatte das leider nicht gegolten. Seitdem nagten Zweifel an ihr. Vermutlich war das ihr Hauptproblem. Wie sollte sie gesund werden, wenn sie ihre Selbstheilungskräfte mangels Glauben an die Diagnose nicht ausreichend aktivieren konnte? „Hilf dir selbst, dann hilft dir Gott", war das Motto ihres Vaters gewesen. Ins heutige Leben übersetzt und auf die Gesundheit angewandt, hieß das wohl, dass man sich, als ersten Schritt sozusagen, im Internet informieren musste. Aber man brauchte ja trotzdem noch die eine oder andere Untersuchung, um die eigene Diagnose zu untersetzen oder – leider kam auch das vor – zu widerlegen. Bei den Arztgesprächen musste man dann immer sehr vorsichtig sein. Die Halbgötter liebten es nicht, mit Theorien aus dem Internet konfrontiert zu werden, für die sie noch kein Gegenargument kannten. Und die Theorien, die sie sich selbst zurechtgelegt hatte, nahm sowieso keiner ernst.

Ihre Theorie zur Behandlung von Rheuma zum Beispiel. Sie wollte ja nicht gleich die ganze Rheumatologie revolutionieren. Aber bei Autoimmunkrankheiten konnte es doch so sein, dass ein überfordertes Immunsystem nicht in der Lage war, genau abzuschätzen, wie viel Abwehrstoffe in den einzelnen Regionen des Körpers gebraucht wurden. Nach der

Devise „viel hilft viel" schickte es schon mal die halbe Task Force zu einem kleinen Gelenk, das ein Problem gemeldet hatte. Und weil die Task Force nun mal da war, wollte sie auch etwas leisten. Mit den paar Erregern, wenn überhaupt welche da waren, war sie bald fertig. Da der Tatendrang damit in der Regel noch nicht aufgebraucht war, lieferte man sich ein paar Scharmützel mit dem, was man außer den Erregern angetroffen hatte. So entstand eine Entzündung im Gelenk. Soweit war sie sich mit den Halbgöttern einig.

Manchmal war sie ganz froh, dass ihr medizinisches Halbwissen genügend Lücken aufwies, die mit Spekulationen gefüllt werden konnten. Entstanden nicht auf diese Weise „Arbeitshypothesen", neue Denkansätze? Sie hatte ein bisschen Einblick erhalten, wie medizinische Studien statistisch ausgewertet wurden. Sie erinnerte sich an Ärzte, die ihre gesammelten Behandlungsdaten mit einem im Internet gefundenen Programm ausgewertet hatten und dann von einem Kollegen wissen wollten, was das Programm denn eigentlich gemacht hatte. Vermutlich ließen inzwischen viele den letzten Schritt weg.

Sie hatte aus diversen Internet-Artikeln den Schluss gezogen, dass die modernen Biologika die Entzündungsbotenstoffe im Blut bekämpften. Und da war ihr die Idee gekommen, dass man doch auch die Botenstoffe von den angegriffenen Organen wegholen könne, indem man das Blut dort wegholte. Also anstatt durch Wärme und Strom die Durchblutung zu fördern und noch mehr Mitglieder der Task Force mit dem Blut zum betroffenen Organ zu schicken, versuchte sie mit Autogenem Training das Blut dort wegzuholen. Das funktionierte mit kleinen Gelenken, insbesondere den Fingergelenken, ganz gut. Und konnte nicht *ein* Beispiel zur Begründung einer Theorie dienen? Sie kannte Wissenschaften, wo man Theorien sogar ohne ein einziges Beispiel aufstellte, leider auch ohne andere „Indizien" wie zum Beispiel eine Berechnung.

Ihre Nachbarin fiel ihr wieder ein. Die hatte ihr erst kürzlich erzählt, dass sie sich verzweifelt bemühte herauszufinden, wie viel Jod sie täglich zu sich nahm. Offenbar war das ein fast hoffnungsloses Unterfangen. Tantchen hatte mit Staunen gehört, dass das Element dank „Zwangsjodierung" mittlerweile fast überall vorkam, vor allem in der Milch und im Fleisch. Wie viel das in der Summe war, wusste offenbar niemand genau.

Für intakte Schilddrüsen war das vermutlich kein Problem, die nahmen sich einfach nur das, was sie brauchten. Aber manche Schilddrüsen, insbesondere diejenigen, die in Jodmangelgebieten trainiert worden waren, hatten offenbar nicht die Fähigkeit erworben, sich zu beschränken. Gierig verwerteten sie das gesamte Jod, das sie bekamen. Und die Überproduktion von Schilddrüsenhormonen konnte böse Folgen haben, wie Tantchen aus dem Internet wusste. Folgen für die Betroffenen, aber auch für die Mitmenschen. Die Aussicht, vielleicht in Zukunft mit einer unberechenbaren Furie Tür an Tür leben zu müssen, behagte Tantchen ganz und gar nicht. Immerhin hatte der Hausarzt der Nachbarin vorgeschlagen, das renitente Organ mehr oder weniger ganz an seinem Tun zu hindern und Hormone, die ja dann fehlten, in Form von Medikamenten zuzuführen.

Tantchen hatte gelesen, dass der Jodzusatz in Lebensmitteln davor schützen sollte, einen Kropf zu entwickeln. Eigentlich ein lobenswertes Anliegen. Trotzdem war sie empört. Da hieß es nun „Du bist, was du isst". Aber wenn man gar nicht genau wusste, was man aß? Kalorienzählen war doch auch O.K. Warum gab man dem „mündigen Bürger" nicht auch die Möglichkeit, seinen Jodkonsum zu kontrollieren? Weil die Jodierung schon so weit ausgeufert war, dass niemand mehr durchblickte? War es nicht langsam Zeit für eine umfassende Aufklärung? Immerhin waren nach ihrer Kenntnis ungefähr 10% der Bevölkerung betroffen.

Sie war so in Gedanken versunken, dass sie Renate erst bemerkte, als sie neben ihr an der Ampel warten musste. Sie kannten sich schon seit der Schulzeit. Renate war stets für ein bisschen Tratsch zu haben. Ein kleiner Austausch von Mensch zu Mensch war immer gut. Man musste ja heute froh sein, wenn man noch mit jemandem auf diese Weise kommunizieren konnte und am Gesichtsausdruck sah, wie man ankam, ohne auf „Like" oder „Dislike" warten zu müssen. Ein Glück, dass sie wie meistens zu früh losgelaufen war und der Tratsch nicht wegen Zeitmangels ausfallen musste.

Als sie Renate antippte, zuckte die zusammen und schrie leicht auf. War die schreckhaft. „Ach, du bist es!"

„Das klingt zumindest etwas erleichtert. Ich hatte für einen Moment befürchtet, dass ich die Ursache deines Entsetzens bin."

„Ach, ich bin ein bisschen im Rentner-Stress. Und wenn man schon längere Zeit schlecht schläft …"

„Ich weiß schon. Nachts, morgens und abends schläft der Rentner gut, nur mit dem Mittagsschlaf hapert es."

„So ungefähr. Weißt du, manchmal beneide ich dich. Du bist dein eigener Herr und musst nicht ständig Rücksicht nehmen auf die Befindlichkeiten anderer."

Tantchen schwieg. Es hatte alles seine zwei Seiten. Aber der eben gehörte Satz hatte auch etwas Tröstliches. Sie sollte ihn in ihre „Sammlung von Sprüchen für alle Lebenslagen" aufnehmen.

Sie überlegte. Durfte sie Renate jetzt schon von dem vermissten Professor erzählen? Sie entschied sich für „ja", denn schließlich hatte sie nicht nur vom Kommissar, sondern auch von ihrer Freundin Angelika von dem Fall erfahren. Sollte es hart auf hart kommen, konnte sie jedem sagen, der andere habe sie von der Schweigepflicht entbunden. Trotzdem erschien es ratsam, Renate der Form halber erst einmal zum Schweigen zu verpflichten. Das schaffte Vertrautheit und konnte sich irgendwann als nützlich erweisen.

Sie sagte: „Manchmal ist es allerdings nicht ganz gesund, so allein zu leben. Man wird unter Umständen nicht mehr rechtzeitig gefunden, wenn etwas passiert. Oder man schafft es mal nicht mehr nach Hause und keiner merkt, dass man weg ist."

Renate stutzte: „Wirst du jetzt sentimental? Ist doch sonst nicht deine Art?"

„Naja, es soll ja wieder mal ein Professor verschwunden sein. Sie versuchen noch, es geheim zu halten. Ich weiß es eigentlich auch gar nicht, und ich muss dich bitten, es auch nicht zu wissen."

„Wieder einmal ein Professor verschwunden? Du meinst, so wie die Frau, die einfach verschwand und ihre Vorlesungen nicht mehr hielt?"

„Ja, aber die war neu, und keiner kannte sie richtig. Man fand damals schnell heraus, dass sie sich überfordert gefühlt hatte und in ihre Heimat abgehauen war. Außerdem wurde bekannt, dass man an ihrer alten Arbeitsstelle wusste, dass mit ihr etwas nicht stimmte. Aber die wollten sie loswerden, und alle hatten fein still geschwiegen."

„Ach, und dieses Mal ist das anders? Ein langgedienter Professor also? Einer, der genügend Gelegenheit hatte, sich *hier* Feinde zu machen? Oh, die Sache wird interessant. Ein Mann also. Da fällt einem doch gleich sexuelle Belästigung und #Me-Too ein. Hast du mir nicht erzählt, dass ihr einen hattet, der immer seine Tür offen ließ, damit er nicht in Verdacht geriet? Vielleicht war da doch etwas im Busch? Wie sollte er sonst auf die Idee kommen, dass ihn jemand bezichtigen könnte?"

„Jetzt geht deine Fantasie wieder mit dir durch. So interessant scheint es leider nicht zu sein. Der Vermisste war ein korrekter Langweiler."

„Du kennst ihn also? Etwa einer aus eurem Institut? Jetzt wird es ja echt spannend! Dein Lieblingsfreund?"

„So schön ist die Welt eben nicht. Aber auch einer, der mich nicht leiden konnte."

„Tu nicht so! Vermutlich konntest du ihn weniger leiden als er dich."

„Ach, das ist komplizierter. Manchmal hat er mir sogar leid getan. Wenn wir in den letzten Jahren einen Professor am Institut gehabt hätten, der fachlich gut ist *und* Autorität besitzt, hätte sich vermutlich am Ende auch mein Lieblingsfreund eingeordnet und wäre auf dem Teppich geblieben."

„Jaja, die Litanei kenne ich schon. Also, wer ist es denn nun?"

„Unser Herr Menzel! Aber ‚unser' darf ich ja gar nicht mehr sagen. Ich gehöre ja nicht mehr dazu."

„Wow. Den habe ich erst noch letzte Woche gesehen. Ich glaube, er war auf dem Weg zum Mittagessen in die Waldgaststätte."

Tantchen war überrascht. „Waldgaststätte", das war ein völlig neuer Aspekt. Wenn nun jemand dem Menzel im Wald aufgelauert hatte? Hinter einem Baum gewartet und Bums! Den Herrn Menzel, tot oder halbtot, hinter einen Baum oder in eine Kuhle gezerrt und wieder gewartet, bis die Luft rein war, um die Leiche abzutransportieren. So ähnlich hätte sie es gemacht, wenn es mit Vergiften nicht geklappt hätte. Sie musste Liebetraut auf diese Möglichkeit hinweisen.

„Läufst du also immer noch täglich deine Runden durch den Wald?"

„Täglich nicht, aber ich gehe gern …" Renate stockte und guckte ziemlich konsterniert.

„Was ist denn? Irgendein Problem?"

„Ich war am Sonntag ganz früh auf dem Weg unterwegs, der an der Waldgaststätte vorbei nach Osten führt. Zugegeben, es war noch mindestens drei Kilometer östlich der Waldgaststätte. Aber wenn der Menzel gelegentlich zur Waldgaststätte geht … Das könnte doch hinkommen."

Tantchen wurde ungeduldig. Renate sprach mal wieder in Rätseln.

„Was kommt hin? Ist dir jemand begegnet? Doch nicht etwa der Menzel?"

„Nein, aber mir *ist* jemand begegnet, ganz früh, oben am Bach! Genau genommen ist er mir nicht begegnet, er stand am Wasser und guckte …"

„Vermutlich ein Jäger, der mal musste, oder? Aber wie ich dich kenne, hast du dich mörderisch erschrocken."

„Ich habe mich zu Tode erschrocken. Und als ich am Nachmittag nachgesehen habe, war dort nichts, keine Spur, einfach nichts! Gerade so, als hätte jemand versucht, alle Spuren zu beseitigen!"

Tantchen wusste nicht so recht, was sie mit dieser Aussage anfangen sollte. Renate sah ihr das wohl an und fuhr erbost fort: „Halte mich jetzt bitte nicht auch für senil, ich weiß, was ich gesehen habe!"

Das „auch" bezog sich sicher auf Renates Mann. Vermutlich war es auch kein leichtes Familienleben, wenn jeder den anderen für senil hielt. Tantchen beeilte sich zu sagen: „Jaja, ich zweifle nicht daran. Aber was heißt das nun? Der Menzel war es ja wohl nicht, den kennst du doch?

Vielleicht sollten wir das den Polizisten erzählen, die den Fall bearbeiten?"

Renate winkte ab. „Mein Mann hat sich schon hinreichend über mich lustig gemacht. Ich brauche das nicht noch mal. Du glaubst mir doch auch nur halb. Und überhaupt, was geht mich euer Professor an?"

Die Antwort entbehrte nicht einer gewissen Logik. Doch dann fuhr Renate fort: „Da war noch etwas, was mich stutzig gemacht hat. Der Mann trug so eine Stirnlampe. Es war doch schon hell. Und Jäger, die haben doch Nachtsichtgeräte, oder? Man kann sich doch nicht mit einer Stirnlampe auf den Hochsitz setzen." Das war tatsächlich ein interessanter Aspekt. Aber Tantchen hatte leider keine Zeit mehr. Sie konnte ihren mühsam erworbenen Ruf, immer pünktlich zu sein, nicht aufs Spiel setzen.

Auf dem restlichen Weg zur Praxis dachte sie über das Gehörte nach. Sie musste Liebetraut informieren. Allerdings wollte sie nicht, dass ihre familiären Beziehungen zur Polizeigewalt zu Renate durchsickerten. Dann erfuhr sie vermutlich in Zukunft nicht mehr viel. Bevor sie Liebetraut informierte, musste sie aber noch herausfinden, wo genau Renate etwas gesehen hatte.

Kollmann hatte die Sekretärin gebeten, in die Liste der Professoren, Mitarbeiter und Doktoranden des Institutes einzutragen, wer zur Institutsversammlung verhindert war. Er hatte das Ergebnis bereits studiert und informierte Liebetraut.

„Also, der Professor Raupenfeld ist nicht da. Er ist am Montag nach Brasilien gereist. Eine Dienstreise, vor vier Wochen beantragt."

„Hat der denn keine Lehre?"

„Theoretisch schon, aber ich habe mich kundig gemacht. Er kann die Lehrveranstaltungen auch von einem Mitarbeiter oder einem Doktoranden halten lassen. Oder er kann sie ausfallen lassen. Das kontrolliert eigentlich keiner."

„Wenn er also schon länger geplant hätte, dem Menzel etwas anzutun, wäre die Dienstreise der perfekte Plan. Der Junge scheint clever zu sein."

„Gut getarnter Karrierist", hatte Tantchen gesagt. Wenn der Raupenfeld etwas mit der Sache zu tun hatte, war er nicht zu unterschätzen. Sie mussten ihn im Auge behalten.

„Sag Gretchen, sie soll seine Reiseroute checken und die Uni, die er besucht, kontaktieren. Aber unauffällig. Sie soll sich irgendeinen banalen Grund ausdenken. Er darf keinen Verdacht schöpfen. Früher oder später müssen wir mit ihm reden. Wenn er sich nicht schon abgesetzt hat. Aber wir müssen erst mehr wissen. Gut, sind noch weitere Personen abgängig?"

„Der Herr Professor Eschenbach kann nicht kommen, weil er etwas erledigen muss, das keinen Aufschub duldet. Was das ist, hat er nicht gesagt."

Für Eschenbach brauchten sie offenbar eine spezielle Herangehensweise. Tantchen hatte wohl Recht, er passte nicht in das Schema der üblichen Verhaltensweisen. Aber bisher konnten sie ihm nichts anhaben. Behrmanns Einladungsschreiben war unverbindlich formuliert gewesen.

„Wenn er nicht kommt, hat er vermutlich nichts mit der Sache zu tun. Sonst wäre er doch neugierig und würde sich die Gelegenheit, etwas über den Stand der Ermittlungen zu erfahren, nicht entgehen lassen", bemerkte Kollmann.

Liebetraut dachte an Tantchens Bemerkungen. „Vorsicht, vielleicht will er diesen Eindruck nur erwecken! Bestimmt hat er jemanden, der ihm haarklein erzählt, was geredet wird. Das müssen wir auch bei Raupenfeld in Betracht ziehen. Fehlt sonst noch jemand?"

„Eine Doktorandin liegt mit Fieber in ihrer Wohngemeinschaft im Bett. Ich weiß noch nicht, wann sie sich das eingehandelt hat."

Es war jetzt kurz vor 10.30 Uhr. Liebetraut merkte, wie seine Nervosität wuchs. Er hoffte darauf, dass sich diese Nervosität legen würde, sobald die Versammlung begann. Tantchens Erzählungen wollte er sich jetzt besser nicht in Erinnerung rufen. Vermutlich würde es ihm dann schwerfallen, immer die der Sache angemessene Ernsthaftigkeit auszustrahlen.

Da erschien ein mittelgroßer älterer Mann mit wehendem weißem Haar, stellte sich als Professor Heldmann vor und bat darum, ebenfalls an der Versammlung teilnehmen zu dürfen. Er sei zwar emeritiert, habe aber immer noch engen Kontakt zum Institut und könne vielleicht etwas zur Aufklärung des mysteriösen Falles beitragen. Liebetraut stöhnte innerlich. Nach Miss Marple noch ein Hercule Poirot, nur ohne Schnurrbart! Offenbar hatten die emeritierten Damen und Herren gern noch ein bisschen Kontakt zum Institut und lebten das auf verschiedene Weise aus.

Liebetraut erklärte Herrn Professor Heldmann, dass er für jeden Mitstreiter, der die Aufklärung voranbringen wolle, dankbar sei und sich auf eine vertrauensvolle Zusammenarbeit freue. Er hoffte, dass sein Gesichtsausdruck die salbungsvollen Worte nicht sofort Lügen strafte.

Der Besprechungsraum war gut gefüllt. Man hatte anscheinend noch Stühle hereingetragen.

Liebetraut ging zum Whiteboard, an dem noch ein paar Stichworte einer früheren Veranstaltung standen. Nach der Begrüßung stellte er sich und seine Mitarbeiter vor.

„Meine Damen und Herren, ich danke Ihnen für Ihr Kommen. Ihr Kollege, Herr Professor Menzel, wird seit Montag vermisst. Das haben wir im Einladungsschreiben erwähnt. Seit gestern ist nun klar, dass er einem Gewaltverbrechen zum Opfer gefallen ist."

Ein Raunen ging durch die Menge. Liebetraut hatte seine Kollegen gebeten, jeweils eine bestimmte Sitzgruppe im Auge zu behalten. Kollmann und Hensel notierten sich etwas.

„Sie verstehen, dass wir keine näheren Angaben zu den Todesumständen machen können. Gegenwärtig ermitteln wir in alle Richtungen. Das heißt, dass wir auch nicht ausschließen können, dass sein berufliches Umfeld etwas mit dem Tötungsdelikt zu tun hat. Wir haben Sie eingeladen, um Sie zu bitten, sich heute im Institut für Gespräche zur Verfügung zu halten und schon im Vorfeld darüber nachzudenken, wann Sie Herrn Professor Menzel zum letzten Mal gesehen haben und was Ihnen sonst im Zusammenhang mit dem Fall bemerkenswert erscheint. Insbesondere interessiert uns auch, ob jemand am vergangenen Wochenende am Institut war und eventuell Beobachtungen gemacht hat, die uns weiterhelfen könnten. Wir benötigen Ihre Mithilfe und sind dankbar für jeden Hinweis. Meine Kollegin und meine Kollegen werden im Laufe des Tages mit jedem von Ihnen sprechen. Bitte halten Sie sich in Ihren Büros auf, wir werden auf Sie zukommen! Wir bitten aber insbesondere diejenigen, die am Wochenende im Institut waren, das jetzt gleich im Anschluss meinen Kollegen oder mir mitzuteilen, damit wir zuerst mit Ihnen sprechen können.

Die Lehrveranstaltungen, so wie sie auf den Webseiten angegeben sind, werden wir bei der Planung der Gespräche berücksichtigen. Sollten Lehrveranstaltungen zu anderen Zeiten stattfinden, bitten wir darum, uns gleich nach dieser Veranstaltung zu informieren. Wenn Sie vertrauliche Mitteilungen machen möchten, sichern wir Ihnen volle Diskretion zu, soweit es der Sachverhalt zulässt.

Mit den Studierenden Ihrer Fachrichtung werden wir heute am Nachmittag reden. Ich habe sie gebeten, sich im Hörsaal 2 einzufinden. Natürlich ist es auch denkbar, dass Studierende anderer Fachrichtungen involviert sind. Wir erwarten von den Prüfungsämtern der anderen Fakultäten Listen der Studierenden, die Lehrveranstaltungen bei Herrn Professor Menzel besuchen mussten. Von besonderem Interesse sind Studierende, die Prüfungen nicht bestanden haben. Wenn Sie dazu Kenntnisse haben, bitte ich um Information. Vielleicht hat jemand an einer Prüfung mit Herrn Professor Menzel teilgenommen, die nicht zur Zufriedenheit des Prüflings ablief? Es sind viele Möglichkeiten denkbar.

Noch etwas: Falls Sie von Vertretern der Presse kontaktiert werden sollten, können Sie das sagen, was ich Ihnen gerade mitgeteilt habe. Bitte geben Sie keine Informationen aus den heute noch stattfindenden Gesprächen weiter! Ich danke Ihnen schon jetzt für Ihre Kooperation. Gibt es Fragen?"

Eine Frau meldete sich. Das musste die Hofmeier sein. Er hatte sich zwar von Hensel ein Blatt mit den Namen und Gesichtern vorbereiten lassen, aber so ganz hatte er die Gesichter noch nicht verinnerlicht. In diesem Leben würde er wohl nicht mehr als Super-Recognizer reüssieren. „Warum wurden wir nicht sofort informiert, als Herr Professor Menzel vermisst wurde?"

„Danke für die Frage. Ein erwachsener Bürger kann seinen Aufenthaltsort frei wählen. Die Polizei wird erst tätig, wenn es Anhaltpunkte für eine Gefährdung von Leib und Leben gibt. Das war im Fall von Herrn Professor Menzel bis gestern nicht der Fall."

„Sind Sie nicht der Meinung, dass diese Regelung überdacht werden müsste? Wir haben es doch hier nicht mit Kriminellen zu tun. Herr Professor Menzel war ein sehr gewissenhafter Kollege, der niemals seine Lehrveranstaltungen grundlos versäumt hätte. Vielleicht hätte man ihn noch retten können, wenn rechtzeitig ermittelt worden wäre."

Liebetraut sah, wie sich auf einigen Gesichtern süffisantes Grinsen ausbreitete. Er bemühte sich trotzdem, seiner Stimme einen ehrerbietigen Klang zu geben.

„Wir haben unsere Vorschriften. Ihre Anregung werde ich natürlich weiterleiten."

Es gab keine weiteren Fragen. Grüppchenweise verließen alle den Besprechungsraum. Liebetraut wollte noch einmal mit der Gerichtsmedizin sprechen. Also bat er Hensel, zusammen mit Gretel mit der Befragung der Professoren zu beginnen. Kollmann machte sich auf, die Putzfrau und die fehlende Doktorandin zu befragen.

Liebetraut selbst ging in das provisorische Arbeitszimmer und rief noch einmal die Gerichtsmedizin an. Der Todeszeitpunkt war zwischen Freitag 15.00 Uhr und Sonnabend 12.00 Uhr eingegrenzt worden, wobei man einen Tod am Freitagabend für wahrscheinlicher hielt. Menzel war durch einen einzigen Schlag oder Stoß mit einem scharfkantigen Gegenstand getötet worden. Er hatte sich vermutlich etwas nach vorn gebeugt gehabt und war von hinten mit voller Wucht getroffen worden. In Anbetracht von Menzels Körpergröße war dazu auch eine kleinere Person in der Lage gewesen.

Überraschend war die Form des Tatwerkzeuges: Das Loch konnte von einer Pyramide herrühren, die mit der Spitze zuerst in den Schädel gerammt worden war. Liebetraut schickte die Information auf die Smartphones der Kollegen und bat sie, nach Pyramiden zu fragen und Ausschau zu halten.

Dann versuchte er, einen möglichen Ablaufplan zu konstruieren. Wenn man von dem wahrscheinlichsten Todeszeitpunkt ausging und Menzel am Freitagabend getötet worden war, hätte das im Institut, in seiner Wohnung oder auch an einem bislang unbekannten Ort geschehen sein können. Gegen das Institut sprachen die Anhaftungen von Mörtel an seiner Kleidung. Außerdem war es vermutlich schwierig, eine Leiche aus dem Institut zu transportieren. Das konnte eigentlich nur nachts geschehen.

Hatte Menzel bis in die Nacht am Institut gearbeitet? Dann müsste jemand Licht in seinem Zimmer gesehen haben. War Menzel bereits am frühen Abend im Institut gestorben, und die Leiche hatte irgendwo im Institut gelegen? Auch das war unwahrscheinlich, das Risiko einer Entdeckung war groß. Jedermann konnte das Gebäude bis zum späten Abend betreten, der Sicherheitsdienst schloss relativ spät ab. Und heraus kam man zu jeder Zeit. Im Gebäude selbst waren etliche Räume frei zugänglich. Die Arbeitszimmer und die Computerräume wurden zwar abgeschlossen, aber zumindest die Putzfrau hatte einen Generalschlüssel. Wer noch? Er rief die Sekretärin an und bat um eine Liste. Die Putzfrau kam in der Regel am Wochenende, das wussten alle. Wann genau, wusste vermutlich keiner. Vielleicht lag das auch zum Teil im Ermessen der Putzfrau. Zwar guckte die Putzfrau vermutlich nicht in Schränke, aber die Schränke waren bei den meisten vollgestopft mit Büchern und Ordnern. Garderobenschränke gab es in den Arbeitszimmern nicht, nur offene Regale mit Kleiderstangen. Ein Insider wäre wohl kaum das Risiko eingegangen, die Leiche in einem Arbeitszimmer zu verstecken.

Trotzdem musste er auch den Fall im Blick behalten, dass Menzel im Institut ermordet worden war. Dann war die Leiche wohl bereits in der Nacht zum Sonnabend weggebracht worden. Eine Frau hätte es wohl kaum allein geschafft, die Leiche aus dem Gebäude zu transportieren. Konnte das ein einzelner Mann bewerkstelligen? Zwar hatte eine erste Inspektion der Umgebung des Institutsgebäudes keine Hinweise auf einen Abtransport der Leiche ergeben, aber eine gründlichere Suche stand noch aus.

Eine Frage blieb aber so oder so offen: Wer hatte am Sonnabend von Menzels Computer aus das Online-Ticket gekauft? Zumindest dafür hatten sie ja eine konkrete Zeitangabe. Die Kollegen würden sich in den Gesprächen auch auf diesen Zeitraum konzentrieren, da war er sich sicher.

Menzels Wohnung war nach den Aussagen der Nachbarn als Tatort bislang auch nicht sehr wahrscheinlich. Welche Orte suchte Menzel sonst noch auf? Diesen Punkt mussten sie in den Gesprächen auf jeden Fall anschneiden.

Hensel überließ Gretchen das Fragen. Er fühlte sich bei diesen akademischen Pinkeln nicht sehr wohl und war froh, wenn er in die Rolle des Zuhörers schlüpfen konnte. Er musste nicht verzweifelt nach einer klug klingenden Formulierung suchen, sondern konnte die Befragten aufmerksam beobachten. Unwillkürliche Veränderungen in Mimik und Gestik verrieten oft mehr als die Worte, die sie zu hören bekamen.

Zuerst erschien der Herr Professor Mohr. Er hatte darum gebeten, als einer der Ersten befragt zu werden, weil er am Nachmittag einen Arzttermin hatte. Herr Mohr war sichtlich nervös und verbrauchte stets mehrere „Ähs", bevor er einen neuen Satz von sich gab. Hensel ertappte sich dabei, wie er anfing, die Ähs zu zählen. Wonach sich die Anzahl wohl richtete? Nach dem Grad der Aufregung? Nach der Zeit, die gebraucht wurde, um eine Ausflucht oder eine Halbwahrheit zu finden?

Von Herrn Mohr erfuhren sie nicht viel Neues. Er bestätigte, dass der Herr Menzel seine Lehrveranstaltungen immer akribisch vorbereitet hatte. Das betraf auch die Prüfungen. Er arbeitete alles vorher gründlich aus, Frage für Frage. Flexibilität schien nicht seine Sache zu sein. Zu dem bisher Gehörten kam neu hinzu, dass Herr Menzel offenbar immer in Sorge gewesen war, dass er nicht genügend Vorlesungen halten dürfe. Zwar gab es eine festgelegte Zahl von Stunden in der Woche, die mit Lehre gefüllt werden mussten. Aber die Studenten konnten relativ frei wählen, welche der Angebote sie wahrnahmen. Und so boten manche Professoren sehr spezialisierte Vorlesungen an, in der Hoffnung, dass die Studenten dann doch lieber ein anderes Fach wählen würden und sie die Vorlesung nicht zu halten brauchten. Andere Professoren wiederum verließen sich darauf, dass sowieso niemand nachprüfte, ob sie das Lehrdeputat ausschöpften und boten von vornherein weniger Lehrveranstaltungen an. Während sich also andere gern drückten, riss sich der Herr Menzel förmlich um Lehrveranstaltungen und wies auch Studenten gelegentlich darauf hin, dass sie doch bitteschön seine Vorlesungen besuchen sollten.

Die Sekretärin klopfte und teilte mit, dass der Herr Eschenbach jetzt ein kurzes Zeitfenster habe, um mit ihnen zu reden. Sein Terminkalender sei randvoll.

Durch ein Kopfnicken bestätigten Hensel und Gretel einander, dass sie Eschenbach den Gefallen tun wollten. Von Herrn Mohr würden sie nicht viel mehr erfahren. Der schien nicht überrascht oder ärgerlich zu sein, dass man „sein" Gespräch abbrach, um mit Eschenbach zu reden. Offenbar war er an eine solche Behandlung gewöhnt.

Hensel rief Liebetraut an, denn der hatte darum gebeten, bei Eschenbachs Befragung dabei zu sein. Der Herr Eschenbach interessierte Liebetraut sehr. Immerhin schien er eines von Tantchens Lieblingsstudienobjekten zu sein. Offenbar hatten etliche Leute Grund, den Herrn Eschenbach nicht zu mögen. Allerdings war nicht der Herr Eschenbach umgebracht worden, sondern der Herr Menzel. Manchmal traf es anscheinend den Falschen.

Liebetraut sprach gern mit den Leuten an den Orten, an denen sie sich vorrangig aufhielten. Die Wohnräume und Arbeitszimmer sagten häufig viel über die Bewohner aus.

Die Sekretärin geleitete Liebetraut und Gretel zu einem großen, lichtdurchfluteten Zimmer. Herr Eschenbach begrüßte sie leutselig. Liebetraut schaute sich um. Hier ließ es sich sicher gut arbeiten. Die Zimmer, in denen sie bisher gewesen waren, wirkten dagegen wie dunkle Bunkerzellen. An den Wänden hingen Bilder von berühmten Bauwerken. Allerdings war keines der dargestellten Gebäude jünger als fünfhundert Jahre. Offenbar wollte hier jemand klassische Bildung demonstrieren. Oder der Kunstunterricht des Herrn der Bilder war seinerzeit nicht bis zur Moderne vorgedrungen.

Der Herr Eschenbach war hager und wirkte irgendwie asketisch. Er erklärte als erstes, dass er leider nicht viel Zeit habe. Als Lehrstuhlinhaber habe er Pflichten, denen er sich nicht entziehen könne. Man müsse sich ja hier um alles kümmern, damit nicht der Schlendrian aus den früheren Zeiten wieder die Oberhand gewinne. Der Öffentliche Dienst sei ja für solche Entwicklungen besonders anfällig.

Liebetraut fragte nach, ob die Aussage hinsichtlich des Schlendrians auch auf den Herrn Menzel zutreffe.

„Nun, der Herr Menzel ist ja, wie Sie sicher wissen, schon lange an dieser Universität. Da ist er natürlich ein bisschen im alten System verhaftet. Hinsichtlich der notwendigen Lehrinhalte waren wir uns daher naturgemäß nicht immer einig. Aber sehen Sie: Wenn man in der Forschung an der Spitze bleiben will, muss man seine Doktoranden langfristig in das Gebiet einarbeiten, auf dem sie einmal Spitzenleistungen erbringen sollen. Dafür sind die üblichen drei Jahre für ein Dissertationsvorhaben viel zu kurz. Deshalb muss man gerade an einer kleinen Uni wie dieser schon im Studium den Grundstein legen, auf dem später aufgebaut werden kann. Die Studierenden müssen rechtzeitig an die Forschung herangeführt werden."

Liebetraut wunderte sich ein bisschen. Zwar hatte er auch schon von Studiengängen gehört, in denen jeder Student, der mit Mühe den Master-Abschluss geschafft hatte, auch gleich promovierte. Nach seiner Kenntnis zählte jedoch der vom Institut verantwortete Studiengang noch nicht zu dieser Klasse. Lag das eventuell daran, dass man früher nicht rechtzeitig angefangen hatte, auf die Promotion vorzubereiten? Er hatte immer geglaubt, dass eine Promotion wenigstens eine eigene Idee enthalten sollte. Gab es überhaupt so viele eigene Ideen wie Promotionen? Vermutlich nahm deshalb in den Geisteswissenschaften auch die Zahl der Plagiate zu. Und hier? Reichte es aus, dieselbe Idee viele Male auf unterschiedliche Objekte anzuwenden und das Ergebnis aufzuschreiben? Kärner-Arbeit sozusagen, die die Damen und Herren Professoren nicht selbst leisten wollten?

Liebetraut zwang sich, wieder dem Monolog des Herrn Eschenbach zu folgen. Der sagte gerade stolz: „Man kann schon einen gewissen Wandel konstatieren. Meine jahrelangen Bemühungen tragen Früchte. Glücklicherweise sind die jungen Kolleginnen und Kollegen aufgeschlossener. Natürlich muss man bei den Neuberufungen aufpassen, dass man die richtigen Leute auswählt. Leute, die sich der Wissenschaft und nur der Wissenschaft verpflichtet fühlen. Schließlich kann man gute Lehre nur machen, wenn man in der Forschung an der Spitze ist."

Liebetraut machte sich eine Notiz. Über diese Forschungsspitze oder -spitzen und die Rolle der Doktoranden musste er wohl mal mit Tantchen reden. Vermutlich sah sie die Sache etwas anders. Von Menzel hatte bisher noch keiner große Forschungstaten berichtet. Es schien, als habe er sich voll auf die Lehre konzentriert, ohne vorher den mühsamen Umweg über Spitzenforschung zu gehen. Gab es hier einen Ansatzpunkt? Er schüttelte leicht den Kopf. Selbst wenn. Einander umbringen würde man sich aufgrund von verschiedenen Ansichten über den Weg zur „Spitzenlehre" sicher nicht.

Herr Eschenbach hatte das Kopfschütteln offenbar bemerkt und sah ihn irritiert an. „Nun, vielleicht spielte Forschung in Ihrer Ausbildung nicht so eine dominierende Rolle. Hoffen wir, dass Sie den Fall trotzdem lösen können."

Liebetraut war wütend auf sich selbst. Er musste noch daran arbeiten, bei Bedarf seinen Gedanken den Weg zur Steuerzentrale der Mimik zu versperren. Interpretationen wie diese hier waren die lästige Folge seines unzureichenden Trainings in Sachen „Pokerface".

Gretel sprang ein: „Wir werden unser Bestes geben, aber wir sind auf die tatkräftige Unterstützung der Professoren und Mitarbeiter angewiesen. Sie sind von Ihrer Tätigkeit her ja daran gewöhnt, klar zu analysieren und alle Fälle abzuwägen. Sie können uns damit eine große Hilfe sein."

Liebetraut unterdrückte ein Stöhnen. Tantchen hätte ihm bei dieser Aussage wohl eine Tasse an den Kopf geworfen, aber dem Herrn Professor ging die Aussage offenbar runter wie Öl. Wann hatte dem denn das letzte Mal jemand die wahre Meinung gesagt? Er schien nicht davon auszugehen, dass man sich über ihn lustig machte. Merkte er es nicht, oder wollte er es nicht merken? Hatte er für Ironie eventuell einfach keine Antennen? War er einer der Fälle, die zwar Kompetenz in einem Wissenschaftsgebiet, aber nicht auf sozialer Ebene besaßen? Kompetenzen! Liebetraut konnte ein Grinsen nur noch schwer unterdrücken: Jetzt dachte er selbst auch schon in Kompetenzen. Es wurde wirklich Zeit, dass er sich auf seine Kernkompetenzen besann.

Leider schien es, als könne der Herr Eschenbach aktuell nicht viel zur Klärung des Mordfalles beitragen. Er äußerte aber noch einmal die Hoffnung, dass sich die Kriminalbeamten der Brisanz der Thematik bewusst seien und alle ihre Kräfte für die schnellstmögliche Lösung des Falles einsetzten. Schließlich sei ein störungsfreies Umfeld eine wesentliche Voraussetzung für eine gedeihliche Forschung.

Wenn der Herr Menzel auch nicht zu den Speerspitzen der Forschung gehört hatte, so war er doch nach bisherigem Kenntnisstand kein Störenfried gewesen. Es konnte aber sein, dass er ab und zu auf Lehrinhalten bestanden hatte, die für die Forschung des Herrn Eschenbach nur eine untergeordnete Rolle spielten und folglich vernachlässigbar waren. Liebetraut schüttelte noch einmal den Kopf. Nein, ein Mordmotiv war das nicht. Zumal die jungen Professoren anscheinend ohnehin auf Eschenbachs Seite waren und sich das Problem irgendwann auf demografischem Wege gelöst hätte.

Gegen 13.15 Uhr klingelte im Sekretariat das Telefon. Marie griff nach dem Hörer und vernahm den bemerkenswerten Satz „Sagen Sie dem Kommissar, dass es im Zimmer 246 eine Pyramide gab".

„Wer ist denn am Apparat?"

Leider war man am anderen Ende der Leitung nicht gewillt, diese Auskunft zu erteilen. Marie hörte noch, wie aufgelegt wurde. Sie schüttelte verständnislos den Kopf. An dieser wunderbaren Einrichtung hatte es ja schon allerhand gegeben. Eine Pyramide war so ungewöhnlich auch nicht. In einigen der Fächer, die am Institut vertreten wurden, spielte vielleicht hin und wieder eine Pyramide eine Rolle. Doch diese Form der Nachrichtenübermittlung? Es war eine jugendliche Männerstimme gewesen, soviel glaubte sie herausgehört zu haben. Aber ihr fiel niemand ein, zu dem die Stimme passen könnte. Und wieso faselte jetzt einer etwas von einer Pyramide? Sollte das mit dem Mord am Herrn Menzel zusammenhängen? Von einer Pyramide war doch bislang überhaupt noch nicht die Rede gewesen. War sie etwa nicht auf dem aktuellen Stand?

In 246 saß die Rieger, eine von zwei Professorinnen am Institut. Die Rieger war schon lange am Institut, viel länger als sie selbst. Sollte die den Menzel ...? Und jemand hatte sie dabei beobachtet? Aber warum? Sie hatte Menzel und die Rieger noch nie miteinander reden sehen. Das war schon eigenartig. Es gab ein paar Gerüchte, dass sie sich einmal heftig gestritten hatten. Genaueres wusste niemand aus ihrer Mittagsrunde. Es war wohl alles im Professorenkreis ausgetragen worden. Die Rieger erwähnte aber gelegentlich dieses Ereignis. Sie war wohl noch nicht darüber hinweg, obwohl es schon Jahre zurückliegen musste. Früher war die Rieger in mehreren Universitätsgremien gewesen, aber seit es die forsche junge Professorin gab, war sie abgemeldet. Der Herr Menzel hatte wohl wesentlich zu dieser Entwicklung beigetragen. Vielleicht vertrug die Rieger die Zurücksetzung nicht?

Marie gab sich einen Ruck. Sie musste wohl oder übel den Kommissar informieren, und es würde ihr wieder niemand sagen, worum es eigentlich ging.

Liebetraut schaute sie verdutzt an. „Woher wissen Sie etwas von der Pyramide?"

„Ich weiß gar nichts von einer Pyramide. Und ich weiß auch nicht, wer angerufen hat. Ich kenne die Stimme nicht", war die patzige Antwort.

„Wem gehört das Zimmer 246?"

„Der Frau Professor Rieger."

Einer Frau also. Enttäuscht stellte er fest, dass er die Liste der Generalschlüssel noch nicht erhalten hatte.

Aber zunächst musste er mehr über den Anrufer erfahren.

„Also war der Anrufer niemand aus dem Institut?"

„Die Studenten kenne ich ja nicht alle. Aber von den älteren Professoren und Mitarbeitern war es keiner." Und sie zählte noch einige Studenten auf, die es wohl auch nicht gewesen waren.

Liebetraut überlegte schnell. Der mysteriöse Anrufer hatte vielleicht die Frau Rieger beobachtet, wollte sich aber nicht als Verräter outen. Oder wollte der Täter von sich ablenken und die Aufmerksamkeit der Polizei auf die Frau Rieger lenken? Pyramide, das war Täterwissen. Wollte der Täter der Frau Rieger eins auswischen? Er nahm vielleicht an, dass die Form des Tatwerkzeuges schon bekannt war. Schließlich konnten die Pathologen in den Krimis zur Tatwaffe immer sehr genaue Angaben machen.

Prüfungen und Konsultationen fanden in den Arbeitsräumen statt. Man musste nun also auch noch überprüfen, wer vermutlich im Zimmer der Frau Rieger gewesen war und der Dame nicht ganz wohlgesonnen war. Prüfungen, die nicht zur Zufriedenheit des Kandidaten abgelaufen waren, könnten eine Rolle spielen. Er würde Kollmann bitten, der Sache nachzugehen.

Andererseits, es musste ja nicht unbedingt ein Student gewesen sein. An den Wochentagen konnte tagsüber jeder das Gebäude betreten. Wenn man in der Nähe ein Bedürfnis verspürte, war es fraglich, ob man die Nerven hatte, den Weg zur nächsten öffentlichen Toilette auf sich zu nehmen. Vorausgesetzt, man wusste überhaupt, wo eine war. Und die Kunde von „netten Toiletten" hatte es bestimmt noch nicht bis in diese idyllische Gegend geschafft. Positive Entwicklungen dauerten immer ein bisschen länger. Sollte jemand von außen gelegentlich in den Arbeitszimmern herumgestöbert und dabei die eine oder andere Beobachtung gemacht haben? Eine Beobachtung, die sich nun irgendwie auszahlen sollte? Das war zwar sehr unwahrscheinlich, aber dennoch möglich.

In der Hoffnung auf ein paar freiwillige Zusatzinformationen fragte Liebetraut aufmunternd: „Kommen denn hier häufig auch Leute herein, die gar nicht zur Hochschule gehören?"

Er wurde enttäuscht. „Woher sollen wir denn wissen, wer zur Hochschule gehört?", war die ernüchternde Antwort.

Er versuchte es auf anderem Weg: „Toiletten gibt es auch im Erdgeschoss, falls mal jemand von draußen ein Örtchen sucht. In die oberen Stockwerke gehen doch sicherlich nur Assistenten oder die eigenen Studenten."

Doch Marie war offenbar nicht gewillt, auf den lockeren Tonfall einzugehen. Im Gegenteil, sie ließ ihrem Unmut freien Lauf: „Wir wissen doch nicht, wer hier alles herumläuft. Es kommen ja immer Neue. Nicht nur Studenten, auch Assistenten. Oder ausländische Gäste. Die stellt uns ja keiner vor. Die Assistenten lernen wir manchmal auch erst kennen, wenn sie ins Sekretariat kommen und Aufträge für uns haben. Und manche stellen sich noch nicht mal dann vor."

Vorsichtig fragte er: „Und der Buschfunk funktioniert nicht?"

„Gelegentlich schon, aber nicht bei allen."

„Und bei wem funktioniert er nicht?"

Marie zögerte, platzte dann aber heraus: „Na, wenn, wenn es sich um Gäste oder Assistenten von Professor Eschenbach handelt. Mit dem redet ja keiner, wenn es nicht sein muss. Und dann kommen die Leute zu mir und fragen, wer jetzt im Zimmer soundso sitzt. Aber ich erfahre doch auch nichts."

Liebetraut dachte an Tantchens Lamento. Eine solche Anonymität an einem kleinen Institut war schon ungewöhnlich.

„Warum redet denn keiner mit Herrn Professor Eschenbach?"

Er spürte, wie sie „dichtmachte". „Das weiß ich nicht. Da müssen Sie die Leute schon selbst fragen." Und hastig fügte sie hinzu: „Bitte, sagen Sie niemandem, dass Sie das von mir haben! Ich möchte nämlich noch eine Weile hier arbeiten." Sie schien wirklich Angst zu haben. Hatte ein Professor so viel Macht? Oder hatte nur dieser Herr so viel Macht? Und warum? Er hatte schon von starren Hierarchien in Kliniken gehört. Aber hier? Gab es hier auch Götter? Wenn hier unersetzliche Spitzenforscher wirkten, hätte man sicher schon einmal etwas darüber gehört. Schließlich bemühten sich die lokalen Tagespostillen um positive Berichterstattung von den höheren Bildungsstätten. Studierendenwerbung war ein existentielles Thema. Zugkräftige Namen von Studiengängen allein reichten nicht aus. Man musste auch auf hervorragende wissenschaftliche Ergebnisse verweisen können. Hatte die Marketing-Abteilung der Forschungsstätte versagt, indem sie die Spitzenergebnisse des Herrn E. nicht oft genug an die Presse meldete?

„Wer besitzt denn alles einen Schlüssel zum Zimmer der Frau Professor Rieger?"

Marie zögerte. „Im Sekretariat gibt es einen Generalschlüssel, natürlich hat die Putzfrau auch einen."

„Und weiter gibt es keine?"

„Doch, der Institutsleiter hat einen."

„Und?"

„Und ein Schlüssel wird vermisst."

„Seit wann?"

„Ach, wohl schon eine ganze Weile."

„Fällt das denn niemandem auf? Muss da nicht das Schließsystem ausgetauscht werden?"

Marie erschrak, und es dauerte eine Weile, bis sie sich wieder gefasst hatte. Dann sagte sie hastig: „Ich glaube, ja, jetzt weiß ich es: Ich habe da was verwechselt. Nein, nein, es ging nicht um einen Generalschlüssel, nur um einen Zimmerschlüssel, aber nicht auf Menzels Etage."

Theoretisch konnte also jemand „von der Straße", der zufällig an einen Generalschlüssel gekommen war, in Ruhe jedes Zimmer inspizieren. War das ein Ansatzpunkt? Wenn jemand mehr oder weniger illegal herumgeschnüffelt hatte, hatte er oder sie auch kein Interesse daran, entdeckt zu werden. Das wäre zumindest eine Erklärung für den anonymen Anruf. Aber warum hatte man dann überhaupt angerufen? Wovon sollte abgelenkt oder worauf sollte hingewiesen werden?

„Hat man denn schon einmal Personen, die nachweislich nicht zum Institut gehörten, an den Wochenenden im Gebäude angetroffen?"

„Vor meiner Zeit hat es das wohl wiederholt gegeben. Angeblich hat der Professor Menzel sogar mal zwei Männer beim, naja, Zusammensein auf der Toilette hier oben erwischt. Sie sind dann halbnackt geflüchtet." Sie schwieg nachdenklich. „Ja, vielleicht war es ja wieder so etwas. Und dieses Mal ..."

Liebetraut ließ die beiden Toiletten in den oberen Geschossen sperren und forderte noch einmal die Spusi für eine gründlichere Untersuchung an. Man musste von allen Männern, die die Toiletten regelmäßig benutzten, Fingerabdrücke nehmen. Und alle noch einmal befragen, ob in der letzten Zeit Fremde beobachtet worden waren. Vielleicht hatten ja auch die Mitarbeiter der Security-Firma entsprechende Beobachtungen gemacht.

Liebetraut rief beim Telefonanbieter an und bat, soviel wie möglich über den Anrufer herauszufinden. Viel Hoffnung hatte er nicht.

Die Nachfrage bei seinen Kollegen ergab, dass sich die Frau Professor Rieger nicht als jemand geoutet hatte, der zwischen Freitagnachmittag und Sonntag im Institut gewesen war. Auf jeden Fall mussten sie sich mit ihr unterhalten. Um den Anrufer würden sie sich danach kümmern.

Liebetraut beschloss, das Verhör der Frau Rieger nicht weiter aufzuschieben. Er bat Gretchen, an dem Gespräch teilzunehmen.

Liebetraut informierte Gretchen zunächst über die Mitteilung von Marie und skizzierte kurz seine diesbezüglichen Ansichten. Als Liebetraut bei den nicht bekannten jungen Leuten im Institut angekommen war, meinte Gretchen amüsiert: „Aha, deshalb gibt es also die großen Schautafeln mit den Konterfeis der Mitarbeiter der einzelnen ‚Teams'. Ich habe mich gewundert, wozu die da sind. Ich hatte vermutet, sie dienen der Präsentation nach außen, aber es geht um das Kennenlernen nach innen. Fehlt eigentlich nur noch ein Punkt, den man mit einem geeigneten Stift berührt, und das Bild plappert los: ‚Hallo, ich bin der Herr Professor Schmidt. Mein Wissenschaftsgebiet ist die Künstliche Intelligenz. Wenn Ihnen mein Bild gefällt, besuchen Sie doch bitte meinen Facebook-Account. Über ein Like würde ich mich freuen.‘ Ich glaube, ich werde das mal vorschlagen."

Gretchen hatte zu den sozialen Medien ein gestörtes Verhältnis, das war bekannt. Wie es dazu gekommen war, wusste Liebetraut nicht, konnte sich aber viele Gründe vorstellen. Sie fuhr fort: „Man sollte mal nachfragen, ob das hier ein Feldversuch zu ‚Kennenlernen und Kommunikation in der modernen Gesellschaft‘ ist. Ich muss immer an den Workshop denken, zu dem man mich vor einem halben Jahr geschickt hatte. Wir waren fünfundzwanzig Leute. Zu Beginn wurde geübt, wie Fragen per Smartphone gestellt werden. Neue Kommunikationsformen, um jeden Preis. Die erste Smartphone-Frage nach dem ‚Impulsvortrag‘ war: ‚Dürfen Fragen auch mündlich gestellt werden?‘ Man muss sich das mal vorstellen: Fünfundzwanzig Leute, aber wir sollten uns per Smartphone unterhalten!"

Liebetraut, der die Geschichte schon kannte, atmete hörbar ein. Gretchen verstummte. Liebetraut schlug vor, erst noch einmal mögliche Szenarien des Telefonanrufs durchzugehen, bevor sie sich zu sehr auf die Frau Rieger festlegten. Vielleicht war doch ein „Unbefugter" beteiligt gewesen und wollte nun von den „Auswärtigen" ablenken? Gretchen wandte ein, dass der Anruf die Aufmerksamkeit ja gerade in diese Richtung lenkte. Allerdings war das auch kein belastbares Argument, denn häufig waren die Sinne von Herren, die auf öffentlichen Toiletten herumlungerten, bewusstseinserweitert, und das konnte zu allerhand Verwicklungen führen. Waren eventuell zwei Männer beteiligt, und einer hatte kalte Füße bekommen? Die Annahme, dass sie es nur mit einem Witzbold zu tun hatten, der die Polizei gern ein bisschen mit seinen Späßen beschäftigte, konnten sie wohl ausschließen. Schließlich hatte die Tatwaffe die Form einer Pyramide. Das ließ sich nicht wegdiskutieren.

Konnte auch jemand, der nichts mit der Tat zu tun hatte, etwas von der Pyramide als Tatwaffe erfahren haben? Gretchen versicherte, mit niemandem aus dem Institut über die Erkenntnisse der Gerichtsmedizin gesprochen zu haben. Hensel und sie waren doch extra auf den Flur gegangen, um sich leise über Liebetrauts Nachricht und die Konsequenzen für die Befragung auszutauschen. Auf dem Flur war niemand gewesen. Allerdings war das Wort „Pyramide" gefallen. Sie selbst hatte einmal „Pyramide als Tatwaffe?" nachgefragt. Konnte das jemand gehört haben? Sie probierten es aus. Gretchen sagte leise: „Pyramide, Pyramide, Pyramide", und Liebetraut schlich herum. Ein junger Assistent, der von der Toilette kam, sah sie entgeistert an.

Hinter einem Mauervorsprung stand ein Kopierer. Nach Gretchens Erinnerung hatte niemand am Kopierer gestanden, als sie sich mit Hensel unterhalten hatte. Jetzt stellten sie fest, dass man eine schlanke Person, die sich an die Seite des Kopierers quetschte, von ihrer damaligen Position aus nicht sehen konnte. Wenn sie belauscht worden waren, dann höchstens von dort. Aber warum sollte sich jemand neben den Kopierer zwängen? Auch eine schlanke Person benötigte schon ein starkes Motiv, um sich das anzutun.

Sie beschlossen, sich morgen weiter mit dieser Thematik zu befassen. Vielleicht konnte die Frau Rieger ja auch etwas zur Erhellung der Umstände beitragen. Vorher mussten sie aber noch die Studierenden informieren.

Wieder zu Hause angekommen, hielt es Tantchen doch nicht mehr aus. Sie musste Liebetraut über Renates Beobachtung informieren. Wenn sie es geschickt anstellte, erfuhr sie dabei auch, wo man die Leiche gefunden hatte und konnte dann mit Renate Informationen austauschen. Sie waren früher ein gutes Team gewesen, wenn es darum ging, etwas herauszufinden.

Entschlossen rief sie Liebetraut auf seinem Smartphone an. Er nahm ab, erklärte ihr aber nur kurz, dass er jetzt nicht mit ihr reden könne, weil sie in einem Gespräch mit einem Institutsangehörigen seien. Er versprach aber, sobald wie möglich zurückzurufen.

Tantchen wartete eine Weile. Warten war aber leider nicht die Tätigkeit, für die sie ausreichende „Kompetenzen" besaß. Wie immer, wenn sie etwas sehr beschäftigte, lief sie im Zimmer auf und ab. „Wie ein Löwe im Käfig", hatte ihre frühere Zimmerkollegin gesagt. Selten hatte sie so bedauert, dass sie nicht mehr dazu gehörte. Sie platzte fast vor Neugierde. Liebetraut würde ihr wieder nur das Unwesentliche erzählen. Woher sollte der auch wissen, was hier wesentlich war? Diesen Fall konnte nur ein Insider lösen, davon war sie überzeugt.

Sie musste zumindest erfahren, was im Institut bekannt war. Aber wie? Die beste Informationsquelle war schon immer Hartmut gewesen, ein älterer wissenschaftlicher Mitarbeiter. Er blühte auf, wenn er mit vor Wichtigkeit geschwellter Brust den neuesten Tratsch verbreiten konnte. „Mit mir reden alle", war wohl die Botschaft, die ihn stolz machte. Und da glaubten manche noch, dass die Frauen am meisten tratschten. Üble Nachrede! Sie hatte sich das Mitteilungsbedürfnis von Hartmut früher auch gelegentlich zu Nutze gemacht. Wenn sie wollte, dass etwas die Runde machte, hatte sie es Hartmut erzählt. Naja, das war nicht immer die feine Art gewesen, aber es hatte funktioniert. Und noch etwas sprach in der gegenwärtigen Situation sehr für Hartmut: Wenn er einmal in Fahrt geriet, ließ er kein Detail aus. Das war oft lästig, weil er kein Gespür dafür hatte, was einen wirklich interessierte. In Situationen, wo man das eigentliche Anliegen nicht völlig aufdecken wollte, war das ganz schön nervig. Aber hier konnte die Detailverliebtheit sehr nützlich sein. Der Teufel steckte ja bekanntlich im Detail.

Sie musste Hartmut „zufällig" treffen, und zwar am besten heute noch. Früher hatte er donnerstags von 14.00 Uhr bis 15.30 Uhr in einem Gebäude auf dem alten Campus eine Vorlesung gehalten. Anschließend ging er noch einmal kurz ins Institut. Das war noch zu ihrer aktiven Zeit gewesen. Ob er immer noch um diese Zeit vorlesen musste oder durfte, war zwar fraglich, aber sehr wahrscheinlich. Die Dienstag-Mittwoch-Donnerstag-Professoren, kurz Di-MiDo-Profs, waren um diese Zeit längst auf der Autobahn gen Heimat unterwegs. Wenn man mit dem Zeitpunkt einer Lehrveranstaltung einmal den Schwarzen Peter gezogen hatte, wurde man ihn schlecht wieder los. Allerdings war die Donnerstagsveranstaltung höchstens ein „Grauer Peter". Es gab durchaus schlechtere Zeiten für eine Lehrveranstaltung.

Ein Versuch konnte nicht schaden. Körperertüchtigung in Form von raschem Gehen war immer gut. Sie schaute auf die Uhr, höchste Zeit. Unterwegs überlegte sie sich, welches angebliche Ziel ihres Weges geeignet war, eine möglichst lange Strecke mit Hartmut gemeinsam zurücklegen zu können. Ihr fiel nichts ein. Da musste sie halt eine Freundin erfinden, die ein Stückchen weiter wohnte. Schließlich sah sie Hartmut um die Ecke biegen, gutes Timing. Sie blieb stehen und wischte über ihr Smartphone. Aus den Augenwinkeln beobachtete sie, wie Hartmut näher kam. Mit dem Smartphone in der Hand ging sie ein paar Schrit-

te, blieb wieder stehen. Hartmut würde sie sicher anspre-
chen, und sie musste schön überrascht tun. Sie hätte das ein
bisschen vor dem Spiegel üben sollen. Jetzt war es leider zu
spät, aber für die Zukunft nahm sie sich vor, ein bisschen
ihre Mimik zu trainieren.

Wie erwartet, wurde sie von Hartmut angesprochen: „Hast
du jetzt auch so ein Ding?" Sie schaltete schnell aus. Womöglich merkte er noch, dass sie eigentlich wenig Ahnung hatte.
Beruflich hatte sie mit Computer und Tablet regelmäßig das
Internet genutzt und deshalb geglaubt, dass ein Smartphone
entbehrlich sei. Schon das Tippen mit der Daumenkante war
in ihrem Alter eine Herausforderung. Eine Freundin hatte sie
aber lange und letztendlich erfolgreich damit genervt, dass
man heutzutage ein Smartphone besitzen müsse, zum Beispiel, um gleich alle potentiellen Interessentinnen über die
schönen Urlaubsbilder staunen zu lassen. Schon beim Surfen
hatte sie Bauchschmerzen. Seit sie einmal horrende Sonder-
gebühren bezahlen musste, weil sie angeblich eine Wetter-
App vierzehn Minuten lang verfolgt hatte – woran sie sich
nicht erinnern konnte – hatte sie stets ein mulmiges Gefühl,
wenn sie das Smartphone benutzte.

„Ach, ich wollte noch schnell was nachschauen. Hat sich
aber alles in Wohlgefallen aufgelöst. Gehst du nach Hause? Ich muss auch in die Richtung. Eine Freundin hat mich
gebeten, ihr etwas vorbeizubringen." Hartmut nickte, sagte aber nichts und ging wortlos neben ihr her. Tantchen geriet in Panik. Wie sollte sie das Gespräch in Fahrt bringen?
Womöglich kamen sie bei Hartmuts Wohnung an und sie
hatte kaum etwas erfahren.

Da ihr nichts Besseres einfiel, sagte sie schließlich: „Das
sind ja tolle Zeiten heutzutage. Ich habe gestern das mit
Menzel gehört. Gibt es denn schon was Neues?"

Hartmut biss an. „Wir haben heute Morgen eine Institutsversammlung gehabt. Da hat uns so ein junger Kommissar das erzählt, was wir wissen dürfen oder sollen. Menzel ist wohl am Wochenende gestorben, und sie haben uns ausgefragt, wann wir ihn zuletzt gesehen haben. Bis jetzt scheinen sie aber keine heiße Spur zu haben. Offenbar hat ihn am Wochenende auch keiner gesehen. Behrmann hat Menzels Lehre verteilt. Natürlich trifft es wieder nur die alten Mitarbeiter. Die Damen und Herren Professoren sind ja so überlastet, da muss man schon Rücksicht nehmen. Der Behrmann selbst macht auch nichts, obwohl der ja am dicksten mit dem Menzel war. Aber angeblich hat er jetzt voll zu tun, um das Gutachten für die Dissertation vom Baumann fertigzukriegen. Die Verteidigung muss rechtzeitig über die Bühne gehen, sonst klappt das mit der Einstellung nicht. Glücklicherweise haben sie Menzels Gutachten im Rechner gefunden."

„Na, da muss der Behrmann doch nur ein paar Formulierungen ändern, und schon ist sein Gutachten fertig."

„Das stimmt schon, aber er ist ja nun der Einzige, der etwas von der Thematik versteht. Ein paar Fachfragen muss er sich ja auch ausdenken. Es können doch nicht alle nur nach möglichen Anwendungen oder nach Verbindungen von Baumanns Ergebnissen zu ihrem eigenen Forschungsgebiet fragen."

„Menzel hat doch eine ganze Mappe vollgeschrieben. Die habe ich mal auf seinem Schreibtisch gesehen. Wie ich ihn kenne, hat er da auch fein säuberlich die Fragen aufgelistet, die er dem Delinquenten stellen will."

„Davon hat Behrmann nichts erzählt. Im Gegenteil, er hat gejammert, dass nichts da wäre. Er hatte wohl auch auf so etwas gehofft."

Tantchen war verblüfft. Sie war sich sicher, dass eine relativ dicke Mappe mit der Aufschrift „Diss. Baumann" auf Menzels Schreibtisch gelegen hatte, als sie vor drei Wochen in Menzels Büro gewesen war. Es hatte das Gerücht gegeben, dass Menzel das Emeriti-Zimmer für einen Doktoranden beanspruchte. Im Emeriti-Zimmer konnten die ausgeschiedenen Professoren und Mitarbeiter noch ein paar Forschungsunterlagen aufbewahren und sich hin und wieder auf ein Schwätzchen treffen. Manche kamen relativ regelmäßig. Tantchen schaute auch ab und zu vorbei, wenn sie in der Nähe des Campus zu tun hatte. Es war so eine Art letzte Verbindung zur ehemaligen Wirkungsstätte, die sie nicht gern aufgegeben hätte. Daher hatte sie beschlossen, Menzel zur Rede zu stellen. Menzel hatte ausweichend geantwortet, also war an der Sache wohl etwas dran. Die Mappe war ihr aufgefallen, weil sie einen bunten Einband hatte, ganz ungewöhnlich für Menzel. Bestimmt hatte Menzel die Mappe mit nach Hause genommen. Trotzdem, sie musste das im Auge behalten und den Kommissar darauf hinweisen.

„Und sonst ist nichts herausgekommen heute Morgen?"

„Wir sollen alle noch mal nachdenken, und wenn uns was einfällt … Das übliche Blabla. Man kann bloß hoffen, dass sie alles schnell herausbekommen. Die Vertreterei wird ja bis ans Semesterende weitergehen, aber für das nächste Semester sehe ich richtig schwarz. Der Raupenfeld geht ganz offiziell ins Freisemester, die Emma kriegt eine Kur. Wenn nun womöglich auch noch das Berufungsverfahren nicht rechtzeitig über die Bühne geht, weiß ich nicht, wie wir das schaffen können."

„Ach, das Berufungsverfahren ist schon so weit, dass der Auserwählte zum nächsten Semester berufen werden könnte?"

„Das war der Plan, und der Professor ist auch schon fest in der Lehre verplant, hat mir der Bildungsreferent gesagt. Aber wenn der Vorschlag nicht in den nächsten Fakultätsrat kommt, verschiebt sich wieder alles um ein Semester. Und wer dann die Lehre machen muss, ist ja wohl klar."

„Ist denn überhaupt klar, dass der Professor im nächsten Semester schon Lehre machen will? Ich erinnere mich an den schönen Fall Hennrich, wo der Herr Juniorprofessor mit dem damaligen Institutsleiter in Geheimverhandlungen festgelegt hat, dass er erst einmal ein Semester lang keine Lehre zu machen braucht."

„Ach, so ist das gelaufen. Uns wurde gesagt, das sei in den Berufungsverhandlungen festgelegt worden."

„Natürlich in den Berufungsverhandlungen. Aber die haben ja nur mit dem Institutsleiter und seinem Stellvertreter stattgefunden. Und du weißt ja vermutlich noch, wer das damals war. Genau. Der eine war weitgehend Befehlsempfänger des ‚inneren Zirkels'. Und um solche Bagatellen wie die Lehrverteilung in einem anderen Fachgebiet konnte sich der innere Zirkel nun wirklich nicht auch noch kümmern, also durfte der Institutsleiter selbst entscheiden. Und sein Stellvertreter hatte eh nur die Aufgabe, gelegentlich eine Unterschrift zu leisten, wenn der Institutsleiter nicht greifbar war. Ja, und weil man nun dem Herrn Hennrich gegenüber nicht die völlige Ahnungslosigkeit in Fragen der Lehrverteilung zugeben wollte, hat man seinen Wünschen halt zugestimmt."

Sie liefen eine Weile schweigend nebeneinander her. Tantchen überlegte fieberhaft, wie sie den Redefluss wieder in Gang bringen könnte. Sie sagte schließlich: „Na, da könnte der Herr Eschenbach ja mal sein Lehrdeputat ausschöpfen. Vielleicht braucht es endlich mal einen Kollaps in der Lehre, damit man oben aufwacht."

„Das glaubst du doch wohl selbst nicht!"

Tantchen seufzte. Nein, das glaubte sie wirklich nicht.

Das Institut kam in Sicht. Was hatte sie schon erfahren? Kaum etwas, was sie nicht schon wusste oder sich hätte denken können. Nur die Sache mit Menzels Mappe kam ihr ein bisschen komisch vor. Aber die fand sich bestimmt in Menzels Wohnung. Vielleicht hatte sie auch der Behrmann, schrieb daraus sein Gutachten und die Fragen ab und tat so, als hätte er sich alles selbst ausgedacht.

Aber dann passierte doch noch etwas. Peter kam aus dem Gebäude und erzählte, er habe gerade gehört, dass die Rieger den Menzel mit einer Pyramide erschlagen hätte.

Tantchen war erschüttert. Die Rieger! Sie hatte also den Menzel umgebracht. Verdenken konnte man es ihr nicht. Der Menzel hatte sie einmal weitgehend grundlos bösartig beschimpft, vor allen Professoren. Sie selbst war damals im Ausland gewesen und kannte die Story nur vom Hörensagen. Die Rieger war heulend hinausgelaufen und hatte sich seitdem zurückgezogen. Sie nahm es den anderen Professoren übel, dass sie Menzels falsche Anschuldigungen ihr gegenüber nicht zurückgewiesen hatten. Nicht einmal die, die der Rieger etwas verdankten, hatten für sie gesprochen. Tantchen zuckte die Schultern. So waren die Menschen nun einmal. In der Sprüchesammlung, die das Rückgrat ihrer Erziehung gewesen war, hatte „Undank ist der Welt Lohn" ziemlich weit vorn gestanden.

Aber der Vorfall lag zehn Jahre zurück. Zwar hatte die Rieger das Ereignis immer mal wieder erwähnt, was bewies, dass sie noch nicht darüber hinweggekommen war. Das allein erklärte jedoch nicht, wieso der Menzel jetzt sterben musste. Hatte sich eine gute Gelegenheit ergeben? Aber so gut war die Gelegenheit wohl nicht gewesen, wenn man die

Rieger jetzt schon geschnappt hatte! Hatte es etwas mit der anstehenden Berufung zu tun? War da alles wieder hochgekommen?

Um 14.30 Uhr hatten sich die Studenten, die in den Veranstaltungen des Vormittags und per E-Mail eingeladen worden waren, im größten Hörsaal des Gebäudes eingefunden.

Liebetraut hatte Kollmann und Hensel gebeten, mitzukommen. Er hielt eine ähnliche Rede wie am Vormittag vor den Mitarbeitern, betonte aber stärker, dass man alle Mitteilungen auf Wunsch vertraulich behandeln werde. Studentinnen und Studenten, denen etwas aufgefallen war, oder die mit dem Herrn Professor Menzel in den letzten Tagen vor seinem Verschwinden gesprochen hatten, wurden gebeten, sich gleich anschließend an Hensel und Kollmann zu wenden, um eine ungefähre Zeit für ein ausführlicheres Gespräch zu vereinbaren.

Gretchen erwartete Liebetraut vor dem Arbeitszimmer der Frau Professor Rieger. Auf ihr Klopfen ertönte ein müdes: „Ja, bitte!" Die Frau Rieger war mittelgroß und schlank. Zwar hielt sie sich aufrecht, wirkte aber trotzdem irgendwie gebeugt. Liebetraut und Gretchen traten ins Zimmer und stellten sich vor. Gretchen sah sich unauffällig um. Das Zimmer war nicht klein, wirkte aber vollgestopft. Vermutlich hatte die Frau Professor ein Problem damit, Dinge endgültig zu entsorgen. Vielleicht hing sie auch nur an der Vergangenheit. Darauf deuteten zumindest die Fotografien hin, die an der Wand gegenüber dem riesigen Schreibtisch aufgereiht waren und alle älteren Datums zu sein schienen. Die Fotos in Schwarz-Weiß zeigten Personengruppen, teilweise mit Kindern. Auf einigen Bildern glaubte Gretchen die junge Frau Rieger zu erkennen. Wenn man nur zur Tür hereinschaute, konnte man die Fotos nicht sehen. Es wirkte, als erinnere sich die Frau Rieger gern an die Vergangenheit, wollte diese Erinnerung jedoch nicht mit zufälligen Besuchern teilen. In anderen Arbeitszimmern hingen Fotos der Zimmerinsassen vor exotischen Reisezielen, Kunstdrucke oder Poster mit gesammelten wissenschaftlichen Errungenschaften. Das hier sah aus wie eine Art Gegenprogramm.

Frau Rieger wirkte seltsam abwesend. Hatte sie Medikamente eingenommen? War sie damit beschäftigt, eine Verteidigungsstrategie zu durchdenken?

Liebetraut schaltete das Mikrofon ein und fragte nach den Personalien. Frau Rieger war geschieden und hatte eine Tochter. Der Ex-Mann hatte nach der Wende seinen Arbeitsplatz verloren und war in die alten Bundesländer gegangen. Frau Rieger wollte ihren Job nicht aufgeben und war geblieben. Schließlich hatten sie sich auseinandergelebt. Die Tochter hatte zunächst bei der Mutter gewohnt und die Schule besucht. Nach einem Studium im Osten war sie aber auch dem Lockruf des Geldes gefolgt. Seit einigen Jahren arbeitete sie für ein beachtliches Gehalt bei einer Firma, die ihrerseits Gewinn damit erwirtschaftete, das Geld anderer Leute zu geeigneten Zeitpunkten hin und her zu schieben. Bis zum Ruhestand fehlten der Frau Rieger noch ein paar Jahre.

Alle diese Fakten waren leicht nachprüfbar. Ganz so glatt ging es aber nicht weiter, als Frau Rieger schildern sollte, wie sie die beiden Tage verbracht hatte, die im Hinblick auf das Ableben des Herrn Menzel von besonderer Bedeutung waren.

Am Freitag um 9.00 Uhr hatte sie eine Vorlesung gehalten. Danach gab es mit dem Mittagessen mit zwei Kollegen gegen 12.00 Uhr den nächsten nachprüfbaren Termin.

Gegen 15.00 Uhr hatte Frau Rieger angeblich das Institutsgebäude verlassen und im nahe gelegenen Supermarkt den Wochenendeinkauf erledigt. Anschließend war sie nach Hause gefahren und hatte ihre Wohnung am Freitag nicht mehr verlassen. Ausgerechnet für die Zeit nach 15.00 Uhr, den Aufenthalt im Supermarkt und die Heimfahrt konnte sie keine Zeugen oder Beweise erbringen. Sie hatte bar bezahlt und weder den Kassenzettel aufgehoben, noch sich die bezahlte Summe gemerkt. Irgendwelche bemerkenswerten Ereignisse im Supermarkt, anhand derer man die dort verbrachte Zeit genauer hätte eingrenzen können, konnte Frau Rieger auch nicht nennen. Kein Ausfall einer Obstwaage, kein Streit an der Fleischtheke über die Reihenfolge der Bedienung. Auf Rückfrage gab sie an, dass sich möglicherweise eine flüchtige Bekannte, die als Kassiererin am Freitagnachmittag Dienst gehabt hatte, an sie erinnere.

Liebetraut holte tief Luft. Es würde Aufwand bedeuten, das Alibi zu überprüfen, und die Chancen, dass etwas Verwertbares herauskam, waren gering. Wie sollte sich eine Kassiererin an die genaue Zeit erinnern, zu der die Frau Rieger, noch dazu in der Nachbarschlange, an der Kasse gewartet hatte?

Am Sonnabend war Frau Rieger nach ihren Angaben gegen 7.15 Uhr aufgestanden, hatte gefrühstückt, die Waschmaschine eingeschaltet und weiter an einem Vortrag für eine kommende Tagung gearbeitet.

Am frühen Nachmittag war sie angeblich ein Stück mit dem Auto gefahren, um dann im Wald allein mit Walking-Stöcken ihren Kreislauf anzukurbeln. Diese Angabe war Liebetraut sofort suspekt. Er war bisher davon überzeugt gewesen, dass Frauen nur dann walkten, wenn mindestens eine Gesprächspartnerin mit von der Partie war. Der neue Hype

„Waldbaden" wurde nach seiner Kenntnis auch vorrangig gruppenweise betrieben. Das konnte allerdings auch daran liegen, das Coachs und andere Therapeuten mit dem Waldbaden Geld verdienen wollten, also daran interessiert waren, am Walderleben möglichst viele zahlende Erholungssuchende gleichzeitig teilhaben zu lassen.

Die Frau Rieger behauptete allerdings, dass sich auch einsame Waldspaziergänge, wenn sie nur lange genug dauerten, positiv auf das Gemüt auswirkten. Offenbar gab es aber auch in dieser Gegend nicht viele, die dieser Erkenntnis anhingen, denn Frau Rieger konnte sich nicht erinnern, einer Einzelperson begegnet zu sein. Zwar seien ihr mehrere Personengruppen entgegengekommen, aber leider niemand, den sie kannte oder den sie hinreichend beschreiben konnte. Also auch kein belastbares Alibi für den Zeitraum, in dem die Mail von Menzels Computer abgesetzt worden war.

Es klopfte, Hensel steckte den Kopf zur Tür herein und schob Liebetraut einen Zettel zu. Der las die Nachricht und pfiff durch die Zähne. Endlich hatten sie etwas. Vielleicht kamen sie jetzt ein Stück weiter.

Liebetraut wandte sich wieder an Frau Rieger: „Ich muss Sie noch einmal fragen: Waren Sie am späteren Freitagnachmittag noch einmal im Institut?"

Frau Rieger schien zu ahnen, was auf dem Zettel gestanden hatte.

„Wenn Sie es nun doch schon erfahren haben. Ja, ich war nach dem Einkauf noch einmal kurz im Institutsgebäude, weil ich mein Smartphone auf dem Schreibtisch liegen gelassen hatte. Aber dann kennen Sie zumindest noch einen, der außer mir dort war."

„Ich habe heute Morgen darum gebeten, mir Hinweise zu geben, die im Zusammenhang mit der Tat stehen könnten. Insbesondere habe ich darum gebeten, uns zu informieren, wenn jemand am Freitagnachmittag oder am Wochenende im Institut war. Also, warum haben Sie uns nicht die Wahrheit gesagt?"

„Weil das, was jetzt passiert ist, dann schon früher passiert wäre. Sie hätten mich doch gleich mitgenommen. Der Menzel hat übrigens noch gelebt, als ich da war. Ich habe seine Stimme gehört, als ich über den Flur zur Toilette ging", antwortete sie, leicht aufgebracht.

„Warum sollten wir Sie gleich mitnehmen? Sind Sie denn schuldig?"

„Natürlich nicht, aber ein guter Sündenbock bin ich doch allemal. Jeder weiß, dass ich den Menzel gehasst habe."

„Konnten Sie hören, was der Herr Professor Menzel sagte?"

„Nein, ich bin nicht der Lauscher-Typ. Aber ich hatte den Eindruck, dass jemand im Zimmer war, auf den der Menzel einredete. Nein, eine andere Stimme habe ich nicht gehört. Zugegeben, manche Kollegen führen auch Selbstgespräche. Der Menzel tat das aber nach meiner Kenntnis eher selten ..."

„Und warum haben Sie den Herrn Menzel gehasst?"

„Hat Ihnen das noch niemand gepetzt? Aber was immer Sie gehört haben, er hat vor allem mich gehasst. Und das hat am Ende Formen angenommen ... Wunderliche Verhaltensweisen sind an dieser schönen Einrichtung leider auch nicht seltener als anderswo. Aber das hier ging schon sehr weit. Vielleicht sollten Sie mal die Psyche dieses Herrn untersuchen."

„Leider können wir das, wie Sie wissen, nur noch auf indirektem Wege tun. Also unterstützen Sie uns bitte ein wenig bei diesen Untersuchungen!"

Er ärgerte sich über den Sarkasmus in seinem Ton. Doch zu seinem Erstaunen ging sie darauf ein.

„Humor ist, wenn man trotzdem lacht, nicht wahr? Oder ‚Das Leben ist eine Komödie für die, die denken, und eine Tragödie für die, die fühlen‘, wie der Herr Walpole einmal treffend sagte."

„Sie wollen sagen, dass der Herr Menzel gefühlt hat?"

„Ja, leider. Eine andere Erklärung habe ich nicht. Er kann sich nicht gut gefühlt haben. Er hatte keine Familie, keine Freunde. Er hätte aber gern Freunde gehabt."

„Und warum hasste er Sie?"

„Ich habe ihn wohl schwer enttäuscht. Ich habe einmal seinen Hauptkonkurrenten für ein Amt vorgeschlagen, das er selbst gern übernommen hätte. Ich konnte den Konkurrenten eigentlich gar nicht ausstehen, aber er war einfach besser für den Job geeignet. Für Menzel war es wohl ein großer Vertrauensbruch. Wir waren bis dahin gut miteinander ausgekommen, aber von diesem Zeitpunkt an … Außerdem habe ich ein paar Fehler bei der Umstellung der Lehrprogramme vom Diplom-Abschluss auf die konsekutiven Abschlüsse gemacht."

„Bei der Umstellung auf Bachelor und Master? Inhaltliche Fehler?"

Sie wirkte wieder müde, genervt. „Nein, gerade das nicht. Ich habe nur bei den Lehrplänen nicht genügend Pflicht-Vorlesungen vorgesehen, die nur Menzel halten konnte oder wollte. Ich hatte mich nach den Empfehlungen der deutschlandweiten Gremien gerichtet. Ich denke auch heute noch, dass das richtig war – im Interesse unserer Studenten. Also, was ich meinte, ist: Ich habe Fehler in Menzels Augen gemacht, habe seine Interessen nicht genügend berücksichtigt."

„Habe ich Sie richtig verstanden, dass auch Pflicht-Vorlesungen danach ausgewählt werden, was gewisse Personen gern vorlesen wollen oder auch einfach nur, was sie lesen können?"

„Ja, aber daran wird sich nichts ändern. Das ist überall so. Es gibt übrigens nicht nur Pflicht-, sondern auch sogenannte Wahlpflicht-Veranstaltungen, wo die Studierenden aus einer vorgegebenen Anzahl von Vorlesungen auswählen können. Für die Wahlpflicht-Fächer trifft das Gesagte vor allem zu. Solange die Leute an den Hochschulen nur nach der Zahl der Publikationen beurteilt werden und die Lehre bei den meisten als notwendiges Übel gilt, wird sich daran nichts ändern. Die Pläne, die ich seinerzeit erstellt hatte, sollen übrigens demnächst wieder umgeschrieben werden, passend zu den Vorlieben der neu berufenen Leute."

Liebetraut staunte ein bisschen. Konnten sich notwendige Grundlagen innerhalb von zehn Jahren so stark verändern? Das Thema musste er noch einmal mit Tantchen erörtern, wenn der Fall gelöst war. Jetzt führte es aber leider auch nicht weiter.

Entschlossen, dem Verhör eine andere Richtung zu geben, fragte er: „Sind Sie im Besitz einer Pyramide aus einem härteren Material?"

Sie nickte. „Ja. Man hat mich schon gefragt. Klar, ich weiß schon, ich habe wieder nichts gesagt. Ich kann Ihnen nicht sagen, wo sie jetzt ist. Ich hatte sie vor Jahren von einer Urlaubsreise aus Pisa mitgebracht. Angeblich war sie aus Carrara-Marmor. Ich habe sie als Beschwerer für Zettelstapel benutzt. Wenn man mal lüftet … Haben Sie schon mal einen durcheinandergewirbelten Zettelhaufen sortiert? Danach haben Sie nicht mehr das Bedürfnis, das ein zweites Mal zu tun."

„Seit wann ist die Pyramide weg?"

„Das weiß ich nicht genau. Sie lag dort hinten auf dem Schränkchen, statt des Tellerchens. Als ich gefragt wurde, wurde mir klar, dass ich das Ding schon eine Weile nicht mehr benutzt hatte. Ich habe dann nachgesehen, aber die Pyramide war nicht mehr da. Stattdessen stand das Tellerchen auf dem Papierstapel."

„Und warum haben Sie uns das nicht gleich gesagt?"

Mit Frau Rieger ging eine Veränderung vor. Man konnte förmlich zusehen, wie sie mehr und mehr in Rage geriet. „Junger Mann, Sie werden auch noch in mein Alter kommen. Dann verlegen Sie auch hin und wieder mal was. Ich weiß nicht, ob Sie das dann an die große Glocke hängen werden."

Die Dame vor ihm konnte offenbar ganz schön rabiat werden. Und vermutlich hatte sie den Menzel auch nicht sehr pfleglich behandelt. Wurde man so als Professorin, oder wurden nur Frauen, die von vornherein so waren, Professorin? Tantchen war ja auch nicht gerade eine nette Person, wenn sie es nicht ausdrücklich darauf anlegte.

„Wer wusste alles von der Pyramide?", versuchte er den Wutausbruch zu stoppen.

„Woher soll ich das wissen? Sicher die Putzfrau. Der war sie samt Zettelhaufen wohl im Weg. Der war hier drin sicher allerhand im Weg. Ansonsten könnte sie jeder gesehen haben, der in das Zimmer gekommen ist."

Liebetraut schaute in Richtung des Tellerchens. Die Schrankecke war von der Zimmertür aus nicht zu sehen. Wahrscheinlich auch nicht von dem Tischchen aus, das neben der Tür stand und vermutlich für Konsultationen genutzt wurde. Man musste das einmal ausprobieren.

Als hätte sie seine Gedanken gelesen, fuhr Frau Rieger fort: „Ich vermute, dass man die Pyramide vom vorderen Drittel des Zimmers aus nicht sehen konnte. Das heißt, dass jemand, der nur zur Tür hereingekommen ist und sich an den Konsultationstisch gesetzt hat, die Pyramide nicht gesehen hat." Sie zuckte mit den Schultern.

„Haben Sie mit jemandem über die Pyramide gesprochen, vielleicht seinerzeit, als Sie sie mitgebracht haben?"

„Nein, nicht dass ich wüsste. So ein tolles Mitbringsel war die Pyramide doch nun wirklich nicht. Aber theoretisch können ja fast alle ins Zimmer. Man muss nur einen Generalschlüssel haben."

Er erinnerte sich an die Gespräche mit Behrmann und Marie. Angeblich hatte nur ein sehr begrenzter Personenkreis einen Generalschlüssel.

„Wie kommt man denn zu einem Generalschlüssel?"

„Genau weiß ich das nicht. Ich habe keinen. Ich vermute, dass man einen Antrag an den Stellvertreter des Institutsleiters stellt, und der entscheidet nach seinem Gutdünken."

„Aber gibt es denn keinen Schlüsseldienst?"

„Natürlich, das sind wohl die einzigen, die einen Überblick haben, außer dem Menzel natürlich."

Boshaft fügte sie hinzu: „Ach so, der Menzel hat ja jetzt auch keinen Überblick mehr. Vielleicht hat er aber irgendwo eine Liste darüber. Als Stellvertreter des Institutsleiters hat er sich um solche organisatorischen Dinge gekümmert. Ich vermute, dass er so etwas wie ein Buch der guten und bösen Taten für jeden Institutsangehörigen geführt hat. Wie ein Schlüsselbesitz gewertet wurde, als gute oder als böse Tat, weiß ich allerdings nicht. Vermutlich als gute, denn ich besaß ja keinen ..."

Schließlich wurde sie wieder sachlich: „Gründet sich Ihr Verdacht gegen mich etwa auf eine verschwundene Pyramide? Was soll denn das mit dem Menzel zu tun haben? Wurde der etwa ..."

Sie brach ab und nickte, sagte aber nichts mehr.

Liebetraut wechselte das Thema. „Reden wir von möglichen Motiven. Einer Ihrer Bekannten hat sich auf die ausstehende Professur beworben. Wie man hört, war der Herr Menzel einer der härtesten Widersacher einer Berufung dieses Bekannten."

Frau Rieger sah ihn eine Weile müde und irgendwie forschend an, so, als wolle sie ihn einschätzen. Dann sagte sie: „Das Institut braucht dringend ein Gegengewicht zum Herrn Eschenbach. Jemanden, der fachlich Spitze ist und Autorität besitzt. Nun haben wir mal eine Ausschreibung, die nicht durch eine Juniorprofessur – nennen wir es mal – vorbereitet wurde. Wir könnten also jemanden einstellen, der relativ unabhängig wäre. Durch eine Reihe glücklicher Umstände hat eine Person mit internationaler Reputation, der ich Führungsstärke zutraue, auch weil sie international sehr gut vernetzt ist, wirklich Interesse an der Professur hier. Er ist sogar ein Ossi. Leider handelt es sich, wie gesagt, um einen Mann, seine Berufung ist also ungeachtet seiner Meriten durchaus kein Selbstläufer. Fördermittel und Zertifikate, die an die Berufung einer Frau gebunden sind, stehen auf dem Spiel. Und einigen hier passt es nicht ins Konzept, dass womöglich jemand kommen könnte, der sie ein bisschen aufmischt.

Wir hatten mal einen Chef, der den Laden zusammenhalten konnte. Zwar war ich in vielen Dingen anderer Meinung als er. Aber man konnte mit ihm reden, ihn auf Probleme aufmerksam machen, und er hörte sich Lösungsvorschläge an. Leider achtete er sehr darauf, dass ihm aus den neu Berufenen keine Konkurrenz entstehen konnte. Was da an Machtwillen im Herrn Eschenbach schlummerte, hat wohl keiner rechtzeitig erkannt. Und dann ist unser Alphamännchen vor der Zeit gestorben, und die Herren begannen, die Hierarchie neu auskämpfen. Leider hat sich der Herr Eschenbach durchgesetzt. Wir brauchen dringend jemanden, der dagegen halten kann."

Sie schwieg lange. Liebetraut wartete ab. Offenbar schätzte die Frau Rieger den Herrn Eschenbach ähnlich ein wie Tantchen.

Schließlich fuhr Frau Rieger fort: „Hier im Osten fehlen nicht nur Facharbeiter. Es fehlen auch Leute in höheren Positionen, Leute, die sich für die Region verantwortlich fühlen. Sich verantwortlich fühlen geht leichter, wenn man mit der Region irgendwie verbunden ist. Inzwischen sind viele wichtige Posten im Osten ja mit Leuten besetzt, die ihren Job lieber weiter westlich ausüben würden – wenn denn dort noch eine Stelle für sie übrig wäre. Und da sie nun im Osten festsitzen, wollen sie doch wenigstens ihr Leben in der Diaspora so reibungsfrei wie möglich einrichten. Da stellt man doch lieber jemanden ein, von dem man weiß, wie er tickt, weil er in der gleichen Weise sozialisiert ist wie man selbst. Die Wessis im Osten haben inzwischen, wenn Sie so wollen, Seilschaften gebildet, holen ihre Spezis her. Das unbekannte Wesen ‚Ossi‘ könnte sich ja als Störfaktor erweisen."

Liebetraut fühlte sich verpflichtet einzugreifen. „Der Herr Menzel hat sich nach allem, was ich gehört habe, auch gegen den Herrn gesprochen, den Sie gern auf Platz 1 der Berufungsliste sehen würden. Die letzte Sitzung der Berufungskommission steht aber noch aus. Ohne die Stimme des Herrn Menzel steigen die Chancen für Ihren Bekannten."

„Dann hätte das alles ja wenigstens einen Sinn gehabt. Aber der Ossi wird trotzdem nicht berufen werden. Da ist ja noch dieser Herr aus Aachen, der hat sicher gute Chancen. Er hat renommierte Fürsprecher, wichtige Leute, die sich für einige Herren hier noch einmal als nützlich erweisen könnten. Der Aachener kennt das Institut nicht, ist also in den Augen unserer Meinungsmacher in gewissen Grenzen manipulierbar. Außerdem stellt er keine Ansprüche hinsichtlich Assistentenstellen. So was hört jeder gern. Und dann gibt es noch einen Spanier. Er spricht schon ein bisschen Deutsch, und er hat angeblich einen sehr guten Lehrvortrag gehalten."

Gretchen mischte sich ein: „Ein einziger Lehrvortrag kann doch nicht entscheidend sein. Müssen die Bewerber nicht auch Bewertungen von früheren Arbeitsstellen mitbringen?"

„Ja, sie können so etwas abgeben. Aber wer liest das schon? Die meisten kennen die ‚Codierung' für ein Referenzschreiben nicht und möchten sich nicht die Mühe machen, im Internet nach der Bedeutung der einzelnen Formulierungen zu suchen. Ein Lehrvortrag dagegen ist im Berufungsverfahren meistens üblich. Da müssen die Kommissionsmitglieder herumsitzen. Und die Zahl der eingeladenen Kandidaten, die sie sich anhören müssen, wird ja immer größer. Ich frage mich überhaupt, was das soll. Man weckt Hoffnungen, die man gar nicht erfüllen kann, nicht erfüllen will. Manchmal reisen die Kandidaten von weit her an und müssen die Reise selbst bezahlen. Vermutlich will man nur ein möglichst faires Verfahren vorgaukeln. Auf Kosten derer, die sich intensiv vorbereiten, obwohl ihnen von vornherein niemand eine Chance geben wollte. Wem will man eigentlich etwas vorgaukeln, den Gremien?

Häufig sind etliche Kommissionsmitglieder fachfremd, besonders an kleinen Unis, und können gar nicht beurteilen, ob ein Vortrag inhaltlich gut ist. Also werden die Entertainment-Qualitäten beurteilt. Wenn man überhaupt aufpasst. Manche Kommissionsmitglieder nutzen die Zeit auch effektiv, lesen zum Beispiel Korrekturen in eigenen Veröffentlichungen. Offenbar glauben sie, die anderen Kommissionsmitglieder beeindrucken zu können mit ihrem Arbeitseifer. Vielleicht soll auch die Fähigkeit zu Multitasking demonstriert werden. Es ist einfach nur unhöflich. Aber wen interessiert heute noch Höflichkeit? Der Lehrvortrag ist also mittlerweile so etwas wie die Geheimwaffe derer, die ihren Favoriten durchsetzen wollen." Sie hielt inne. „Entschuldigen Sie! Ich komme wohl ein bisschen von Ihrem Anliegen ab, aber das Berufen der richtigen Leute ist nach meiner Ansicht für kleine Einrichtungen wichtiger als für große."

Liebetraut befürchtete nach seinen Erfahrungen mit Tantchen, dass Frau Rieger jetzt zum „Großen und Ganzen" übergehen und das aktuelle Berufungsverfahren ein bisschen aus dem Blick verlieren würde. Also hakte er nach: „Wollen Sie jetzt andeuten, dass der Spanier informiert war?"

„Ich weiß es nicht. Alle Mitglieder der Berufungskommission behaupten, ihn nicht zu kennen. Nach meiner Kenntnis gibt es auch keinerlei Kontakte von Angehörigen des Institutes an die Uni in Elche. Dort kommt er wohl her. Vielleicht hat er aus reiner Intuition genau das Richtige getan. Das soll es ja geben."

„Woher wissen Sie, dass alle Berufungsmitglieder behaupten, ihn nicht zu kennen?"

„Ich habe ein paar gezielte Fragen gestellt. Und ich war nicht die einzige, die diese Fragen gestellt hat. Abgesehen von ein paar klaren Fällen, müssen ja auch die Mitglieder der Berufungskommissionen erst mal ihre Meinungen zu den Kandidaten gegenseitig austesten. Das machen die Insider am besten vorher, damit es den Vertretern aus den anderen Fakultäten nicht auffällt. Die sind in der Regel auch froh, wenn sie eine einheitliche Meinung vorgesetzt kriegen. Zumindest, wenn man bei der Zusammensetzung der Berufungskommission aufgepasst hat und nicht irgendeinen Renitenten erwischt hat."

Liebetraut ging das alles zu weit. Er intervenierte:

„Ich weiß zwar nicht genau, wie solche Einstellungs-verfahren laufen, aber es gibt doch Kontrollmechanismen. Es gibt Berufungsbeauftragte. Ich habe sogar gehört, dass man klagen kann."

„Mit den Klagen ist das so eine Sache. Wenn man einmal geklagt hat, ist das das Ende des Aufstiegs auf der Karriere-leiter. Und das von Doktoranden gleich mit. Da gilt noch das Gesetz der Sippenhaft. Ich könnte Ihnen Beispiele nen-nen. Und ‚Berufungsbeauftragter‘ wird sehr unterschiedlich ausgelegt. Ich habe von Unis gehört, wo diese Beauftrag-ten von Berufungskommission zu Berufungskommission neu ausgesucht werden und sich zum Teil wirklich küm-merten. Wenn jemand aber dieses Amt quasi gepachtet hat, hat er oder sie meistens Erfahrung darin, sich mit den Mei-nungsmachern zu arrangieren. Abweichende Ansichten ha-ben dann keine Chance mehr."

Liebetraut resignierte. Die Einblicke in den Ablauf von Berufungsverfahren waren ja sehr interessant, halfen ihnen aber vermutlich nicht wesentlich weiter. Sie hatten einen Mord aufzuklären, und die Zeit drängte. Bei Frau Rieger war ein schwaches Motiv erkennbar. Und sie hatte auch eine Pyramide. Leider hatten sie noch keinen Beweis.

Wie sah es mit Personen aus, die der Rieger persönlich schaden wollten?

„Fällt Ihnen jemand ein, der Ihnen möglicherweise et-was anhängen will? Ein Student etwa, der sich zu schlecht bewertet fühlte?"

Frau Rieger dachte eine Weile nach. Dann antwortete sie: „Vor einigen Jahren haben findige Hochschulpolitiker den Freiversuch erfunden, um die Abbrecher-Quoten zu senken. Es hätte aus meiner Sicht ja auch noch andere Möglichkeiten gegeben, dieses Ziel zu erreichen, aber die Freiversuchsregelung ist nun mal für alle Beteiligten am Bildungsprozess die einfachste Lösung – wenn man von den Spätfolgen absieht. Aber die Spätfolgen kommen ja, wie der Name schon sagt, erst später. Ob sich die Erfinder mal gefragt haben, wie viele Freiversuche man im realen Leben hat?

Also heutzutage haben die Studierenden viel mehr Möglichkeiten als früher, Prüfungen zu wiederholen. Manche Kandidaten gehen deshalb in den ersten Prüfungsdurchlauf wie zum Frisör. ‚Mal sehen was rauskommt, vielleicht reicht es ja für meine Ansprüche.' Einige Studenten brauchen schon den Hinweis, dass die Ansprüche der Prüfer gelegentlich doch noch etwas höher liegen als ihre eigenen. Natürlich begründen die meisten Kollegen bei mündlichen Prüfungen die vergebene Note. Ob wir da immer pfleglich genug mit den gestressten Studenten umgehen, ist sicher eine andere Frage. Schon verwunderlich, dass wir diesbezüglich noch nicht geschult worden sind. Ich denke aber, dass ich mir da nicht viel vorzuwerfen habe.

Es gibt aber noch ein anderes Problem. In den ersten Durchläufen finden manche Prüfungen in Form von Klausuren statt. Allerdings sehen einige Prüfungsordnungen vor, dass die letzte Wiederholungsmöglichkeit dann als mündliche Prüfung absolviert werden muss. Also Prüfer und Prüfling Auge in Auge gegenüber. Welcher Prüfer will sich schon den Gewissensbissen aussetzen, dass er einem hoffnungsvollen Nachwuchstalent die Zukunft verbaut hat? Und die Studenten lernen sehr schnell, dass sie in der letzten Wiederholungsmöglichkeit einer Prüfung in der Regel durchkommen, weil der Prüfer sein zartes Gewissen nicht belasten möchte.

Einmal habe ich gewagt, einen Prüfling in der zweiten Wiederholungsprüfung zu ‚erden'. Der junge Mann wusste in etwa so viel wie bei den beiden vorangegangenen schriftlichen Prüfungen, nämlich gar nichts. Nach der Prüfung entwickelte er aber einen bis dahin ungekannten Fleiß. Ich bin überzeugt, dass er in die ‚Nachbereitung‘ seiner Prüfung mittels Rechtsanwalt viel mehr Arbeit investiert hat als in die Vorbereitung der einzelnen Etappen der Prüfung. Vielleicht hat auch nur das Geld seines Vaters gearbeitet. Na, jedenfalls durfte er sich noch einmal in einer schriftlichen Prüfung beweisen, und dieses Mal klappte es, sogar mit einem mittelmäßigen Ergebnis. Vermutlich hatte sich der junge Mann zum ersten Mal den Stoff angesehen.

Die Sache ist also letztendlich positiv ausgegangen. Vielleicht war der Lernaufwand in den Augen des jungen Mannes Zeitverschwendung. Aber das ist doch kein Grund, mich hinter Gitter bringen zu wollen. Oder sehen Sie hier ein hinreichendes Motiv?“

Die Darlegungen klangen plausibel. Wenn die Frau Rieger einen Studenten richtig an den Rand der Verzweiflung gebracht hätte, wären wohl andere Beispiele genannt worden. Beispiele, die suggerierten, dass die Frau Rieger doch eigentlich eine nette Frau war.

Eine Frage musste Liebetraut aber noch stellen: „Trauen Sie jemandem von Ihren Arbeitskollegen zu, dass er sich mit dem Generalschlüssel Zutritt zu Ihrem Zimmer verschafft und dann darin herumgeschnüffelt hat?“

„Ach wissen Sie, wenn man einmal auf der Abschussliste derjenigen steht, die die Meinung vorgeben, gibt es für manche Mitläufer kein Halten mehr. Sie übertreffen sich gegenseitig in ihrem Bestreben, sich bei den Meinungsmachern anzubiedern.“ Sie machte eine kurze Pause und fuhr dann fort:

„Ich habe viel über dieses Thema nachgedacht, vor allem im Zusammenhang mit der deutschen Geschichte. Ich weiß, das klingt ein bisschen weit hergeholt, aber vielleicht hören Sie mich trotzdem an.

Ich habe einmal im Zusammenhang mit dem Holocaust die folgende Vorhersage gelesen: ‚Sie werden das Unvorstellbare tun. Sie brauchen dafür nicht einmal Mut. Nur den Schutz der Gruppe.' Dieser Satz geht mir nicht mehr aus dem Kopf. Der ‚Schutz der Gruppe' ist etwas, was meines Erachtens viel zu selten beachtet wird. Oder genauer gesagt, er wird beachtet, aber von denjenigen, die manipulieren wollen. Dabei sind die Hierarchien, die von Männern gebildet werden, manchmal unglaublich."

Liebetraut stutzte. Schon wieder „Hierarchien", die Damen aus dem Institut schienen darin ein echtes Problem zu sehen. Er schüttelte leicht den Kopf. Frau Rieger hatte diese Bewegung offenbar missverstanden, denn sie sagte: „Vermutlich glauben Sie mir nicht. Ich habe schon festgestellt, dass Männer sich häufig gar nicht als Bestandteil einer Hierarchie wahrnehmen. Aber ich will Ihnen eine Geschichte erzählen, die ich selbst erlebt habe. Vielleicht denken Sie dann ein bisschen anders über das Thema. Die Geschichte liegt lange zurück. Ich beaufsichtigte eine Klausur, und ich kannte die Herzchen ein bisschen, weil ich vorher Seminare betreut hatte, an denen sie teilnehmen mussten. In einer Seminargruppe hatte sich eine unzertrennliche Viererbande gefunden. Bei der Klausur gab der Anführer der Bande nach zirka zwei Dritteln der vorgegebenen Zeit seine Arbeit ab. Die Aufgaben sind schon so konzipiert, dass man in der Regel den vollen Zeitrahmen benötigt. Und was passierte dann? Die restlichen drei Follower gaben innerhalb der nächsten fünf Minuten ebenfalls ab. Sie hatten an verschiedenen Stellen im Hörsaal gesessen, es konnte also nicht um die nun fehlende Möglichkeit zum Abschreiben gegangen sein. Beim Anführer hatte es zu einer Vier gereicht, bei den drei anderen nicht! Und das waren Studenten, keine Hauptschüler! Das glaubt einem doch niemand! Die Realität überholt die Groteske!"

Sie schwieg, als könne sie jetzt noch nicht fassen, was damals passiert war. Auch Liebetraut war beeindruckt. Ihm war gerade der Gedanke gekommen, dass zumindest Eltern von Söhnen genauer hinhören sollten, wenn die Sprösslinge von den Freunden erzählten. Die Macht der Clique, in die man hineingeriet, schien wohl weit mehr zum Studienerfolg oder eben auch -misserfolg beizutragen, als die Eltern gemeinhin glaubten.

Frau Rieger riss ihn aus diesen Gedanken, indem sie fortfuhr: „Und nun zurück zu Ihrer Frage. Das Herumschnüffeln traue ich mehreren zu. Am ehesten aber dem Heldmann. Seit der mir einmal erzählt hat, dass er bei einer Tagung heimlich Vorträge von einem Tagungscomputer gezogen hat, bin ich vorsichtig, habe wichtige Forschungsergebnisse nicht mehr auf meinem Computer im Arbeitszimmer. Es wäre ja nicht das erste Mal, dass jemand die Ergebnisse anderer als die seinen verkauft."

Liebetraut ertappte sich bei der Frage, ob auf dem Computer der Frau Rieger denn Wesentliches zu holen gewesen wäre. Auch ein Frage, die er Tantchen stellen musste.

Gretchen mischte sich ein: „Aber auf Tagungen werden doch Ergebnisse sozusagen veröffentlicht. Es stehen doch auch viele Vorträge im Netz."

„Ja, manchmal werden Vorträge vom Veranstalter nach der Tagung ins Netz gestellt, aber nur, wenn die Autoren vorher zugestimmt haben. Das tun in der Regel nicht alle. Zum Beispiel, wenn die Ergebnisse sehr neu sind und es noch keinen Vorabdruck oder einen ähnlichen Beweis für die Urheberschaft gibt. Es soll auch vorkommen, dass Redner nicht genügend Zeit hatten, den Vortrag gründlich vorzubereiten und dann notgedrungen – nun, sagen wir mal – spekulative Ergebnisse präsentieren. Da ist es ganz gut, wenn man sich später gegebenenfalls mit einem Missverständnis des Zuhörers herausreden kann, statt schwarz auf weiß mit einem Fehler konfrontiert zu werden. Es gibt viele Gründe."

Ehe Gretchen weiterfragen konnte, gab Liebetraut dem Gespräch eine andere Richtung: „Hat der Herr Professor Heldmann etwas gegen Sie? Ist der nicht emeritiert?"

„Der versuchte, es allen recht zu machen, damit er nicht selbst in die Schusslinie kam. Wenn ich also vom Herrn Menzel oder vom Herrn Eschenbach ungerechtfertigt angegriffen wurde, verteidigte er mich nicht etwa, sondern unterstützte die Angreifer, weil er hoffte, damit bei ihnen Punkte zu sammeln. Ich habe Heldmann dafür einmal heftig angezählt. Da ist bei mir das Fass einfach übergelaufen. Das war nicht sehr klug, zugegeben. Vielleicht will er sich dafür irgendwie rächen."

Sie schwieg. Nach einer Weile fügte sie, wie für sich selbst, hinzu: „Es haben viele auf ihm herumgehackt, vor der Wende und nach der Wende. Manche glauben ja, dass das abhärtet, nach der Devise ‚Wo es immer spukt, fürchtet man sich nicht mehr'. Aber vielleicht hinterlässt jede Erniedrigung doch irgendwo Spuren, im Gehirn oder sonstwo. Immer kommt etwas dazu. Und irgendwann ist der Speicher voll und läuft über. Dann geschieht etwas, was bis dahin keiner für möglich gehalten hat. Vielleicht ist es aber auch ganz anders. Er hat mir einmal erzählt, dass seine Mutter mit ihm und für ihn gelogen hat, damit er den Strafen des überaus strengen Vaters entkommen konnte. Wenn er daraus nicht für das Leben gelernt hätte, müsste man doch Zweifel an seiner Intelligenz haben, oder etwa nicht?"

Liebetraut schluckte. Auch wenn die Frau Rieger hier offenbar wieder, sozusagen als Selbstschutz, versuchte, das Leben als Komödie zu sehen, hatte er den frühkindlichen Prägungen in seinem bisherigen Kriminalistenleben wohl zu wenig Aufmerksamkeit geschenkt. Er musste sich auf dieser Strecke unbedingt weiterbilden.

Glücklicherweise erinnerte er sich jetzt wieder daran, dass Marie von einer ‚jungen Stimme‘ gesprochen hatte. Heldmann war zu alt. Marie hätte ihn sicher auch an der Stimme erkannt. Sie mussten überprüfen, wer sonst in Frage kam. „Noch eine Frage, Frau Professor. Hat der Herr Professor Heldmann einen Sohn oder Schwiegersohn?"

„Nicht, dass ich wüsste."

Auf Liebetrauts Smartphone war während des Gesprächs mit Frau Rieger eine Nachricht eingegangen. Hensel teilte mit, eine junge Frau aus der Nachbarschaft glaube, dass ihr kleiner Sohn etwas beobachtet hatte, was vielleicht wichtig war. Mutter und Sohn warteten im Beratungszimmer.

Liebetraut bat Frau Rieger, sich zur Verfügung zu halten und eine Liste der Personen anzufertigen, die in letzter Zeit mit ihrer Kenntnis in ihrem Büro gewesen waren. Und Gretchen würde die Liste der Generalschlüsselbesitzer überprüfen.

Hensel informierte Liebetraut kurz darüber, was er bereits von der Mutter erfahren hatte. Demnach behauptete der Junge, in der Nacht zum Sonntag auf der Rückseite des Institutsgebäudes ein Auto gesehen zu haben. Allerdings – der Junge war ein Kleinkind, noch nicht einmal vier Jahre alt. Konnten sich die Knirpse in diesem Alter überhaupt richtig erinnern? Liebetraut konnte leider nicht auf einschlägige Erfahrungen bauen. Früher hatten ihn Lebensabschnittsgefährtinnen in die Flucht getrieben, wenn sie einen Kinderwunsch äußerten. Doch langsam fing er an, diese Haltung zu überdenken. Lag das am Alter? Kamen alle Männer irgendwann in diese Phase und sei es erst im Rentenalter? In seiner Ausbildung hatte das Thema „Umgang mit Kleinkindern in der Polizeiarbeit" völlig gefehlt. Angeblich sollten Polizisten das gleich den Psychologen überlassen. Liebetraut hatte aber einige Zweifel, ob die das wirklich besser konnten.

Er ging ins Beratungszimmer. Am Fenster stand ein halbhoher Knirps auf einem Stuhl. Die Mutter hatte offenbar Mühe, ihn davon abzuhalten, das Fenster zu öffnen.

„Hallo junger Mann, was gibt es denn da draußen Wichtiges?"

„Auf dem Parkplatz steht ein Lexus. Kann ich den auch von hier sehen?"

Donnerwetter, der Junge hatte ja spezielle Interessen! Aber diese eröffneten vielleicht auch die Möglichkeit, ihn bei der Stange zu halten.

„Du darfst dir den Lexus nachher auf dem Parkplatz ansehen, wenn du vorher auf meine Fragen antwortest."

„Mutti sagt, ich darf nicht auf den Parkplatz, das ist zu gefährlich."

„Wenn ein Polizist dabei ist, kann nichts passieren. Dann willigt bestimmt auch deine Mutti ein. Mein Kollege hier wird mitgehen." Hensel stöhnte.

Die Mutter ließ Leon los um und begrüßte den Kommissar. Das Verhalten des Sohnes war ihr anscheinend peinlich. Das machte sie in Liebetrauts Augen sympathisch, denn er hatte schon ganz andere Mütter erlebt. Solche, die aus jeder Äußerung ihres Kindes auf dessen Hochbegabung schlossen und sofort zum Angriff übergingen, wenn jemand Zweifel äußerte. Diese Mutter hier war darüber hinaus ein ausnehmend hübsches Exemplar. Liebetraut war ehrlich überrascht. Bisher hatte er geglaubt, dass alle Hübschen bereits dem Lockruf des Luxus in Richtung Westen gefolgt waren. Bestimmt war sie nur zu Besuch hier.

Er versuchte freundlich zu klingen: „Wie ich höre, haben Sie etwas Wichtiges beobachtet?"

„Ja, das heißt, eigentlich hat mein Sohn Leon etwas beobachtet. Er hat ein Auto beobachtet."

Nun, Leon schien des Öfteren Autos zu beobachten. Wenn es nicht spannender wurde, würde die Aussage wohl nicht viel bringen. Die Frau sprach nicht weiter und rannte zu Leon. Der hatte sich gerade ein Buch aus dem Regal mit den Fachbüchern geangelt. Hier musste man ja wirklich höllisch aufpassen. Leon erklärte fachmännisch: „So eine Farbe hat das Auto gehabt. Wie das Buch." Das Buch hatte einen hellgrauen Umschlag. Liebetraut seufzte innerlich. Sicher fuhren in Deutschland Millionen Autos mit dieser Farbe herum. Bevor Liebetraut seine Enttäuschung verwunden hatte, redete Leon weiter. Er hatte jetzt das Gespräch an sich gerissen. Der Fortgang der Untersuchungen schien dabei aber nicht höchste Priorität zu haben.

„Was für ein Auto fährst du denn? Hast du damit schon einmal einen Verbrecher verfolgt? Wie schnell kann dein Auto denn fahren?"

„Stopp, junger Mann. Das sind zu viele Fragen auf einmal!" Liebetraut überlegte fieberhaft. „Ich schlage vor, dass wir einen Vertrag machen. Jeder beantwortet eine Frage, und dann ist der andere dran mit Frage stellen. Also, ich beantworte dir deine erste Frage und dann darf ich dir eine Frage stellen. Einverstanden?"

Leon nickte wortlos, aber sein Blick verriet Misstrauen.

„Ich fahre einen VW."

„Was für einen denn?"

„Stopp, das ist schon die zweite Frage. Jetzt darf ich erst einmal eine Frage stellen."

Leon guckte enttäuscht.

„Wann hast du denn das graue Auto gesehen?"

„Das war in der Nacht vor der Geburtstagsfeier von Linda. Die Linda ist doof."

Liebetraut vermutete, dass Linda sich nicht für Autos interessierte und folglich wenig geschätzt wurde. Die Mutter wollte etwas ergänzen, aber Liebetraut winkte ab.

Leon fuhr fort: „Und welchen VW fährst du?"

„Einen VW Passat."

Der war ja eine harte Nuss. Wenn das so weiterging, würden sie heute Abend noch hier sitzen.

Hier musste eine andere Strategie her. „Leon, du hast doch bestimmt ein Matchboxauto dabei. Ich zeichne jetzt eine Straße, und du sagst, wohin sie gehen soll, und dann lassen wir das Auto fahren, so wie das Auto, das du gesehen hast."

Leon zog ein rotes Auto aus einer Hosentasche. Die Mutter schaute Leon entgeistert an. „Aber das Auto kenne ich doch gar nicht. Woher hast du das?"

Leon antwortete nicht und verfolgte, was Liebetraut malte. „Du musst eine Pfütze malen." Liebetraut tat, wie ihm befohlen und hoffte inständig, dass sein Kunstwerk als Pfütze durchging. „Du glaubst mir, dass das Auto durch eine Pfütze gefahren ist?" Liebetraut nickte so ernsthaft er konnte. Und jetzt taute Leon auf. Er nahm sein Auto und fuhr durch die Pfütze: „Das hat richtig gespritzt, so, wie man gar nicht fahren darf, weil dann die Leute nass werden."

Liebetraut ging auf das Spiel ein: „Das war bestimmt ein böser Fahrer, der nicht auf die Leute geachtet hat."

„Da waren gar keine Leute, es war ganz dunkel. Und das Auto war auch dunkel."

„Du meinst, die Scheinwerfer waren nicht an?"

„Ja, und so darf man nicht fahren. Das hat mir der Opa gesagt."

„Und jetzt denkst du, dass das Auto grau war, weil es überall dunkel war."

Leon sah ihn verächtlich an. „Das Auto ist auf die Straße gefahren und hat das Licht angemacht. Und da ist auch eine Lampe an der Straße."

„War es ein großes Auto?"

„Nein, das Auto war klein."

„Wie viele Leute waren denn im Auto?"

„Ich weiß nicht, aber das Auto ist noch einmal stehengeblieben."

„Wo ist das Auto denn stehengeblieben?"

„Bei den Sträuchern, in die mich der Lukas geschubst hat."

Liebetraut sah die Mutter fragend an. Sie nickte, wusste also offenbar, welche Stelle Leon meinte. „Hatte das Auto an den Sträuchern schon das Licht angemacht?"

„Nein, doch erst auf der Straße!"

„Und, hast du sonst noch etwas gesehen?"

Leon schüttelte den Kopf.

„Aber auf der anderen Seite, hinter unserem Haus, steht manchmal ein Auto, da, wo ein Parkverbot-Schild ist. Das darf das Auto doch nicht. Kannst du da nichts machen?"

„War das Auto auch da, als du das kleine graue Auto gesehen hast?"

„Nein, da war das Auto nicht da."

Liebetraut versprach, seine Kollegen von der Verkehrspolizei zu informieren. Insgeheim hoffte er, dass Leon den Lexus inzwischen vergessen hätte. Aber da hatte er sich gründlich geirrt. „Darf ich jetzt zum Lexus gehen?", wurde er an sein Angebot erinnert.

Liebetraut schickte Hensel mit Mutter und Sohn zum Parkplatz. Hoffentlich verkannte der Besitzer des Lexus die Situation nicht, sollte er zufällig das Dreigespann diskutierend um sein Auto streichen sehen.

Als das Trio das Zimmer verlassen hatte, ertappte sich Liebetraut bei dem Gedanken, dass er Mutter und Sohn gern noch einmal treffen würde, und das nicht nur wegen der hübschen Mutter. Er musste sich eingestehen, dass Leon ihn beeindruckt hatte. Vielleicht konnten die Knirpse doch mehr als sich im unpassendsten Moment schreiend auf den Boden zu werfen. Wahrscheinlich wurden sie nicht nur von ihm unterschätzt. Und er hielt es für möglich, dass sie irgendwie merkten, wenn man sie nicht ernst nahm, und dann auf eine Weise reagierten, die die Erwachsenen nur nicht verstanden.

Liebetraut war geneigt, Leons Aussage Glauben zu schenken. Er rief die Kollegen an und bat sie, auch ein Augenmerk auf kleine graue Autos zu haben.

Als Liebetraut aus dem Besprechungsraum kam, sah er zu seiner Überraschung Tantchen auf einem der Stühle an einem kleinen Tisch sitzen. Sie hatte ein Smartphone am Ohr und bemühte sich offensichtlich, ihn nicht zu sehen. Vielleicht hatte sie ihre Gründe. Dann sagte sie ins Smartphone, laut genug, dass er es hören musste: „Ich gehe mal ins Emeriti-Zimmer." Liebetraut verstand das so, dass sie ihn sprechen, aber dabei nicht gesehen werden wollte. Da fiel ihm ein, dass sie ihn angerufen hatte. Und er hatte nicht zurückgerufen. Schwerer Fehler! Das musste er unbedingt wieder gutmachen. Er wartete ein bisschen und vergewisserte sich, dass niemand auf dem Flur zu sehen war. Dann klopfte er ans Emeriti-Zimmer.

Tantchen sagte: „Ich lade dich zum Abendbrot ein. Kannst du gegen 19.00 Uhr kommen?" Was blieb ihm übrig? Er musste Tantchen bei guter Laune halten. Außerdem hatte er zu Mittag das letzte Mal etwas gegessen, und vielleicht gab es bei Tantchen etwas Gutes. Also sagte er zu.

Tantchen hatte sich Mühe gegeben. Oder sie hatte einen Lieferservice bemüht. Er sah Salat, eine Aufschnitt- und Käseplatte, frische Semmeln und Obst auf dem Tisch. Als er Platz genommen hatte, holte Tantchen noch mehrere Förmchen mit Ragout fin aus dem Backofen. Entweder glaubte sie, dass er sich nicht ausreichend ernährte, oder sie wollte ihn bestechen. Vermutlich beides.

Ohne Umschweife kam sie zur Sache: „Was habt ihr denn herausbekommen?"

„Du weißt, dass ich dir das nicht sagen kann. Wir stecken mitten in den Ermittlungen."

„Diesen Fall kann nur ein Insider lösen", äußerte Tantchen mit einer Überzeugung, die man durchaus als Zweifel an seinen Fähigkeiten auffassen konnte. Liebetraut stöhnte. Hatte sein Chef einen ähnlichen Gedanken gehabt? Er musste Tantchen vermutlich einbeziehen, ohne selbst allzu viel preiszugeben. Das würde mit dieser Möchtegern-Miss-Marple eine schöne Gratwanderung werden.

Zu seiner Überraschung war Tantchen aber offenbar auch zu dem Schluss gelangt, dass nur beiderseitiges Entgegenkommen half.

„Ihr hattet heute Institutsversammlung." Der Buschfunk schien ganz gut zu funktionieren, das war auch schon eine wichtige Information.

„Woher weißt du das?"

„Ich habe auch meine Quellen, die ich nicht preisgeben kann."

„Und dann fütterst du deine Quellen mit dem, was du von mir erfährst?"

„Nur mit dem, was ich von anderen erfahren habe."

„Du meinst, nachdem du den anderen gezielt auf den Zahn gefühlt hast?"

„Nenn es, wie du willst. Damit müssen wir jetzt nicht unsere Zeit vertun. Du bist doch gekommen, weil du Hunger hast und das Angenehme mit dem Nützlichen verbinden willst. Mit anderen Worten, du bist doch auch daran interessiert, noch etwas mehr über die handelnden Personen zu erfahren, oder etwa nicht?" Er nickte kaum merklich. Was sollte er auch sagen? Schließlich war er wirklich auch deshalb hier, um von Tantchens Mitteilungsbedürfnis zu profitieren.

„Also, der Eschenbach, der ist der Schlimmste. Der ist eine Katastrophe für das Institut. Der macht das Institut kaputt."

„Das hast du schon gestern gesagt, aber ein Einzelner kann doch nicht ein ganzes Institut kaputtmachen."

„Ha, wenn eine kritische Masse kuscht und es keine Kontrolle von außen gibt, schon."

„Höre ich richtig? Kontrolle von außen? Sind die Unis nicht stolz auf die Freiheit von Forschung und Lehre? Willst du, dass das ausgehebelt wird?"

„Natürlich bin ich für die Freiheit der Forschung, solange vernünftige Dinge erforscht werden. Bei der Freiheit der Lehre sieht das schon anders aus. Das ist ja ein zweiseitiger Prozess. Und da sollten auch ein bisschen die Interessen der Konsumenten berücksichtigt werden. Ein guter Wissenschaftler muss nicht zwangsläufig ein guter Mensch sein, Stichwort Verantwortungsbewusstsein und so. Schließlich sind da völlig unterschiedliche Kompetenzen im Spiel. Da sollte Kontrolle möglich sein. Das kann man nicht mit Selbstverwaltung allein lösen. Ich sage nur Gruppenpsychologie."

Liebetraut stöhnte wieder, dieses Mal hörbar. Sein Vater hatte ihn gewarnt: Gruppenpsychologie war eines von Tantchens Lieblingsthemen. Meistens beklagte sie sich darüber, dass Lehrer in ihrer Ausbildung nie etwas über Gruppenpsychologie erfuhren. Nein, zu diesem Thema wollte er jetzt keine Vorlesung hören.

„Die werten Professoren werden sich wohl kaum als Gruppe zusammengetan und den Menzel ermordet haben."

Tantchen funkelte ihn böse an: „Erstens ist auch das denkbar. Ich sage nur ‚Dürrenmatt und Besuch der alten Dame'. Allerdings haben Professoren ganz andere Möglichkeiten. Sie können mobben, ohne jemals zur Rechenschaft gezogen zu werden."

„Nun hör aber auf! Ihr habt doch genügend Möglichkeiten, euch irgendwo zu beklagen. Und den Professoren kann doch nichts passieren, wenn sie sich beklagen."

„Vermutlich bist du nicht der Einzige, der das glaubt. Wo sollen wir uns denn beklagen? Sich beklagen geht nur im Sinne einer Zivilklage vor einem Gericht."

„Nein, nein, da bist du nicht auf dem aktuellen Stand. Ich habe doch erst kürzlich etwas von Ombudsleuten an den Hochschulen gelesen."

„Ha, die Ombudsleute! Da wollte jemand Politiker absägen und hat die Plagiatsvorwürfe auf den Weg gebracht. Seitdem kümmert man sich um das sogenannte wissenschaftliche Fehlverhalten. Und wenn jemand irgendwo Derartiges vermutet, kann er sich an die dafür eingesetzten Ombudsleute wenden. Aber Ombudsleute für moralisches Fehlverhalten gibt es nicht. Ich sage dir, da läufst du nach wie vor gegen Wände. Keiner fühlt sich dafür zuständig, alle wimmeln nur ab."

„Na und die Zivilklage?"

„Wer will sich denn das antun? Da wird alles an die große Glocke gehängt, geht durch die Presse. Das kann einer
Hochschule ganz schön schaden. Das will man doch nicht,
man möchte ja nur, dass sich etwas zum Besseren entwickelt. Man hängt doch irgendwie an seiner Hochschule.
Also beißt man die Zähne zusammen, bis es irgendwann
nicht mehr geht."

Liebetraut resignierte. Widerspruch half hier nicht weiter. Tantchen driftete wieder ab. Er konnte schließlich keine Ombudsleute für moralisches Fehlverhalten, wie sie es
genannt hat, an Hochschulen installieren. Wer konnte das
überhaupt? Hochschulleitungen? Ministerien? Hochschul-
räte, die nach seiner Kenntnis so eine Art Aufsichtsrat für
eine Hochschule bildeten? Musste es aber gleich ein Om-
budsmann sein? Gab es nicht Mediatoren? Andererseits, nach
allem, was er bisher gehört hatte, würde sich ein Mediator
am Herrn Eschenbach wohl die Zähne ausbeißen.

Liebetraut gab sich einen Ruck. Das war alles nicht sein
Problem. Er musste einen Fall lösen und dazu musste er
Tantchen „in der Spur halten".

„O.K., wieso ist denn nun der Eschenbach so schlimm?"

Sie brummelte: „Also dich interessieren Ombudsleute
auch nicht. Aber ich sage dir: Da muss dringend etwas passieren, sonst geht noch viel mehr den Bach runter."

Dann straffte sie sich. „Gut, ich erzähle dir jetzt was vom
Eschenbach. Der sieht sich noch in der Rolle eines Professors vor hundert Jahren, vermutlich hat er zu viele Bücher
aus dieser Zeit gelesen. Der sieht sich im Geiste sicher noch
in einer Robe einherschreiten. Wenn er vernünftige Ansichten hätte, könnte man das ja tolerieren. Jedem Tierchen
sein Pläsierchen! Aber ich glaube, er bildet die Realität nicht
richtig ab. Aus meiner Sicht hat der eine Störung."

Das fing ja gut an. Bestimmt würde Tantchen bei jedem ihrer Ex-Kollegen irgendeine Störung diagnostizieren.

Tantchen hatte seinen aufkommenden Missmut offenbar mitbekommen. Sie fauchte ihn an: „Du brauchst gar nicht so zu gucken. Ich habe mir extra ein Buch über solche Sachen gekauft. Ich will ja niemanden ungerechtfertigt beschuldigen. Jedenfalls ist der Eschenbach in dem Buch sehr gut beschrieben. Der wirft anderen nur Boshaftigkeiten an den Kopf. Ich glaube, der ist nicht in der Lage, in Gesichtern zu lesen. Und schon gar nicht, sich in jemand anderes hineinzuversetzen. Er liest irgendwas über die alten Griechen und glaubt, dass das auch heutzutage noch eins zu eins gilt. Mit dem angelesenen Wissen hält er sich vermutlich für unfehlbar und glaubt, dass er berufen ist, die Welt nun nach seinen Vorstellungen zu formen. ‚Hier sitze ich, forme Menschen nach meinem Bilde …‘ Die Vorstellung hat offenbar schon dem alten Goethe gefallen. Ich muss leider zugeben, dass Eschenbach mit dem Formen an unserem Institut schon ganz schön erfolgreich war.“

Tantchen machte eine Pause und starrte ins Nirgendwo, so, als würde sie sich einzelne Episoden dieses Formungsprozesses in Erinnerung rufen. Dann fuhr sie missmutig fort: „Wenn man so einen erst einmal verbeamtet hat, wird man ihn nie wieder los. Und er bleibt so garstig, wie er am Anfang war.“

„Wenn er so schlimm ist, warum habt ihr ihn denn dann genommen?“

Tantchens Gesichtsausdruck veränderte sich und zeigte nun eine seltsame Mischung aus Wut und Resignation. „Das ist eine schöne Frage. Ich muss reumütig zugeben, dass wir dumm waren und naiv.“

Er hatte eine vage Vorstellung davon, wie schwer Tantchen dieses Eingeständnis gefallen sein musste. Wenn sie sich so weit von ihrem hohen Ross herunterbeugte, war die Situation wohl wirklich ernst. Zerknirscht fuhr sie fort:

„Das kannst du nicht verstehen. Man hatte uns ja jahrelang den Glauben an das Gute im Menschen eingetrichtert. Wir kannten einen solchen Menschentyp nicht. In der Berufungskommission hat sich keiner richtig gekümmert. Die haben nur die Veröffentlichungen gezählt, vielleicht auch teilweise angeguckt, und nicht mal jemanden angerufen und nachgefragt. Wenn jemand schöne Veröffentlichungen schreibt, muss er doch ein netter Mensch sein. ‚Wo man denkt, da lass dich ruhig nieder …' Leider gibt es unterschiedliche Begabungen. Es ist ein ziemlich weit verbreiteter Irrtum, dass Leute, die schöne Abhandlungen schreiben, auch tadellose Menschen sind. Begabungen im wissenschaftlichen Bereich und im sozialen Bereich sind nach meiner Meinung weitgehend unabhängig voneinander."

Liebetraut wollte einhaken. Aber Tantchen ließ ihn nicht zu Wort kommen.

„Ja, ja, ich weiß schon, was du sagen willst. Unmoralisches Verhalten, oder wie immer man das nennen will, findet man eher bei den weniger Gebildeten. Aber ich sehe das so: Ein Durchdenken einer Situation, eine, wenn man so will, wissenschaftliche Analyse kann dabei helfen, dass man sich ‚vernünftig' verhält. Aber dazu muss man nachdenken, das ist kein Verhalten aus dem Bauch heraus.

Und nun wieder zu meinem Freund. Er war seinerzeit im Ausland. Unsere Kontakte ins nichtsozialistische Ausland waren nicht gerade üppig, woher sollten wir sie auch haben? Wir kannten an der fraglichen Uni niemanden. Und einfach mal so nachfragen war mit Risiken verbunden. Unsere Fremdsprachenkenntnisse ließen befürchten, dass wir uns mehr oder weniger blamieren würden. Zwar hatten die meisten von uns, so gut sie eben konnten, Englisch gelernt. Damit kommt man ja in den meisten westeuropäischen Ländern schon recht weit. Aber ausgerechnet der Chef der Berufungskommission hatte geglaubt, der Umstand, dass er nach der Wende in die richtige Partei eingetreten war, würde zusammen mit dem bis zur Wende Gelernten für den Rest seines Uni-Daseins als Qualifikation ausreichen. Und wenn ich es recht bedenke, hat es auch gereicht, zumindest für seine Karriere.

Aber zurück zum Berufungsverfahren. Egal, wie gut wir inzwischen Englisch gelernt hatten oder nicht, wir waren ja nie längere Zeit im westlichen Ausland gewesen. Feinheiten in den Antworten des Gesprächspartners hätten wir nicht mitgekriegt. Potentielle ausländische Gesprächspartner hätten uns wahrscheinlich für total unterbelichtet gehalten. Aber wir hätten bei seiner letzten deutschen Arbeitsstätte nachfragen sollen. Es stellte sich später heraus, dass die sehr froh gewesen waren, ihn loszuwerden. Er hat sich nach der Berufung hier bei uns noch an etlichen renommierteren Unis beworben, aber die Leute dort waren wohl besser vernetzt und ahnten, was auf sie zukommen könnte."

„Hat er Familie?"

„Nein, so dumm ist nun wirklich keine Frau. Oder genauer gesagt, man kann sich ja wieder scheiden lassen. Angeblich hatte er früher mal eine."

Tantchen hielt inne. Bevor Liebetraut etwas einwerfen konnte, fuhr sie jedoch fort:

„Ja, man müsste auch für Berufungen so etwas wie eine Scheidungsmöglichkeit vorsehen. Wenn mehr als zwei Drittel der Mitarbeiter und Professoren dafür stimmen, sollte ein Institut eine Scheidungsklage einreichen können."

Liebetraut wurde es langsam unbehaglich. Hatte ihn Tantchen nur eingeladen, um ihren Frust über den Herrn

Eschenbach loszuwerden? Wollte sie dem Eschenbach, notfalls wider besseres Wissen, einen Mord andichten?

Er fragte vorsichtshalber: „Traust du dem Eschenbach den Mord zu? Hätte er ein Motiv?"

„Dem traue ich alles zu, sogar einen Mord ohne Motiv. Der hält sich doch für etwas Besseres. Sicher glaubt er, dass er höhere Einsichten besitzt, die ihn auch berechtigen, über unseren Tod zu entscheiden."

„Ich könnte mir vorstellen, dass er dich vielleicht ganz gern um die Ecke gebracht hätte. Aber den Menzel?"

„Mich hätte er als Hexe verbrannt, wenn wir noch im Mittelalter lebten. Darauf bin ich übrigens ein bisschen stolz. Den Menzel hat er verachtet … Oder vielleicht doch nicht? Vielleicht war es eher Neid? Weil der Menzel doch in den Fakultätsrat gewählt worden war, während der Eschenbach selbst bei jeder geheimen Wahl durchgefallen war? Ein einsamer Wolf wie er, aber ein erfolgreicherer? Das wäre schon ein Grund, die Welt wieder in Ordnung zu bringen."

Liebetraut konnte diese Schlussfolgerung nicht ganz nachvollziehen und versuchte, das Gespräch in eine andere Richtung zu lenken. Womöglich glaubte er am Ende sonst selbst, dass der Eschenbach der Mörder war.

„Was ist denn mit dem Behrmann?"

„Naja, der ist Institutsleiter. Und wie ich schon gestern gesagt habe: Er ist ein bisschen unorganisiert. Aber dadurch hat er sich ja geradezu für den Posten empfohlen."

Jetzt gab Liebetraut zu, dass er Tantchens Schlussweise nicht verstand.

„Na, wenn der Herr gelegentlich eine Vorlesung vergisst, kann er auch keinen anderen anzählen, wenn dem etwas Ähnliches passiert. Und schon sind alle zufrieden."

„Bis auf die Studenten."

„Ach, die sind erst recht zufrieden, wenn eine Vorlesung ausfällt. Dieser unverhoffte Zeitgewinn fürs Daddeln auf dem Smartphone! Da sind mindestens hundert Likes für die Freunde möglich, und die freuen sich auch wieder. Friede, Freude, Eierkuchen! Wenn es nicht noch irgendwo so ein paar asiatische Streber gäbe, könnten wir alle ganz zufrieden leben."

„Gut, gibt es außer dir noch jemanden, der die Gefahr von Seiten der asiatischen Streber auch so sieht?"

„Naja, es gibt ja auch unter den Professoren ein paar mit Verantwortungsbewusstsein. Habe ich ja schon gestern gesagt. Der Behrmann gehört eigentlich auch zu den ‚Kümmerern'. Und über unsere eigenen Studenten kann man auch nicht viel Schlechtes sagen."

Als sei ihr gerade klar geworden, dass sie zu viel Lob ausgestreut hatte, fügte sie schnell hinzu: „Das sieht bei den Studenten, die in schönen Mainstream-Fächern eingeschrieben sind, allerdings ganz anders aus. Da haben viele Studenten nur das Ziel, mit minimalem Aufwand durchzukommen."

Vermutlich hatte Tantchen einigen Studenten dieses Vorhaben schwer gemacht. Zwar interessierte ihn das Thema brennend, schon wegen des Kollegen mit dem gescheiterten Studi-Sohn, aber jetzt musste er diese Richtung des Gesprächs abwürgen.

Vielleicht sollte er noch einmal das Thema Rieger anschneiden. Er war immer noch unsicher, was er von der Frau Professor Rieger halten sollte. Es war sicher interessant, Tantchens Meinung zu hören.

„Was hat denn zum Beispiel die Frau Rieger über den Menzel gedacht?"

„Du glaubst, dass sie den Menzel umgebracht hat." Liebetraut konstatierte, dass das keine Frage, sondern eine Feststellung war. Da hatte der Buschfunk wieder schnell gearbeitet.

„Na, und was denkt sie denn nun?"

„Das weiß ich doch nicht. Da musst du die fragen, die noch am Institut sind! Aber um es noch einmal ganz deutlich zu sagen: Der Menzel war kein netter Mensch. Vermutlich denken sogar einige, dass er den Tod verdient hat. Soweit würde ich nicht gehen. Aber andererseits …" Tantchen schwieg und ließ offen, wie weit sie „andererseits" dem Herrn Menzel gerne geschadet hätte.

Liebetraut überlegte. Zwar hatte er schon einige Informationen zu den Personen erhalten, die am Institut tätig waren, aber er wusste noch zu wenig über die Abhängigkeits- und sonstigen Beziehungen.

Tantchen fuhr plötzlich unvermittelt fort: „Es würde mir leid tun, wenn es die Rieger wäre. Sie hat sich um die Studenten gekümmert und sich bemüht, Lehrveranstaltungen anzubieten, die den Studenten bei der Jobsuche helfen."

„Ist das denn nicht selbstverständlich?"

„Bist du so naiv oder tust du nur so? Du hast wirklich verdammt viel Nachholbedarf! Aber für vollständige Aufklärung haben wir ja jetzt wohl nicht genug Zeit, stimmt's?"

„Na gut, kannst du zu den anderen Professoren noch ein bisschen mehr sagen? Gestern hast du mir ja einen Überblick verschafft, aber sicher gibt es da noch mehr! Mir ist zum Beispiel aufgefallen, dass du nur wenig zu den Herren Heldmann, Bamberger und Mohr gesagt hast. Kannst du deine Statements ‚Ich halte eine Täterschaft für unwahrscheinlich, aber möglich, also Schlangenlinie' noch ein bisschen untersetzen?"

„Der Heldmann, der Bamberger und der Mohr haben sich Eschenbach und auch Menzel untergeordnet. Der Mohr hatte seinen Job nach der Wende vor allem deshalb bekommen, weil er unbelastet war. Leider war er nicht nur in politischer, sondern auch in fachlicher Hinsicht ziemlich unbelastet. Er begriff schnell, dass er kuschen musste. Menzel hat ihn in Ruhe gelassen."

„Und was, wenn Menzel ihn nicht mehr in Ruhe gelassen hätte?"

„Was weiß ich? Ähnlich ist es mit dem Heldmann. Der wollte unbedingt Dekan werden. Er kann auch als empirischer Beleg dafür herhalten, dass sich Männer nicht über ihre Leistung, sondern über die erreichte Position definieren. Um sein Ziel zu erreichen, hat er sich angebiedert. Menzel stand ihm dabei aber wohl nicht im Weg. Und Bamberger? Der hat offenbar eine Allergie gegen sein Arbeitszimmer im Institut. Er kommt unmittelbar vor seinen Lehrveranstaltungen oder einer Sitzung und verschwindet danach wieder."

„Wollen denn nicht ab und zu Studenten eine Konsultation?"

„Zu dem will keiner mehr. Der Letzte, der bei ihm eine Abschlussarbeit schreiben wollte, hat noch das Diplom gemacht. Das ist also mehr als zehn Jahre her."

„Aber es finden doch Professorenberatungen statt."

„Ja, das gibt es gelegentlich. Auch wenn der ‚innere Zirkel' alles vorher unter sich ausmacht. Der Rest der Professorenschaft wird dann hin und wieder informiert, wenn man mal wieder eine Sitzung abrechnen muss. Ich habe nicht erlebt, dass Bamberger in einer Sitzung jemals etwas gesagt hat, wenn er nicht explizit aufgefordert worden war. Vor Abstimmungen fragt er bestimmt seine Frau, wie er sich verhalten soll."

Liebetraut atmete tief durch. Selbst wenn man in Betracht zog, dass Tantchen wieder stark übertrieb, hatte sich an diesem Institut offenbar eine Reihe interessanter Persönlichkeiten versammelt. War das womöglich überall so an den höheren Bildungsstätten? Wurde wissenschaftliche Leistungsfähigkeit etwa häufiger durch Defizite im zwischenmenschlichen Bereich begleitet? Liebetraut war regelrecht erschrocken über diesen Gedanken. Nein, da hatte ihn Tantchen wieder in eine falsche Richtung geschubst. Er sollte versuchen, sie ein bisschen zu mäßigen.

„Du lässt ja wirklich an keinem ein gutes Haar. Irgendeine positive Seite werden die Herrschaften doch wohl auch haben."

„Zugegeben, wenn man lange genug sucht, findet man sicher etwas. Aber du willst doch einen Mord aufklären. Also musst du die negativen Seiten kennen. Es sind doch nicht die positiven Seiten, die jemanden zum Morden treiben."

Gegen diese Logik konnte Liebetraut nicht viel einwenden. Natürlich hatten Menschen auch schon aus Gründen gemordet, für die man ein gewisses Verständnis aufbringen konnte. Aber es führte wohl zu nichts, das jetzt zu diskutieren. Also fragte er weiter: „Und die Neuen? Kramer und Raupenfeld?"

„Der Kramer ist ein anständiger Kerl und ein guter Wissenschaftler, aber mit den herrschenden Verhältnissen scheint er mir etwas überfordert zu sein. Das ist der mit dem ‚halben Verantwortungsbewusstsein'. Mehr als ich dir gestern erzählt habe, kann ich dazu nicht sagen. Der Raupenfeld ist ein ganz anderer Fall. Dem traue ich alles zu. Intelligentes Söhnchen, dem die Mutter vermutlich eingeredet hat, dass er etwas Besonderes ist. Mit dieser Erziehung und seiner Unerfahrenheit war er sicher sehr empfänglich für Eschenbachs Einflüsterungen. Der war einfach noch zu jung, als er berufen wurde. Ich habe mal gehört, dass man in Indien erst mit ungefähr fünfzig Jahren Professor werden kann. Angesichts der Verhaltensweisen einiger junger Leute hege ich für dieses System eine gewisse Sympathie. Es müsste halt mehr unbefristete Mittelbaustellen geben, aus denen man zum Professor aufsteigen kann, wenn man das Zeug dazu hat. Das wiederum setzt aber eine bessere Grundausstattung der Unis voraus. Mit anderen Worten: Es wird nicht passieren.

Ja, und was den Raupenfeld angeht: Ich habe in meinen letzten Monaten am Institut den Eindruck gehabt, dass er sich ein bisschen von Eschenbach abwendet. Vielleicht hat er festgestellt, dass sich Eschenbachs Selbstbild und das Bild, das die Mehrheit vom Herrn Eschenbach hat, nur schwer in Deckung bringen lassen."

„Und wie sah er deiner Meinung nach den Menzel?"

„Verachtung, so wie er alle altgedienten Ossis verachtet. Vielleicht hat der Menzel das gemerkt, hat überreagiert, und das Supersöhnchen glaubte, dass ihm da jemand im Weg ist. Wie gesagt, ich glaube, dass der Raupenfeld ein großes Sendungsbewusstsein mit sich herumträgt und zu allerhand fähig ist."

„Klingt ja nicht gerade nett. Mit dem Raupenfeld bist du also auch zusammengeraten."

„Ja, irgendwer musste dem Jungchen doch mal sagen, dass es auch im Osten ein paar intelligente Leute gab."

„Na gut, da hätten wir die Professoren. Was ist mit den wissenschaftlichen Mitarbeitern und Juniorprofessoren?"

„Die darfst du auf keinen Fall in einen Topf werfen. Juniorprofessoren sind Professoren, auch wenn sie grade mal promoviert haben. Juniorprofessoren werden von Eschenbach und seinen Followern als nächstniedere Liga nach den Professoren angesehen, Mitarbeiter kommen viel, viel weiter unten. Früher hatten die Mitarbeiter im Institutsrat allerhand zu sagen. Aber das war natürlich ein Überbleibsel aus der düsteren Vergangenheit und konnte so nicht bleiben.

Der Eschenbach hat es geschafft, mithilfe der Mitläufer unter den Professoren und der Juniorprofessoren ‚ordentliche Verhältnisse' herzustellen. Immerhin lautet die Bezeichnung ja auch ‚Mitarbeiter' und nicht ‚Mitentscheider'. Wo kämen wir denn hin, wenn auch noch die Mitarbeiter mitreden wollten? Also kam es, wie es kommen musste. Die meisten der Älteren haben sich enttäuscht zurückgezogen. Was würdest du denn machen, wenn du dich dein Leben lang abgestrampelt hättest und dann kommt so ein neunmalkluger Juniorprofessor und bestimmt, wie es mit dir weitergeht? Erklärt dir, dass du jetzt in ein anderes Zimmer umziehen musst, weil der Herr Juniorprofessor dein bisheriges Zimmer benötigt, um seinen Doktoranden nicht nur im Geiste nahe zu sein. Weil er ja jeden seiner zahlreichen Geistesblitze sofort an das Fußvolk weitergeben muss. Da ist ein langer Flur sehr hinderlich."

„Die Juniorprofessoren scheinen dir auch sehr ans Herz gewachsen zu sein."

„Um es vorweg zu nehmen: Die jungen Leute können nichts dafür. Sie werden so gemacht. Aber die Erfinder dieser Spezies sollten in der Hölle braten! Der Juniorprofessor an sich ist ein wunderbares Konstrukt zur Aufrechterhaltung von Abhängigkeitsstrukturen und damit zur Durchsetzung der Interessen der ‚Herrschenden', in unserem Fall der Interessen vom Eschenbach. Wenn es die Juniorprofessur noch nicht gäbe, müsste man sie schnellstens erfinden. Du weißt ja sicher, dass es Juniorprofessuren mit und ohne Tenure-Track gibt. Ein Tenure-Track ist die Option, nach Ablauf der üblichen Zeit, also nach sechs Jahren, übernommen zu werden, wenn man zwischendurch positiv beurteilt wird. Nicht-positive Beurteilungen kommen praktisch nicht vor. Es gibt aber auch die viel cleverere Variante, Juniorprofessuren ohne Tenure-Track auszuschreiben, selbst wenn es in der Perspektive um die Wiederbesetzung einer Professur geht. Man kann den Juniorprofessor so richtig schön ausquetschen und ihm alle ungeliebten Arbeiten aufbürden. Vor allem erwartet man, dass sich der Juniorprofessor bei Abstimmungen ‚angepasst' verhält. Juniorprofessoren stimmen nämlich mit den Professoren ab. Und meistens weiß man oder kriegt man heraus, wer wie abgestimmt hat. Manchmal bittet der Juniorprofessor selbst um offene Abstimmung, damit die, die einmal über sein Schicksal entscheiden werden, auch sehen, wie gut er sich verhält."

„Tantchen, ich kann dir nicht ganz folgen. Worüber stimmen die Juniorprofessoren mit ab?"

„Nochmal für die Uneingeweihten: Die Unis bilden sich etwas ein auf ihre sogenannte akademische Selbstverwaltung. Die funktioniert, grob gesprochen, so: Die Fakultätsräte entscheiden im Wesentlichen, was an den Fakultäten, also den einzelnen Fach-Abteilungen, passiert, und der Senat entscheidet für die Hochschule, also über das große Ganze. In den Gremien, also den Fakultätsräten bzw. dem Senat, wird zum Beispiel über die Berufung von neuen Professoren entschieden. Natürlich gibt es auch Dekane mit Stellvertretern für die organisatorische Leitung der Fakultäten, und das Rektorat oder Prasidium für die Hochschule. Die Fakultätsräte und der Senat bestehen aus Vertretern der einzelnen Gruppen, als da sind Professoren, wissenschaftliche Mitarbeiter, technische Mitarbeiter, Studenten. Die Professoren haben in der Regel die meisten Sitze. Die Gruppen wählen ihre Abgesandten für die Gremien. Ein langgedienter wissenschaftlicher Mitarbeiter, der häufig sogar habilitiert ist, also einen zweiten Doktorgrad besitzt, in der Regel eigene Forschung betreibt und Abschlussarbeiten betreut, darf nicht über die Vertreter der Professoren abstimmen, ein Juniorprofessor schon. Juniorprofessor wird man meistens kurz nach der Promotion, die überdurchschnittlich gut sein soll, es aber nicht in jedem Fall ist. Das Thema der Promotion hat häufig der Doktorvater gestellt. Ob der Juniorprofessor wirklich in der Lage ist, auch eigene Forschungsimpulse zu geben, ist eine Frage, die kaum gestellt wird. Hauptsache, er verhält sich angepasst nach Meinung derjenigen, die das Sagen haben."

„Du tust so, als gäbe es keine Kontroll- oder Beschwerdemöglichkeit?"

„Die gibt es tatsächlich nicht. Ich habe ja schon versucht, dir das klarzumachen. Bei wissenschaftlichem Fehlverhalten, Plagiaten und ähnlichen Verfehlungen, gibt es seit VroniPlag die Möglichkeit, Vorwürfe prüfen zu lassen. Mehr braucht man angeblich nicht. Natürlich verhält sich jeder Uni-Angehörige völlig mustergültig, agiert verantwortungsbewusst und ist stets auf das Wohl des Gemeinwesens bedacht. Seine eigenen Interessen stellt er ganz hinten an. Das Einzige, was problematisch werden könnte, sind Vorwürfe der sexuellen Belästigung. Dafür gibt es spezielle Verfahrensregeln. Unsere Besten lassen deshalb auch immer ihre Bürotüren offen. Ob sie das für sich selbst als Hemmschwelle brauchen oder glauben, dass ihre Attraktivität Studentinnen auf dumme Gedanken bringen könnte, habe ich noch nicht herausgefunden. Vielleicht ist es auch bei dem einen so und bei dem andern eben anders.

Ach so, nochmal zu den Juniorprofessoren. Da der Juniorprofessor eine feste Stelle haben möchte, wird er stets bemüht sein, den potentiellen Mitgliedern seiner künftigen Evaluierungskommission oder der Berufungskommission für die endgültige Berufung jeden Wunsch von den Augen abzulesen. Das führt zu solch kuriosen Fällen, dass sich Juniorprofessoren für die Reduktion der Zahl ihrer zukünftigen Mitarbeiter aussprechen, zugunsten der Zahl der Mitarbeiter potentieller Mitglieder der endgültigen Berufungskommission." Tantchen sah Liebetraut eindringlich an. „Nochmal zum Mitmeißeln: Man dient sich bei anderen an, indem man die Mitarbeiterstellen seines zukünftigen Fachgebietes an die anderen abgibt. Auch wenn die Stellen im Fachgebiet benötigt werden, um eine vernünftige Lehre abzusichern."

„Aber wenn die Stelle ohne Tenure-Track ausgeschrieben ist, bringt das dem Juniorprofessor doch gar nicht viel?"

„Das ist ja gerade der Trick. Wenn man eine Stelle zu besetzen hat und einem der Juniorprofessor, den man gerade hinsichtlich seines Anpassungsvermögens testet, gefällt, behauptet man einfach, es gäbe so etwas wie einen ‚schwachen Tenure-Track‘, und der Juniorprofessor bekommt die Stelle, auch wenn es etliche bessere Bewerber gibt. Gefällt er einem nicht – ein Juniorprofessor kann übrigens auch zu gut sein und seine Überlegenheit nicht ausreichend kaschieren –, beruft man sich darauf, dass es ja keinen Tenure-Track gibt, und der Bewerber muss gehen. Berufungskommissionen für Juniorprofessoren ohne Tenure-Track sind übrigens kleiner als ‚normale‘ Berufungskommissionen. Man kann also leichter die eigenen Interessen durchsetzen, weil nicht so viele zugucken. Transparenz ist etwas, was man nun gar nicht haben möchte bei Berufungsverfahren."

„Du redest immer nur in der männlichen Form. Gibt es denn keine Juniorprofessorinnen?"

„Erstens kann ich diese Gender-Tümelei nicht leiden. Mir war es immer lieber, mit ‚Frau Professor‘, statt mit ‚Frau Professorin‘ angesprochen zu werden. Die Uni Leipzig hat die Situation mit der Anrede ‚Herr Professorin‘ schön auf die Spitze getrieben, auch wenn ich mir bei einigen Beteiligten nicht sicher bin, ob es nicht doch ernst gemeint war. Naja, ich habe ja auch bei Schriftstücken darauf geachtet, mich politisch korrekt auszudrücken. Man muss ja nicht auch dort Angriffspunkte bieten, wo sich der Kampf nicht lohnt. Jetzt bin ich im Ruhestand, und man wird mir hoffentlich nicht das Recht absprechen, meinen Titel zu führen, wenn ich nur die männliche Form benutze."

Das waren ja interessante Ansichten von einer Frau. Und obwohl es mit seinem heutigen Anliegen nichts zu tun hatte, fragte er nach. „Jetzt bin ich aber platt. Bist du gegen die Frauenförderung?"

„Na, sagen wir es mal so: Ich glaube wirklich, dass die Förderung von Frauen, nur weil sie Frauen sind, nicht zum Ziel führen kann. Das Ziel muss doch sein, dass man die Leistung von Frauen anerkennt, nicht, dass man sagt, ‚Da haben sie uns schon wieder eine Quotenfrau aufs Auge gedrückt'. Die Förderung von Frauen, bloß weil sie Frauen sind, ist doch eigentlich eine Diskriminierung. Sie schadet den Frauen, die wirklich gut sind. Ich bin sehr dafür, die Nachteile, die eine Frau durch die Kindererziehung hat, auszugleichen. Aber eine Frau, die keine Kinder hat, besser zu stellen als Männer, die sich an Kinderbetreuung beteiligen, halte ich für ungerecht. Also ‚Nachteilsausgleich für die Frauen, nicht Bevorzugung', sollte meines Erachtens die Devise heißen."

„Und was ist mit der gläsernen Decke?"

„Du meinst, die fiktive Barriere, die Frauen am Aufstieg hindert? Es gibt nach meiner Erfahrung tatsächlich so etwas wie eine Voreingenommenheit gegenüber der Meinung von Frauen. Ich habe es in Gremien mehrfach erlebt, dass ich eine Meinung äußerte und niemand darauf reagierte. Zwei Stunden später sagte ein Mann in derselben Sitzung ohne Bezug auf meine vorher gemachten Äußerungen inhaltlich das Gleiche. Ihm wurde freudig zugestimmt. Ich habe mich manchmal gefragt, wo die Gründe liegen. Ich glaube, dass manche Männer einfach nicht zuhören, wenn eine Frau spricht. ‚Quotenfrau, die spricht nur, um sich wichtig zu machen.' Bei mir kam vielleicht noch hinzu, dass ich beim Reden gelegentlich gedankliche Sprünge mache, manche konnten vermutlich nicht folgen. Allerdings bin ich manchmal auch positiv überrascht worden. Herren, die kluge Töchter haben, reagieren nach meiner Erfahrung viel aufgeschlossener auf die Meinung von Frauen als Väter von Söhnen.

Jedenfalls kann man gerade das Nicht-Zuhören nicht durch Quotierung ändern. Ich denke, man verstärkt es nur noch. Aber das ist ein weites Feld. Hier führt es wirklich zu weit."

Liebetraut fragte aber doch noch einmal nach: „Hast du Ideen, was man stattdessen machen sollte?"

„Nun, ich glaube, dass die Betrachtung von Frauen, aber auch Männern, in ihrer Gesamtleistung in Beruf und Familie etwas bringen könnte. Was haben sie geleistet, das heißt, was haben sie geschafft in der ihnen zur Verfügung stehenden Zeit? Also nicht nur Publikationen zählen als das eine Extrem oder Frauenbonus hinzurechnen als das andere. Aber auch das ist hier nicht unser Thema.

Um auf die Juniorprofessorinnen zurückzukommen: Ihr Anteil war am Anfang tatsächlich ziemlich hoch, viel höher als der Anteil der Professorinnen. Wie es jetzt ist, weiß ich nicht. Die Frauen entschieden sich häufig aus familientechnischen Gründen für eine Juniorprofessur an ihrem Heimat- oder Wohnort. Auch wenn es sich nur um eine befristete Stelle ohne Perspektive handelte."

„Ich muss noch einmal nachfragen. Du tust so, als könne eine einzelne Juniorprofessorenstimme die Richtung eines ganzen Institutes beeinflussen."

„Eine einzelne Stimme nicht, aber wenn das Verfahren zum Prinzip erhoben wird und es nicht viele Professoren gibt, geht das schon. Ich sage nur ‚Hierarchien'. Wenn es die Juniorprofessoren geschafft haben und auf eine richtige Professorenstelle berufen worden sind, brauchen sie natürlich erst einmal eine Pause, um sich zu erholen. Also müssen neue Juniorprofessoren her, die man ausbeuten kann, und so schließt sich der Kreis. Ist doch eine famose Idee."

„Fakt ist aber auch, dass keiner der Juniorprofessoren ein Motiv hätte, oder?"

„Im Moment sehe ich keines. Beim Menzel brauchten sie sich nicht anzudienen. Er war recht selten Mitglied einer Berufungskommission."

„Kommen wir zu den Doktoranden."

„Ja, da gibt es einige, deutlich mehr als früher. Wir nähern uns auch der Situation, dass jeder, der irgendwie einen Master-Abschluss geschafft hat, auch promoviert."

„Was soll denn daran schlecht sein? Kriegt man mit der Promotion nicht einen besseren Job?"

„Nicht mehr, wenn jeder promoviert. Wir haben doch jetzt schon die Situation, dass Absolventen, die die ‚richtigen' Lehrveranstaltungen gehört haben, von den Arbeitgebern solchen mit einer Promotion über ein ‚rein akademisches' Thema vorgezogen werden. Aber die Situation der jungen Leute interessiert ja niemanden. Die betreuenden Professoren wollen willige und billige Hilfskräfte, was sich in einer höheren Zahl von Publikationen niederschlägt. Immerhin muss der Betreuer ja auf den Veröffentlichungen als Autor mit aufgeführt werden, auch wenn er die Arbeit nicht einmal gründlich gelesen, geschweige denn sachdienliche Hinweise gegeben hat. Und der Staat hat natürlich auch etwas davon. Schließlich werden hier Arbeitslosenzahlen geschönt. Also die Nachwuchsförderung, wie die Promoviererei so schön heißt, ist ein Win-Win-Geschäft für die Hochschulen und die Politik."

„Das kriegen die jungen Leute doch auch mit. Warum machen die denn mit?"

„Jeder glaubt doch irgendwo, dass er wirklich ein bisschen besser ist als die anderen. Und bessere Chancen auf Gebieten wie der Wohnungssuche in Großstädten hat man angeblich tatsächlich. Nicht zu vergessen, die Familie. Eltern sind stolz auf die abgeschlossene Promotion des Sprösslings, die Großeltern machen Versprechungen ... Wenn man dann in der Realität ankommt, ist die Quarterlife-Crisis vorprogrammiert. Man hat ziemlich viele Jahre auf ein Ziel hingearbeitet, das man nun ad acta legen muss. Hat sich viel Spezialwissen angeeignet, das einem auf einem anderen Gebiet gar nichts nützt. Und die ganze Plackerei in der Regel bei einem bescheidenen Gehalt."

„Aber was soll man denn deiner Meinung nach stattdessen tun?"

„Sicher wären an den Universitäten mehr unbefristete Stellen unterhalb der Professuren wünschenswert. Ich persönlich halte auch eine engere Verknüpfung zwischen Forschungsgesellschaften, Universitäten und Fachhochschulen für sehr nützlich und notwendig. Teilweise geschieht das ja schon. Was man gegen die Flut zweitklassiger Promotionen tun kann, weiß ich auch nicht. Die Forschungsleistung, die dadurch erbracht wird, könnte jedenfalls häufig effektiver von unbefristet eingestellten Mitarbeitern geleistet werden. Aufklärung der jungen Leute über die Berufsaussichten nach der Promotion könnte vielleicht helfen. Aber das will die

Politik ja nicht. Manche propagieren auch ‚Bildung als einen Wert an sich'. Die jungen Leute haben etwas zu tun, haben eine Aufgabe. Ich weiß nicht, was richtig ist. Aber wenn wir nun einmal bei dem Thema sind: Meinst du nicht, dass man die Doktoranden stärker in den Fokus rücken müsste?"

Liebetraut horchte auf. Die ganze Zeit hatte er sich schon gefragt, worauf Tantchen eigentlich hinauswollte. Natürlich wollte sie ihn aushorchen, aber vielleicht wollte sie auch seine Aufmerksamkeit in eine bestimmte Richtung lenken. Aber bisher zeichnete sich in seinen Augen keine klare Richtung ab. Also fragte er: „Hast du einen konkreten Verdacht?"

Tantchen zögerte eine Weile. Sie schien irgendetwas abzuwägen. Dann sagte sie zu seiner Überraschung: „Nein, ich habe keinen Verdacht. Aber ich glaube nicht, dass es eine oder einer von den Professoren war."

„Sondern?"

„Ich glaube, dass es um existentielle Probleme geht, nicht um Rache, Neid oder Missgunst. Nicht um die Vergangenheit, sondern um ‚Future'."

„Also hast du doch einen Verdacht. Du hast mich doch eingeladen, um mir etwas zu suggerieren."

„Dass ich dir einen besseren Überblick und auch mal ein ordentliches Abendessen verschaffen wollte, kommt dir aber nicht in den Sinn! Aber es ist schon spät. Wir können ein andermal weiter reden. Ich bin müde."

Liebetraut erinnerte sich gehört zu haben, dass Tantchen immer früh zu Bett ging. Eine komische Angewohnheit, für die er nicht viel Verständnis aufbrachte. Aber für heute war es wohl wirklich genug.

Da fiel ihm noch etwas ein. Bisher hatten sie Lehrkräfte diskutiert. Man durfte auch die Studenten nicht außer Acht lassen. Womöglich würde noch jemand anderes die Frage aufwerfen, was sie in dieser Richtung zu unternehmen gedachten. Wenn er darauf eine Antwort hatte, konnte er zumindest bei seinen Mitarbeitern punkten. Tantchens Meinung dazu lieferte vielleicht einen Ausgangspunkt.

„Sag mal, hältst du es für möglich, dass ein Student involviert ist?"

„Du meinst, dass ein Student den Menzel abgemurkst hat?" Liebetraut nickte schweigend.

„Das halte ich für relativ unwahrscheinlich. Er hat sich bei den Studenten eingekratzt. Ich glaube sogar, dass er den Studenten manchmal Listen ausgegeben hat, auf denen die Prüfungsfragen standen."

„Das gibt es aber öfter, das ist sogar bis zu mir vorgedrungen. Kommt doch darauf an, wie viele Fragen es waren."

„Ich denke, es waren nicht sehr viele. Aber du hast schon Recht. Dozenten, die in der letzten Vorlesungsstunde eine Frage aus der kommenden Klausur erläutern, oder solche, die leichtere Prüfungen versprechen, wenn die Studenten brav sind, sind nicht so selten, wie mancher denkt. Ich glaube auch, dass manche Vorlesenden ausgewählte Studenten direkt auffordern, sie für einen Lehrpreis oder Ähnliches vorzuschlagen. Oder sich im Internet lobend über sie zu äußern. Vielleicht sogar, sich über andere zu beklagen. Ich habe übrigens gelesen, dass man ,Likes' und ,Dislikes' auch im Internet kaufen kann. Ich bin auch deshalb nicht bei Facebook, weil ich so etwas nicht lesen will. Ich wäre sicher oder bin vielleicht sogar schon nicht gut weggekommen."

„Ich vermute, dass der Menzel auch sehr gute Noten gegeben hat."

„Ich habe das in der letzten Zeit nicht mehr verfolgt. Aber ich glaube, dass er noch ein bisschen die alten Maßstäbe verinnerlicht hatte, die natürlich strenger waren als die heutigen. Wie schon gesagt, manches, was heutzutage als Promotion durchgeht, wäre früher nur eine gute Diplomarbeit gewesen. Und die Noten werden jedes Jahr besser. Ich habe sogar von Fachgebieten an anderen Einrichtungen gehört, wo angeblich am Ende immer die Note 1 für die Abschlussarbeiten vergeben wird. Hin und wieder sollen die Abschlusswilligen aber deutlich länger als die sogenannte Regelstudienzeit benötigt haben, bis der Chef seine Ansprüche erfüllt sah. Früher hieß es ‚Leistung ist Arbeit pro Zeiteinheit‘. Heute geht es nur noch darum, ‚Kompetenzen zu erwerben‘, und das dauert gelegentlich etwas länger. Das muss man schon akzeptieren. Allerdings geht das Kompetenzsammeln gelegentlich auch auf Kosten der Studenten.“

„Was heißt denn das nun wieder?“

„Na, dass Doktoranden so lange als Übungsassistenten eingesetzt werden, bis sie den Stoff selbst verstanden haben. ‚Man kann zwar nicht alles lernen, aber alles lehren‘, ist ein beliebter Spruch.“

Liebetraut merkte, dass das Ende seines Geduldsfadens in Sichtweite kam. Weitere Sprüche dieser Art wollte er nun wirklich nicht mehr hören. Er musste morgen wieder aufgeschlossen wirken, so, als sei jede Äußerung der geschätzten Gesprächspartner eine Offenbarung für ihn. Noch ein paar boshafte Bemerkungen von Tantchen, und er würde diesen Spagat mit Sicherheit nicht hinkriegen. Resigniert verabschiedete er sich mit dem Versprechen, Tantchen im Rahmen des Legalen auf dem Laufenden zu halten. Ihm war aber klar, dass ihm ein weiteres Gespräch mit dieser renitenten Person vermutlich schwerfallen würde. Sie legte es offenbar darauf an, ihm den Glauben an die Wissenschaft zu nehmen. Postfaktisches Zeitalter? Waren Wissenschaftler wie Tantchen schuld?

Freitag

Tantchen erwachte. Es war kurz nach sechs. Sie musste wieder an das Gespräch mit Renate denken. Am Sonntagmorgen hatte die jemanden im Wald gesehen, zu einer unmöglichen Zeit, an einem unmöglichen Ort. Das konnte doch nur mit einem unmöglichen Ereignis zusammenhängen. Genau genommen, mit einem fast unmöglichen Ereignis. Denn schließlich war der Herr Menzel ja tot.

Hatte ihr Renate nicht neulich von der 'Ndrangheta erzählt? Engelsburg und das organisierte Verbrechen, die Bilder würden es locker in die überregionalen Medien schaffen. Der beste Zeitpunkt, um einen Studiengang „Kriminalwissenschaften" an der Hochschule einzuführen. Das würde bestimmt den Sinkflug der Immatrikulationszahlen für eine Weile stoppen. Und dann konnte man weiter denken, neue Studiengänge einführen wie „Kriminalwissenschaften und Medien", „Kriminal- und Wirtschaftswissenschaften" – hier sah sie besonders viel Potential – „Kriminal- und Ingenieurwissenschaften", nicht zu vergessen „Kriminalwissenschaften und Informatik". Die Hochschule würde aufblühen.

Es war zu schön, um wahr zu werden. Menzel und die 'Ndrangheta, das war nicht nur fast unmöglich, das war unmöglich. Tantchen begann seufzend über weniger spektakuläre Auflösungen nachzudenken. Sie zwang sich, die Fakten auf Für und Wider zu prüfen. Ein junger Mann im Wald, der angstvoll geguckt hatte. Obwohl, bei „jung" war sich Renate auf Nachfrage dann doch nicht mehr so sicher gewesen. Und „Mann" war auch nicht hundertprozentig verbürgt.

Aber mal angenommen, es war ein junger Mann gewesen. Konnte es ein Student oder ein Doktorand gewesen sein, der den Herrn Menzel entsorgen wollte? Aber warum? Das Motiv war wohl wie meistens der entscheidende Punkt. Wo konnte Menzel Schaden anrichten? Er konnte schlechte Noten geben, Studenten durchfallen lassen, Doktoranden schlechte Bewertungen schreiben. Und er konnte in der aktuellen Berufungskommission falsch abstimmen.

Noten! Liebetraut hatte vermutlich eine Liste der Studenten angefordert, die beim Herrn Menzel durchgefallen waren. Viele konnten das nicht sein. Aber sie selbst würde auf jeden Fall nach Mitteln und Wegen suchen müssen, mal einen Blick darauf zu werfen. Blieben noch die Doktoranden. Menzel hatte zurzeit zwei Doktoranden, einer war kurz vor dem Abschluss seines Promotionsvorhabens. Hartmut hatte erzählt, dass es schon einen Verteidigungstermin gab, und dass man in Menzels Computer das fertige Gutachten gefunden hatte, nebst sehr guter Note. Menzel hatte mehrfach im Gespräch die guten Ergebnisse des Doktoranden hervorgehoben. Wenn das Gutachten nicht gültig sein sollte, weil der Herr Menzel nun keine Gelegenheit mehr hatte, es persönlich zu unterzeichnen, konnte man leicht jemanden finden, der es mehr oder weniger abschrieb. Schon hatte man das Ersatzgutachten. Dumm war nur, dass vermutlich das zweite reguläre Gutachten bereits auf diesem Weg entstanden war. Man würde ein bisschen variieren müssen. Aber seit die jungen Professoren durchgesetzt hatten, dass Gutachten nicht mehr verlesen wurden, waren auch ähnlich lautende Textpassagen kein wirkliches Problem mehr. Es gab also von dieser Seite keinen Anlass, dem Herrn Menzel nach dem Leben zu trachten.

Tantchen seufzte. Irgendetwas stimmte aber trotzdem nicht ganz. Sie hatte da so ein Bauchgefühl. Dummerweise konnte ihr Bauch sich nur durch Laute bemerkbar machen, die sie noch nicht zu deuten verstand. Und der Weg vom Bauch zum Gehirn schien bei ihr länger zu sein, als man nach den Anatomie-Bildern vermuten würde. Vielleicht konnte Bewegung den Vorgang beschleunigen. Immerhin war Bewegung ja erwiesenermaßen gut für den „innerkörperlichen" Transport irgendwelcher Stoffe, die von außen zugeführt wurden. Warum sollte das nicht auch für das Netzwerk des Informationstransportes im Körper gelten? In schwierigen Situationen war sie ja instinktiv immer herumgelaufen. Doch jetzt war es noch finster draußen, und auf den „belebenden Blick" der Sonne musste sie noch ein bisschen warten. Also zwang sie sich, die Fakten im Sitzen zu durchdenken.

Zuerst die Berufungskommission. Die Zwischenergebnisse wurden als großes Geheimnis gehütet. Nachdem vor Jahren einmal ein Mitglied der falschen Person gegenüber etwas hatte verlauten lassen, wurden alle Mitglieder zur strengsten Verschwiegenheit verpflichtet. Nicht einmal die Namen derjenigen, die eine Einladung zu Vortrag und Bewerbungsgespräch erhielten, durften genannt, geschweige denn wie früher am schwarzen Brett ausgehängt werden. In ihren Augen konnte es dafür nur einen Grund geben: Es sollte gemauschelt werden, was das Zeug hielt.

Was wusste sie eigentlich über das aktuelle Berufungsverfahren? Offenbar hatte die letzte Sitzung, auf der über die Listenkandidaten abgestimmt wurde, noch nicht stattgefunden. Aber die Eingeweihten waren sich bestimmt schon einig, es galt höchstens noch zwei oder drei Naive zu überzeugen. Die Studierenden und die Doktoranden, die als Promotions-„Studenten" zur Gruppe der Studierenden zählten, waren leicht zu beeinflussen. Meistens war einer ihrer potentiellen Gutachter unter den „Eingeweihten". Da die

Abstimmungen häufig offen erfolgten, brauchte man in einem solchen Fall nur zu gucken, wann die Eingeweihten die Hand hoben. Die Mitarbeiter waren sowieso sorgsam ausgewählt worden, hinsichtlich Beeinflussbarkeit, Abhängigkeitsverhältnis oder Desinteresse. Eigentlich ging es nur darum, herauszufinden, ob es Differenzen unter den professoralen Mitgliedern der Kommission gab.

Die Frau Hofmeier war als Frau ein gesetztes Mitglied. Zwar gab es noch die Frau Rieger, die theoretisch auch bei der Frauenquote Berücksichtigung finden konnte, aber die war ein bisschen störrisch, das behinderte gegebenenfalls die Durchsetzung der Absprachen. Sogenannte „auswärtige" Mitglieder der Kommission, also solche aus anderen Fakultäten und anderen Unis, hatten selten eine eigene Meinung. Sie wollten häufig nur einen guten Eindruck machen und durch kluge Fragen glänzen, manche nicht einmal das. Zwar gab es vereinzelt Kommissionsmitglieder aus anderen Hochschulen, die eigene Absolventen durchsetzen wollten, aber mit denen wurde man fertig, wenn man sich einig war. Theoretisch sollte es ja keine solchen Interessenskonflikte geben, aber wenn man einmal einen angesehenen Auswärtigen herumgekriegt hatte, würde man ihn doch nicht wegen solcher Lappalien wie Befangenheit wieder aus der Kommission entfernen.

Natürlich wurden auch noch auswärtige Gutachter bemüht. Aber die konnte man erstens zweckdienlich auswählen und zweitens über die eigenen Präferenzen informieren. Nicht umsonst wurden als auswärtige Gutachter gern ehemalige Kollegen gewonnen, natürlich nur, wenn sie im Guten gegangen waren.

Bekannt war der Name des Vorsitzenden der Kommission. Er hatte nach ihrer Erfahrung nicht viele Kenntnisse auf dem speziellen Fachgebiet, um das es in der Berufung ging. Man war also in diesem Fall nicht so sehr daran interessiert, eine fachlich kompetente Person zu berufen. Was wollte man dann? Zweifellos jemanden, der gut „passte", sich also willig in die eingespielte Hierarchie einordnete.

Die Professur gehörte im weitesten Sinn zu einem Themengebiet, das auch der Herr Menzel beackerte. Kannte er jemanden aus dem Bewerberfeld näher? Wollte er jemanden verhindern oder puschen? Verhindern war bei Menzels Mentalität die wahrscheinlichere Variante. Wie kam sie an diesbezügliche Informationen aus der Kommission?

Am Freitagmorgen um 8.00 Uhr trafen sich Liebetraut und seine Mitarbeiter wieder im Besprechungsraum. Liebetraut erzählte von Leons Beobachtungen und informierte noch einmal detailliert über die Erkenntnisse der Gerichtsmedizin und das Gespräch mit Frau Professor Rieger. Und obwohl alle Kollegen in den Gesprächen mit den Mitarbeitern mehr oder weniger geschickt nach Personen gefragt hatten, die eine Pyramide besaßen, war diesbezüglich nichts Verwertbares herausgekommen. Offenbar wusste niemand von den Befragten etwas von der Pyramide der Frau Rieger. Es gab lediglich einige Hinweise auf eine Sammlung von Anschauungsobjekten, die in einem Schrank im Flur lagerte und weitgehend in Vergessenheit geraten war. Die dort gelagerten Pyramiden waren materialmäßig nicht geeignet, den Hinterkopf des Herrn Menzel zu deformieren.

Die Kollegen hatten eine Liste erstellt, wer am Freitagnachmittag der Vorwoche und am Sonnabend im Institut gewesen war. Ein älterer Kollege namens Prüfer hatte angegeben, den Herrn Menzel am Freitagnachmittag gegen 15.30 Uhr kurz gesprochen zu haben. Der Herr Prüfer war für die Organisation des Übungsbetriebes zu dem von Menzel gelesenen Kurs zuständig und machte sich in der Regel am Freitagnachmittag noch einmal kundig, wie weit der Herr Menzel im Vorlesungsstoff gekommen war. Herr Prüfer war sich ziemlich sicher, dass er nicht vor 15.30 Uhr bei Menzel gewesen war, denn er hatte auf die Uhr geschaut. Er rief am Nachmittag zwischen 15.30 Uhr und 16.00 Uhr stets seine Mutter an, um sie an die Einnahme ihrer Medikamente zu erinnern. Nachdem er mit Menzel gesprochen hatte, war ihm die Frau Rieger aufgefallen, die gerade in ihr Arbeitszimmer ging. Das war ihm seltsam vorgekommen, denn um diese Zeit verließ man doch eher das Arbeitszimmer, als dass man hineinging, nicht wahr?

Herr Prüfer hielt sich nach Auskunft vieler häufig am Wochenende im Institut auf. Dass Herr Menzel gegen 15.45 Uhr noch lebte, wurde auch von Herrn Meinel, einem Doktoranden, bestätigt. Meinel, der auf dem Weg zum Fahrradständer war, hatte Menzel am Fenster gesehen, als das Smartphone klingelte. Das war um 15.43 Uhr gewesen. Menzel stand häufig am Fenster und schaute auf die Straße hinab, das war mehrfach bestätigt worden. Neben der Frau Rieger, die glaubte, Menzel gehört zu haben, war noch Herr Wang, ein chinesischer Doktorand, im Gebäude gewesen. Er gab an, die ganze Zeit in seinem Büro gearbeitet und nichts gesehen oder gehört zu haben. Auch die Angaben von Herrn Wang wurden durch die Aussagen von anderen gestützt. Herr Wang schien das Wort „Wochenende" nicht zu kennen. Er arbeitete immer.

Außer den bereits genannten Personen war am Freitagnachmittag noch Frau Kern, eine junge Mitarbeiterin, kurz im Institut gewesen. Sie sollte Professor Raupenfelds Vorlesungen vertreten und hatte dazu Unterlagen geholt, die sie am Morgen vergessen hatte. Frau Kern war aber bereits vor 15.30 Uhr wieder gegangen.

Am Sonnabendmorgen war angeblich niemand von den Mitarbeitern und Professoren im Institut gewesen, am Sonnabendnachmittag dagegen gleich mehrere. Die mussten im Hinblick auf den Ticketkauf und mögliche Beobachtungen noch einmal gründlich befragt und überprüft werden. Leider konnte man ja auch die Möglichkeit nicht ganz ausschließen, dass sich jemand von außerhalb ins Netz gehackt hatte. Nach Konrads Ansicht war das aber relativ unwahrscheinlich. Bisher waren keine Anhaltspunkte gefunden worden, die darauf hindeuteten.

Die Befragung in den Nachbargebäuden auf dem Campus und in den Wohnhäusern neben dem Institutsgebäude hatte ebenfalls nicht viel ergeben. In den beiden Nächten hatte außer Leon offenbar niemand etwas gesehen oder gehört, was die Untersuchungen weiterbringen könnte. Allerdings waren tagsüber auch mehrere Studenten im Institutsgebäude gewesen. Die Befragung der Studenten dauerte noch an. Es gab Hinweise auf drei Autos, die offenbar häufiger in der Straße am Rand des Campus parkten und einigen Anwohnern ein Dorn im Auge waren. Man arbeitete an der Ermittlung der Fahrzeughalter. Vermutlich waren es Studenten. Die Mitarbeiter parkten in der Regel auf dem Parkgelände hinter dem Institut, das allerdings durch eine Schranke abgesperrt war. Ohne Parkkarte kam man da nicht hinein, und die Parkkarte kostete Geld.

Lediglich eine Nachbarin konnte etwas detailliertere Angaben machen. Sie bestätigte, dass Frau Kern am Freitag gegen 15.20 Uhr aus dem Institut gekommen und nach Hause gegangen war. Sie selbst sei mit ihrem Hund unterwegs gewesen. Man kenne sich aus einem Zumba-Kurs und habe kurz ein paar Worte gewechselt. An die Uhrzeit könne sie sich gut erinnern, weil die Bekannte gesagt habe, sie müsse sich beeilen, denn für 15.45 Uhr habe sich Besuch angekündigt.

Mehrere Personen waren sich darin einig, dass abends noch längere Zeit Licht auf den Fluren des Institutes gebrannt hatte. Die Fenster der Arbeitszimmer und des Aufenthaltsraumes für die Studenten konnten allerdings von außen nicht eingesehen werden.

Auf Liebetrauts Smartphone ging eine Nachricht ein. Die Spusi hatte eine Pyramide in einem Schrank im Flur gefunden, vermutlich das gute Stück der Frau Rieger. Leider war sie gründlich mit einem Desinfektionsmittel gesäubert worden. Die Untersuchung des Schrankes dauerte noch an.

Insgesamt fiel das Fazit der Besprechung ernüchternd aus. Sie hatten keinen Anhaltspunkt, vor allen Dingen kein Motiv. Und falls Menzel im Institut getötet worden war, blieb immer noch die Frage des Transportes der Leiche. Ohne Spuren zu hinterlassen, konnten das nur mindestens zwei durchschnittlich gebaute Personen oder ein starker Mann bewerkstelligen. Wie Bodybuilder sahen die Damen und Herren Akademiker nun wirklich nicht aus. Was sollten Liebetraut und seine Gruppe denn jetzt tun? Sie konnten doch nur routinemäßig weitermachen. Die Befragung einiger Studenten stand noch aus, und der „Pyramiden-Anrufer" konnte vielleicht auch etwas zur Aufklärung beitragen, wenn sie ihn denn fanden. Ein kleines bisschen Hoffnung gab es noch in Bezug auf die Untersuchung des Schrankes, in dem die Pyramide gefunden worden war.

Liebetraut beendete die Besprechung. Tantchen hatte wohl Recht. Das hier konnte nur ein Insider entwirren. Niedergeschlagen ging er zu den Leuten der Spurensicherung, die noch am Schrank zugange waren. Hans erklärte ihm, dass die Pyramide hinter ein paar Büchern versteckt gewesen sei. Aber eine Staubschicht vor den Büchern und verräterische Schleifspuren waren wie ein Fingerzeig, dass hier etwas gefunden werden konnte oder sogar sollte. Enthielt der Inhalt des Schrankes vielleicht sonst noch einen Ansatzpunkt?

Vor seinem provisorischen Dienstzimmer wurde Liebetraut zu seiner Überraschung erwartet. Der Systemadministrator Mehlmann bat ihn um ein Gespräch. Er berichtete, dass der Computerwagen am Wochenende möglicherweise bewegt worden war, und zwar nicht von Mehlmann selbst. Es dauerte eine Weile, bis Liebetraut begriff, dass mit „Computerwagen" ein kleiner Wagen gemeint war, mit dem Mehlmann Computer, Drucker und ähnliche Geräte transportierte. Normalerweise stand der Wagen in einem abgeschlossenen Raum im Keller. Am Wochenende hatte der Wagen jedoch für alle zugänglich auf dem Flur gestanden.

Mehlmann war am Freitagnachmittag spät dran gewesen. Seine Frau wollte mit ihm zum Einkaufen fahren und wartete bereits auf dem Parkplatz. Also hatte er sich vorgenommen, den Computerwagen gleich am Montagmorgen an seinen Platz zu bringen. Als er am Montag den Wagen wegfahren wollte, hatte er das unbestimmte Gefühl gehabt, dass der Wagen nicht mehr so stand, wie er ihn am Freitag zurückgelassen hatte. Er hatte sich nichts dabei gedacht. Vermutlich war der Wagen der Putzfrau im Weg gewesen. Die Sekretärinnen hatten aber beim Kaffeetrinken gemeint, Mehlmann müsse das unbedingt melden.

Liebetraut war elektrisiert. Mit dem Computerwagen konnte auch eine Person allein eine Leiche transportieren, und diese Person musste nicht einmal Dauergast im Fitnessstudio sein. Er ordnete sofort eine Untersuchung des

Computerwagens an. Nun musste er nur noch den möglichen Weg herausfinden. Er lief los: Fahrstuhl, Kellergänge, bis zu dem Ausgang, der zu Leons Beobachtung passte. Es gab in den Kellergängen einige Engstellen. Hier hatte man vermutlich nur Türen entfernt, die Türrahmen waren aber noch da. Es musste schwierig gewesen sein, den Computerwagen mit Fracht hindurch zu bugsieren. Liebetraut untersuchte die Türrahmen gründlich. Er fand nichts, absolut nichts. Wieder eine Sackgasse!

Tantchen absolvierte ihr morgendliches Gymnastikprogramm und versorgte ihre Pflanzen. Nachdem sie ihre Mails gelesen und teilweise beantwortet hatte, beschloss sie eine kleine Runde zu gehen, in der Hoffnung, dass sich ihr Bauch etwas verständlicher ausdrückte.

Und sie hatte wirklich einen Geistesblitz! Ob dafür nun eine Kommunikation zwischen Bauch und Gehirn gesorgt hatte, war jetzt wohl zweitrangig. Ihr war plötzlich klar geworden, was sie an der Doktoranden-Sache irritiert hatte. Sie erinnerte sich an die Verteidigung der Promotion eines früheren Doktoranden des Herrn Menzel. Menzel hatte ein mit Klebezetteln vollgestopftes Exemplar der Dissertation dabei gehabt und eine Mappe, aus der er Fragen zitierte. Und sie hatte doch die dicke Mappe auf Menzels Schreibtisch gesehen. Es musste auch jetzt eine Liste mit Fragen geben. Da war sie sich sicher. Warum hatte Hartmut nichts davon gesagt? Sie erinnerte sich an die Aussage „Ein paar Fachfragen muss er sich ja auch ausdenken". Behrmann brauchte doch nur die Zettel zu lesen.

Was aber, wenn die Unterlagen nicht gefunden worden waren? Dass Menzel die Unterlagen vernichtet haben könnte, hielt sie für ausgeschlossen.

Vielleicht hatte Menzel einen Fehler gefunden und den Doktoranden damit konfrontiert. Dieser hatte überreagiert und bums! Und dann hatte der Doktorand die belastenden Unterlagen verschwinden lassen. So könnte es gewesen sein.

Andererseits, verrannte sie sich da nicht? Menzel hatte den Doktoranden gelobt. Das konnte sie aus eigenem Erleben bestätigen. Selbst wenn die Arbeit einen Fehler enthielt, hätte Menzel das nicht an die große Glocke gehängt. Er blamierte sich ja als Betreuer damit selbst.

Einen kurzen Moment dachte sie daran, Liebetraut zu informieren. Aber was sollte das bringen? Bestenfalls würde er sich ihre Theorie anhören und nach der Dissertation suchen lassen. Und dann? Bis jetzt war ja alles nur Spekulation. Wenn die Idee ins Leere führte, war vermutlich ihre Karriere als „informelle Mitarbeiterin" erledigt. Sie musste die Sache allein angehen.

Doch zuerst einmal musste sie sich vergewissern, dass tatsächlich keine Fragen gefunden worden waren. Sie rief Hartmut an und fragte ihn, was genau der Behrmann gesagt hatte. Hartmut sagte, er könne sich an folgenden Dialog erinnern:

H: „Na, da brauchst du das Gutachten doch nur abzuschreiben. So groß ist der Aufwand doch gar nicht."

B: „Ja, aber ich muss die Arbeit trotzdem in großen Teilen lesen. Schließlich soll es ja eine halbe Stunde Diskussion geben. Ich muss die Fragerei doch weitgehend allein bestreiten. Wenn sich die anderen Mitglieder aus der Promotionskommission wenigstens eine Anstands-Frage abquälen, muss man schon zufrieden sein. Damit kann man doch keine halbe Stunde füllen. Also muss ich mir ein paar Fragen ausdenken." Kein Hinweis auf Fragen, die der Herr Menzel notiert hatte.

Sie musste Menzels Exemplar finden. Doch da gab es leider ein Problem. Sie dachte nach. Wenn sie einen Blick in die Dissertation werfen wollte, musste sie sich in einigen Büros umsehen. Ein Generalschlüssel wäre jetzt gut.

Aber sie hatte keinen, hatte nie einen besessen. Ihr fiel niemand ein, den sie bitten konnte, ihr einen zu leihen. Was hätte sie denn als Grund angeben können? Ich will mal kurz ein paar Zimmer durchstöbern? Nein, hier musste man geschickter vorgehen. Da fiel ihr die Klage einer Bekannten ein, dass der Raupenfeld schon wieder verreist war. Vielleicht konnte man damit etwas anfangen.

Sie schaute nach, wann Regina, mit der sie früher hin und wieder zusammengearbeitet hatte, Unterricht hatte. Heute bis 12.30 Uhr am anderen Ende des Campus. Das passte gut. Danach fuhr sie immer gleich nach Hause, ohne noch einmal in ihr Büro zu kommen.

Kurz vor Dienstschluss erschien Tantchen zum Erstaunen von Marie im Sekretariat und gab an, sie müsse Regina etwas geben, was nicht ins Postfach passe. Sie würde es gern gleich in Reginas Zimmer legen. Wenn sie sich also mal kurz den Generalschlüssel ausborgen könne? Sie sei sofort zurück. Marie war einverstanden. Sie musste den Bus erreichen und war ein bisschen spät dran. Eschenbach hatte sie bis zuletzt beschäftigt, und jetzt waren noch die Sachen zusammenzupacken.

Tantchen lief los. Auf dem Weg zu Reginas Zimmer machte sie einen Abstecher zu Raupenfelds Büro. Der war ja passenderweise auf Reisen. Ein Glück, dass sie einmal gesehen hatte, wo er den Generalschlüssel aufbewahrte. Sie nahm den Schlüssel an sich, legte zwei alte, fachlich halbwegs passende Bücher in Reginas Zimmer und lieferte den Sekretariats-Generalschlüssel bei Marie ab. Hoffentlich fiel ihr noch ein guter Grund ein, wieso gerade diese beiden alten Bücher an diesem Tag den Weg zu Regina finden mussten. Irgendein Missverständnis, das man ihr in ihrem Alter sicher leicht abkaufte, wäre eine Möglichkeit. Wenn auch nicht gerade eine, die ihr behagte. Man musste ja nicht noch bewusst daran arbeiten, für senil gehalten zu werden. Und eine Idee, wie sie Raupenfelds Bürotür nach dem späteren Zurücklegen des Generalschlüssels wieder verschließen konnte, fehlte auch noch. Aber das war jetzt zweitrangig. Ihr würde schon noch etwas einfallen. So bald würde der Raupenfeld ohnehin nicht zurückkommen und seinen Schlüssel vermissen. Und so ein Generalschlüssel hatte bei Mordermittlungen, insbesondere illegalen, unbestreitbare Vorteile.

Nun musste Tantchen ein bisschen warten. Sie ging zum nahe gelegenen Backshop und trank einen Tee. Behrmann war häufig lange im Institut, genauso wie früher Menzel. Wenn Behrmann nach Hause ging, musste er am Backshop vorbei.

Behrmann kam und kam nicht. Schon befürchtete sie, dass der Shop schließen würde, bevor Behrmann auftauchte. Hatte er vielleicht einen anderen Weg genommen? Da, endlich bog er um die Ecke. Sie ging zurück zum Institutsgebäude und hielt Ausschau nach eventuell noch beleuchteten Zimmern.

Entwarnung. Auch der Chinese schien nicht mehr da zu sein. Sie zog ihre neuen Gartenhandschuhe an und betrat das Gebäude über den Hintereingang.

In Behrmanns Zimmer fand sie schnell die Dissertation, und zwar in zwei Exemplaren. Eins gehörte wohl offiziell dem Behrmann als Gutachter. Und das andere war sicher Menzels Exemplar, das Behrmann an sich genommen hatte, ob nun mit oder ohne Wissen des Kommissars. Es gab im „Menzel-Exemplar" einige Klebezettel, aber darauf standen nur vereinzelt Notizen. Das passte nicht zu Menzel.

Das war nicht Menzels Exemplar. Aber wessen Exemplar war es dann? Und wo war Menzels Exemplar?

Entschlossen machte sie sich auf den Weg zu Baumanns Büro. Inzwischen war es dunkel geworden. Vorsichtshalber zog sie auch die Jalousien vor das Fenster, bevor sie mit der Taschenlampe das Zimmer durchsuchte. Sie wollte schon aufgeben, als sie die Dissertation unter zwei Masterarbeiten fand. Gleich beim ersten Blick war ihr klar, dass sie Menzels Exemplar in den Händen hielt. Sie kannte seine Schrift. Eilig fotografierte sie die Seiten mit den Klebezetteln. Ein Klebezettel war rot. An der Seite stand ein großes F. Sie überflog die Seite. Tatsächlich, das war vermutlich ein Fehler. Ein Fehler, wie er in einer Promotion nicht passieren durfte. Sie las die Einleitung, blätterte weiter. Auf den ersten Blick schien es sich bei dem Fehler allerdings nicht um ein Resultat zu handeln, das den Rest unbrauchbar machen konnte. Wenn es keine weiteren Fehler gab, hätte die Promotion vermutlich „durchgehen" können. Sie konnte sich an eine Dissertation an einer anderen Einrichtung erinnern, von der ihr ein Kollege erzählt hatte. Es hatte mehrere Gutachter gegeben, und die Ergebnisse waren auch publiziert worden, wofür ja noch einmal ein Begutachtungsprozess durchlaufen werden musste. Zur Erlangung der Ergebnisse waren aber ungeeignete Methoden eingesetzt worden, was die Arbeit völlig wertlos machte. Keiner der Gutachter hatte etwas gemerkt oder merken wollen. Und der Promovend hatte noch eine hervorragende Karriere hingelegt.

Und hier? War noch mehr falsch? Es gab nur den einen roten Zettel. Warum sollte Baumann den in der Arbeit lassen und die anderen entfernen? Das ergab keinen Sinn. Es handelte sich wohl nur um den einen Fehler. Aber vielleicht hatte dieser doch schwerwiegendere Konsequenzen, die sie noch nicht überblickte?

Ja, Konsequenzen! Das musste es sein. Aber andere Konsequenzen als nur eine schlechtere Note! Ob der Herr Baumann bei diesem Fehler noch die vorgesehene Assistentenstelle bekommen würde, war fraglich. Andererseits, warum sollte er nicht? Es ging doch nur darum, ob er „menschlich passte". Und nach Ansicht mehrerer Kaffeerunden konnte er ganz gut mit den Macken des Herrn Menzel umgehen. Manche hielten es sogar für möglich, dass es zwischen dem Herrn Menzel und seinem Doktoranden so etwas wie Vertrautheit gegeben habe. Und außerdem: Die Freundin von Baumann hatte über das Frauenförderprogramm eine Stelle bekommen. Baumann und seine Freundin waren so etwas wie das Vorzeigepaar des Institutes geworden. „Familienfreundlichkeit – bei uns ist sie gelebte Realität." Mit solch schönen Sätzen konnte man fortan bei Werbeveranstaltungen punkten.

Damit konnte wahrlich nicht jede höhere Bildungseinrichtung werben. Um Karriere im Hochschulwesen zu machen, musste man heutzutage entweder eine Frau sein oder einen verdammt langen Atem haben. Man musste sich von Befristung zu Befristung hangeln, was in der Regel stets mit einem Wechsel der Uni verbunden war. So konnte man weite Teile Deutschlands kennenlernen und sich im Ausland umtun. Manche hatten aber nicht das nötige Durchhaltevermögen, gaben zu früh auf und nahmen einen Job in einem Unternehmen an. Unternehmen, die Hochschulabsolventen suchten und bei denen man hoffen konnte, dass es sie auch in zwanzig Jahren noch geben würde, waren im Osten leider dünn gesät. So kamen etliche ostdeutsche Studenten, sozusagen auf dem zweiten Weg, letztendlich doch noch im Westen an.

Doch nun hatte es das Institut sogar geschafft, für ein junges Paar zwei unbefristete Stellen locker zu machen. Das würde die Eltern und Großeltern, die immer häufiger ihre studierwilligen Sprösslinge bei den Tagen der Offenen Tür begleiteten, beeindrucken. Hier bemühte man sich, hier gab es Perspektiven! Zwar war keiner der beiden Vorzeige-Nachwuchswissenschaftler aus dem Osten, aber das brauchte man den Eltern und Großeltern ja nicht zu sagen. „Bei uns kann man Job und Familie unter einen Hut bringen." Die Eltern würden das so interpretieren: Es gab hier die Möglichkeit, dass ihre Kinder in der Nähe eine wissenschaftliche Karriere machten. Sie würden Enkel aufwachsen sehen und die Möglichkeit haben, bei der Betreuung der Enkel mitzuhelfen. Man musste das alles nur geschickt verkaufen. Nein, diese Aussichten würde man nicht für einen kleinen Fehler in einer Dissertationsschrift aufs Spiel setzen.

Tantchens gedanklicher Höhenflug endete abrupt. *Sie* würde gar nichts mehr verkaufen. Sie war raus. Mit einem Fußtritt. Sie musste das endlich akzeptieren.

Doch was war das? Hatte sie nicht gerade die Toilettenspülung gehört? Um diese Zeit? Machte der Security-Beamte seinen Rundgang? Besichtigte der auch die Damentoilette und spülte nach, wenn nötig? Wann kam die Putzfrau? Sie schaute auf die Uhr. Höchste Zeit zu verschwinden. Hastig fotografierte sie noch einige Seiten. Da fiel ihr ein Blatt auf, das hinten in der Arbeit lag. Vermutlich die Fragen. Schnell fotografierte sie die Seite. Dabei fand sie ein weiteres Blatt, das zusammengefaltet unter dem Fragen-Blatt gelegen hatte. Es war mit Menzels gleichmäßiger Handschrift fast vollständig beschrieben, ein fortlaufender Text, der keine Unterteilung wie bei den Fragen aufwies. Das musste sie sich zu Hause genauer ansehen. Jetzt war keine Zeit mehr. Sie steckte den Zettel in die Innentasche ihrer Jacke.

Leise legte sie die Dissertation zurück an ihren Platz und schloss die Tür ab.

Vorsichtig bog sie um die Ecke. Was sie sah, ließ sie erstarren.

In Liebetraut nagte ein ungutes Gefühl. Nach seinem gescheiterten Versuch, eine Spur des Computerwagens in den Kellergängen zu entdecken, hatte er verschiedene Möglichkeiten für den Tathergang durchdacht, war aber bei genauer Betrachtung keinen Schritt vorangekommen. Nichts passte richtig. Er hatte auch mehrfach versucht, Tantchen telefonisch zu erreichen. Vielleicht brachte sie ihn auf eine Idee, die Personen, die nicht mit dem Hochschulbetrieb vertraut waren, übersahen. Die Sache mit dem Computerwagen war unverfänglich genug, um sie ein bisschen zu ködern.

Leider hob sie nicht ab. Liebetraut hatte sogar Tantchens Smartphone-Nummer gewählt, auch wenn er den Verdacht hegte, dass das Gerät nur dazu da war, Affinität zur neuen Technik vorzutäuschen. Um diese Zeit war Tantchen immer zu Hause, das hatte sie ihm gesagt. Schlimmstenfalls war sie schon zu Bett gegangen. Aber dann hätte sie das Telefon gehört. Dass sie das Klingeln hörte und nicht abnahm, war ausgeschlossen. Das hätte ihre Neugierde niemals zugelassen.

Er machte sich auf den Weg zu Tantchens Wohnung. Von der Straße aus sah er kein Licht. Auf sein Klingeln reagierte niemand. War Tantchens Auto da? Wie sah das denn überhaupt aus? Der Nachbar beschrieb Tantchens Fahrzeug und erklärte ihm, wo Tantchen normalerweise parkte. Seit ihr Auto beim Versuch, in eine enge Parklücke am Haus zu gelangen, einem anderen Auto zu nahe gekommen war, nahm sie lieber einen etwas längeren Weg zur Wohnung in Kauf.

An dem beschriebenen Platz stand das Auto nicht. Und nein, in den angrenzenden Straßen war es auch nicht.

Wo konnte Tantchen sein? Mit dem Auto? Der Nachbar hatte bestätigt, dass Tantchen früher immer mit dem Auto ins Institut gefahren war. Zwar konnte sich Liebetraut keinen Grund vorstellen, warum sie gerade jetzt zum Institut gefahren sein sollte, aber der Gedanke ließ ihm keine Ruhe. Vielleicht gab es ja so etwas wie einen siebten Sinn, und Tantchen benötigte wirklich seine Hilfe. Auch wenn das mit dem siebten Sinn bis jetzt noch keiner so richtig erklären konnte. Halb ärgerlich darüber, dass seine Gedanken wieder abschweiften, machte er sich dennoch auf den Weg ins Institut. Man konnte ja nie wissen …

Zwei Querstraßen vor dem Institut sah er Tantchens Auto an der Straßenseite. Sie hatte seitlich eingeparkt, was nach eigener Aussage nicht zu ihren Hauptkompetenzen zählte. Es musste ihr also wichtig gewesen sein, dass ihr Auto nicht auf dem Campus gesehen wurde.

Er lief um das Institutsgebäude herum. Alles war dunkel. Plötzlich sah er einen flackernden Lichtschein im Gebäude, der gleich wieder verschwand. Er wartete. Nichts. Hatte er sich getäuscht?

Der elektronische Türöffner am Seiteneingang funktionierte nicht. War er ausgeschaltet worden? Hatte jemand die Stromzufuhr unterbrochen? Er musste um das Haus herumgehen, um den Haupteingang mit dem Schlüssel zu öffnen. Nachdem er das Gebäude betreten hatte, stand er eine Weile regungslos und wartete. Kein Geräusch, kein Lichtschein. Eigentlich hätte der Bewegungsmelder die Flurbeleuchtung einschalten müssen. Der Sicherungskasten befand sich vermutlich im Keller.

Die Dunkelheit hatte natürlich auch ihren Vorteil. Zwar konnte er nicht viel sehen, aber mögliche Gegenspieler, falls vorhanden, hatten das gleiche Problem. Und er hatte eine

Taschenlampe, die schneller reagierte als die übliche Handybeleuchtung. Allerdings wuchs seine Sorge um Tantchen. Nach eigener Aussage sah sie nachts nicht viel. Es hieß ja immer, dass Frauen nachts ohnehin schlechter sähen als Männer. Und bei Tantchen schien dieser Effekt noch stärker wirksam zu sein, aus welchen Gründen auch immer.

Eine Tür klappte, vermutlich im ersten Stock. Seine Augen hatten sich etwas an die Dunkelheit gewöhnt. Er rannte die Treppe hinauf. Offenbar rannte jetzt jemand im seitlichen Treppenaufgang nach unten. Und dieser jemand wusste vermutlich, dass die Seitentür von außen nicht zu öffnen war.

Er stoppte und horchte auf die Schritte, die nach unten hasteten. Bei Tantchen würde das anders klingen. Wenn Tantchen im Haus gewesen war, war sie vermutlich noch hier. Die Frage war nur: Wo und in welchem Zustand? Er hörte, wie neben dem Gebäude ein Auto startete. Aus seiner Position konnte er nichts sehen. Insgeheim hoffte er, dass Leon wieder auf der Lauer lag. Er rief Hensel an. Anrufbeantworter. Er verzichtete auf eine Ansage. Erst musste er wissen, was mit Tantchen geschehen war.

Mit der Taschenlampe in der Hand lief er durch die Flure und rief ihren Namen. Nichts. Da sah er in einer Ecke, in die von außen ein bisschen Licht fiel, einen Widerschein. Bei genauerem Hinsehen erkannte er auf dem Boden eine Lesebrille. Bei Tantchen hatte er ein ähnliches Exemplar gesehen. Aber sie trug sie nur, wenn sie eine kleine Schrift entziffern wollte. Tantchen war also hier gewesen, um etwas zu lesen. Wo war sie jetzt?

Was war mit Tantchen geschehen? Der Strom war abgeschaltet. Wenn jemand Tantchen schnell verschwinden lassen wollte, dann vermutlich auf diesem Flur. Der Fahrstuhl funktionierte ja auch nicht. Er schaute in die Schränke auf dem Flur. Nichts. Zum Schluss blieb noch der Beratungs-raum. Und wirklich. Tantchen saß zusammengekrümmt in einer Ecke und starrte ihn angsterfüllt an. Sie schien nicht verletzt zu sein, rührte sich aber nicht.

„Was ist passiert?"

Stockend kam die Antwort: „Ich ... ich habe ein Ge-spenst gesehen."

„Und?"

„Es hat mir nichts getan. Ich bin nur so erschrocken. Ich hatte keine Kraft mehr ... Deshalb sitze ich hier."

Er wartete, ob sie mehr sagen würde. Aber es kam nur noch ein resigniertes „Ich bin zu alt. Ich bin zu nichts mehr nütze."

Liebetraut überlegte schnell. Das „Gespenst" war wohl geflüchtet. Vermutlich hatte es ihn durch ein Fenster gese-hen, als er vor dem Seiteneingang stand und versuchte, die Tür zu öffnen. Und es wusste, dass die Seitentür von au-ßen nicht zu öffnen war. Da war er sich jetzt sicher. Er hat-te ein Auto gehört, und es war unwahrscheinlich, dass das Gespenst noch da draußen sein Unwesen trieb. Um sicher zu gehen, lief er den Flur entlang und schaute aus den Fens-tern. Die beiden Straßen, die sich vor dem Gebäude kreuz-ten, waren menschenleer. Es war nicht die optimale Zeit, mit einem Hund Gassi zu gehen, wenn der nicht gerade an Verdauungsstörungen litt. Immerhin, die Tatsache, dass er keinen Zeugen gesehen hatte, lieferte einen Anlass, Leon zu befragen. Der war bestimmt zu seinem Beobachtungsposten gelaufen. Wenn er das Auto gehört hatte. Wenn. Aber er konnte ja immerhin mal bei der hübschen Mutter nachfragen.

Da merkte er, dass Tantchen lautlos vor sich hin weinte.

„Ich war so erschrocken. Und dann war ich starr vor Schreck. Ich konnte ihm nicht folgen. Ich habe mich nicht einmal getraut, aus dem Fenster zu gucken."

Er unterdrückte den Impuls, sie in den Arm zu nehmen und zu trösten. Ein bisschen Strafe musste sein. Schließlich hatte er ihr eingeschärft, nichts auf eigene Faust zu unternehmen.

„Ich habe dir doch gesagt …"

Sie unterbrach ihn. „Bla, bla, ich kann mir das alles selbst hersagen. Ich möchte jetzt nach Hause." Erleichtert nahm Liebetraut zur Kenntnis, dass Tantchens Lebensgeister wenigstens teilweise zurückgekehrt waren.

Liebetraut fuhr sie nach Hause, aber sie war nicht sehr gesprächig. Er erfuhr lediglich, dass sie in einer Dissertation gestöbert, aber nichts Verwertbares gefunden habe. Als sie enttäuscht nach Hause gehen wollte, hatte sie auf der Treppe das Gespenst gesehen: eine schwarz gekleidete Person, die eine Maske trug „wie der Tod". Tantchen war wie gelähmt gewesen, hatte sich auf den Fußboden gesetzt und darauf gewartet, dass etwas ganz Schlimmes passieren würde.

Liebetraut seufzte. Vermutlich hatten noch nicht viele Halloween-Kostüm-Träger einen derart eindrucksvollen Auftritt hingelegt. Auf jeden Fall mussten sie morgen früh noch einmal die Spurensicherung kommen lassen. Wenn nicht alles nur ein dummer Zufall gewesen war, hatte außer Tantchen noch jemand etwas gesucht.

Sonnabend

Als Tantchen erwachte, fühlte sie sich nur wenig besser. Vorsichtshalber maß sie ihren Blutdruck, aber er war annähernd normal. Diese Erkenntnis gab ihr Auftrieb. Sie durfte sich nicht so einfach unterkriegen lassen. Das, was ihr gestern widerfahren war, hatte an eine Panikattacke gegrenzt. Das durfte sich nicht wiederholen. Und sie würde sich an dem oder der rächen, der ihr ihre Schwäche so deutlich vor Augen geführt hatte. Die Person, die ihr begegnet war, hatte definitiv etwas mit Menzels Tod zu tun, da war sie sich sicher. Und sie würde sie finden. Mochte Liebetraut denken, was er wollte.

In Gedanken ging sie den letzten Abend noch einmal durch. Sie hatte Fotos von einigen Seiten der Dissertation gemacht. Die musste sie sich im Laufe des Tages noch einmal ansehen. Die wichtigste Frage war wohl, ob sie von dem Gespenst gesehen worden war. Aus welchem Zimmer sie gekommen war, hatte das Gespenst vermutlich nicht sehen können. Aus dem Flügel, aus dem es gekommen war, hatte man auch keine Sicht auf die Fenster des Büros, in dem sie gesessen hatte. Sie versuchte sich einzureden, dass sie nicht gesehen worden war. Aber wenn doch? Auf jeden Fall sollte sie ein bisschen ihr Outfit wechseln.

Da fiel ihr der Zettel wieder ein, der hinter dem Blatt mit den Fragen gelegen hatte. Sie hatte ihn in eine Tasche ihrer Jacke gesteckt. Aufgeregt durchsuchte sie alle Taschen – nichts. Sie zwang sich, die Prozedur mit mehr Sorgfalt zu wiederholen. Schließlich fand sie den Zettel.

Das war eindeutig Menzels Schrift. Aber es handelte sich nicht um einen fachlichen Text, und er war ganz offensichtlich unvollständig.

Wie kam dieser Text in Baumanns Dissertation? Sollte Baumann etwas tun, was in diesem Text – vielleicht an einer anderen Stelle, die sie nicht kannte – angeordnet oder vielleicht nur suggeriert wurde? Was sollte Baumann tun? Was konnte Baumann überhaupt tun?

Tantchen schwirrte der Kopf. Vermutlich hatte der Zettel eine banale Ursache, und mit ihr ging wieder einmal die Fantasie durch. Möchtegern-Miss-Marple war sie von Liebetraut genannt worden! Sah sie Gespenster – im wahrsten Sinne des Wortes – wo keine waren?

Sie beschloss, eine Runde „um den Block" zu gehen, damit ihre Gedanken in ruhigeres Fahrwasser kamen. Um sich abzulenken, zwang sie sich, die Bäume und Sträucher genau anzusehen, auf Vogelstimmen zu lauschen. „Eine Konzentration kann nur durch eine andere abgelöst werden." Zwar war sie von diesem Satz überzeugt. Aber wenn das Gehirn nicht wollte, wollte es eben nicht. Und jetzt wollte es sich nicht auf Bäume und Sträucher konzentrieren, es wollte ein Problem lösen. Zumindest ein Teil ihres Gehirns arbeitete weiter an dem Problem, das spürte sie. Glücklicherweise verzichtete es aber darauf, ihr Bewusstsein auf dem Laufenden zu halten. In ihrem Alter musste man auch für die kleinen Erleichterungen dankbar sein. Sie konnte sich immerhin über ein paar hübsche Blätter freuen.

Da sah sie zu ihrer Überraschung Renates Mann aus dem nahe gelegenen Krankenhaus kommen.

„Guten Morgen! So früh hier? Es ist doch hoffentlich nichts mit Renate?"

Er seufzte. „Doch, leider. Sie ist im Garten gestürzt. Irgendwann musste das ja mal so kommen. Sie rennt immer mit diesen Clogs durch den Garten. Und dieser Steingarten! Vielleicht wird sie jetzt endlich vernünftig!"

„Wie geht es ihr?"

„Ziemlich schlecht. Sie hat eine Gehirnerschütterung, erkennt mich nicht."

„Wie ist es denn passiert?"

„Sie ist gestern Abend, als es schon dunkel war, noch mal raus in den Garten. Ich war im Arbeitszimmer auf der anderen Seite. Ich weiß nicht, was sie draußen wollte. Eigentlich macht sie das nicht um diese Zeit. Es war ja schon dunkel. Plötzlich hörte ich sie schreien. Sie lag direkt vor dem Kellerfenster. Wenn ich nicht da gewesen wäre – nicht auszudenken."

Er hielt inne, als sei ihm erst jetzt so richtig bewusst geworden, wie viel Glück sie noch im Unglück gehabt hatten.

„Aber Renate ist nicht in Lebensgefahr?"

„Wohl nicht. Die Ärzte haben mir Hoffnung gemacht, dass sie wieder völlig in Ordnung kommt. Aber im Moment erinnert sie sich an nichts. Sie liegt noch auf der Intensivstation, soll noch einmal gründlich durchgecheckt werden. Ich will nur schnell etwas einkaufen, dann gehe ich wieder hin."

„Ich wünsche Renate von ganzem Herzen gute Besserung. Und wenn du Hilfe brauchst, kannst du mich jederzeit anrufen. Ich habe ja eh nichts mehr zu tun." Sie verabschiedeten sich.

Tantchen kannte Renates Garten. Altersgerecht war der gewiss nicht. Und pflegeleicht schon gar nicht. Und die Steine waren wohl wirklich ein Problem. Renate liebte es, den Garten mit Steinen zu gliedern: Mauern, Treppen, Hochbeete aus Stein. Es gab genügend Möglichkeiten zu straucheln und mit dem Kopf auf einem Stein zu landen.

Und trotzdem. In Tantchen arbeitete es. Es – das Bauchhirn? Ihr Unterbewusstsein? Das überall eine Verschwörung witterte? Da musste noch etwas übrig geblieben sein von den uralten Instinkten. Aus der Zeit, als ein bisschen mehr Misstrauen über Leben und Tod entschieden hatte, als man nicht sicher sein konnte, ob nicht in der Nähe der Säbelzahntiger lauerte oder ein feindlicher Stamm.

Ha, feindliche Stämme gab es auch jetzt noch genug, daran bestand kein Zweifel. Sie hatten nur bessere Methoden und waren nicht so leicht zu enttarnen. Wenn sie an ihre Erlebnisse auf Ischia dachte! Und daran, was ihr Renate über Sizilien erzählt hatte! Da war die Mafia im Spiel gewesen, hundertprozentig!

Aber hier? Sollte wirklich jemand Renate ins Jenseits befördern wollen? Vielleicht sogar ihr Mann? Es gab ja so viele Mordfälle, die nicht als solche erkannt wurden.

Tantchen dachte an ihr letztes Gespräch mit Renate – und es durchfuhr sie wie ein Blitz! Renate hatte ihr doch von ihrer seltsamen Beobachtung erzählt, vor einigen Tagen, im Wald. Der Sturz konnte kein Zufall sein, da steckte mehr dahinter! Renate sollte ausgeschaltet werden! Im Krimi musste man das Opfer jetzt im Krankenhaus bewachen, weil der Täter ja noch nicht zum Zug gekommen war. Was konnte sie tun? Auf der Intensivstation würde Renate vermutlich nichts passieren. Da kam man nicht so leicht rein, wie es in den Filmen schien. Normalerweise. Aber ob sich hier jemand darum scherte, wer auf der Intensivstation ein und aus ging? Man durfte Renate nicht aus den Augen lassen. Am besten, sie mobilisierte ihre Freundinnen. Die konnten Renate doch abwechselnd besuchen und Fremde fotografieren. Und wenn sich jemand verdächtig machte, würde man die Polizei einschalten. Sie fand, dass das ein guter Plan war, hatte aber leichte Zweifel, ob Liebetraut das auch so sehen würde.

Doch zuerst musste sie sich den Tatort ansehen. Für die Mobilisierung der Freundinnen war es ohnehin noch ein bisschen zu früh. Sie machte sich auf den Weg zu Renates Haus und Garten.

Der hintere, von der Straße nicht einsehbare Teil des Grundstückes lag am Rand des Wohngebietes. Das Gelände fiel dort zu einer Streuobstwiese ab, die auf der anderen Seite durch ein Waldstück begrenzt wurde. Der Höhenunterschied zwischen der Terrasse des Hauses und dem unteren Teil des Gartens betrug mindestens zwei Meter. Die Treppe war aus Natursteinen gemauert und der Hang zur Wiese hin als Steingarten gestaltet. Wenn Renate da hinuntergepurzelt war, hatte sie mehrere Gelegenheiten gehabt, auf Steinen zu landen. Vermutlich sah sie schlimm aus. Tantchen wollte sich das lieber nicht vorstellen.

An der Grenze zur Streuobstwiese hatten Renate und ihr Mann eine Art Wildschutzhecke aus verschiedenen Blütensträuchern gepflanzt. Ein paar dornige Schlehen in der Hecke sorgten dafür, dass größere Wildtiere tatsächlich meistens fern blieben. Zwischen Steingarten und Hecke blieb noch ein etwa vier Meter breiter Streifen, der weitgehend eben verlief. Dort befand sich ein kleiner Waldgarten. Ein schmaler Weg aus Trittplatten schlängelte sich hindurch.

Tantchen beschloss, sich den Garten anzusehen, ohne Renates Mann einzuweihen. Sie wollte ihn nicht unnötig in Aufregung versetzen. Außerdem – man wusste ja nicht, ob er irgendwie beteiligt war. Er galt zwar als sehr ruhig und bedächtig, aber stille Wasser waren ja bekanntlich tief. Tantchen konnte sich durchaus vorstellen, dass ein rüstiger Mann seine alte Frau loswerden wollte. Mit einer jungen Partnerin noch mal so richtig durchzustarten – vermutlich träumten viele Herren davon. Und dann hatte vielleicht schon ein alter Song zur falschen Zeit gereicht, um den letzten Anstoß zur Tat zugeben: „Catch your dreams ..." Man konnte nie wissen, was in den Männern vorging.

Sie musste das Gelände gründlich untersuchen. Vielleicht fand sie einen Anhaltspunkt, warum Renate in der Dunkelheit noch einmal hinausgegangen war. Und warum sie gestürzt war.

Von der Streuobstwiese her kam man gut an das Grundstück heran. Allerdings gab es ein ernsteres Problem als die Hecke – den Hund des Nachbarn. Tantchen verstand nicht viel von Hunden. Katzen waren ihr viel sympathischer. Schon, weil sie stolz waren und sich den Menschen nicht unterordneten. Hunde himmelten ihr Herrchen oder Frauchen an, egal, welchen Ruf die hatten.

Was sollte sie tun, wenn das Tier ihre hehren Absichten völlig missverstand und sich veranlasst fühlte, ihr Kommen dem Herrchen und der ganzen Nachbarschaft durch lautes Bellen anzuzeigen? Tantchen fiel keine akzeptable Ausrede für diesen Fall ein. Es half nichts. Sie musste den Umweg über ihre Wohnung machen und für den Fall, dass Bestechung notwendig werden sollte, ein Würstchen einpacken. Wer fraß, konnte schlecht gleichzeitig bellen. So ähnlich musste es funktionieren.

Mit einem Würstchen bewaffnet lief Tantchen zur Streuobstwiese und tat so, als würde sie nahe der Hecke etwas im Gras sammeln. Sollte ein neugieriger Frager auftauchen, konnte sie behaupten, den Nachweis erbringen zu wollen, dass sich etwas schon bis in diese Gegend ausgebreitet hatte. Allerdings konnte sie sich nicht entscheiden, ob „etwas" ein böser Neophyt aus Osteuropa sein sollte oder besser eine Art aus südlichen Gefilden, die wegen der Klimaerwärmung schnell nach Norden vordrang. Sollte sie auf jemanden treffen, der von den botanischen Namen wirklich etwas verstand und gezielt nachfragte, konnte sie sich immer noch mit ihrer altersbedingten Vergesslichkeit herausreden. Hoffentlich machte der Hund gerade ein Nickerchen, ihn hätte vermutlich weder das eine noch das andere der schönen Argumente überzeugt.

Sie spähte durch die Hecke. Da drüben war die Treppe. Vor einem Fenster waren Blumen und auch Gras zertrampelt.

Die Spuren führten um das Haus herum in Richtung Straße. Klar, so war Renate abtransportiert worden. Aber warum war sie auf halber Treppe gestürzt? Der obere Teil der Treppe war gefährlicher.

Das Haus lag verlassen da. Renates Mann war bestimmt noch nicht wieder zu Hause. Energisch begann Tantchen, sich durch die Hecke zu zwängen. So schwierig hatte sie sich das nun doch nicht vorgestellt. Wenn das vor ihr schon jemand getan hatte, mussten sich Spuren finden lassen, Abdrücke im heruntergefallenen Laub oder abgebrochene, vielleicht sogar abgeschnittene Zweige. Sie musste auch die Hecke gründlich inspizieren.

Doch zuerst ging sie zur Treppe und stieg langsam hinauf. Aufmerksam sah sie sich um. Etwa in der Mitte der Treppe sah sie an der Hausseite einen kleinen teilweise abgerissenen Ast. Hatte Renate versucht, sich daran festzuhalten? Aber dazu war der Strauch zu weit von der Treppe entfernt! Das musste sie sich näher ansehen! Vorsichtig suchte sie Halt an dem steinigen Hang, als eine schneidende Stimme fragte: „Was tun Sie da?" Erschrocken wollte sie sich umdrehen, verlor das Gleichgewicht und landete unsanft mit dem Hintern auf einem Stein.

Was sie sah, ließ ihren Atem stocken. Zwei Bäume kamen auf sie zu. „Der Wald von Birnam", schoss es durch ihren Kopf. Der Anfang vom Ende des Herrn Macbeth! Hatte sie bei dem Sturz womöglich ernsthaften Schaden genommen und sah nun Halluzinationen? Waren das gar Nahtoderfahrungen? Wieso kamen ihr jetzt solche weit entfernten Dinge in den Sinn wie der Wald von Birnam?

Doch es kam noch schlimmer. Plötzlich flog etwas auf die Treppe zu und landete jaulend neben ihr – der Hund. Wenn der jetzt zubiss! Benommen erinnerte sich Tantchen an ihre

Vorkehrungen. In hohem Bogen schleuderte sie die Wurst in Richtung Birnams Wald. Der Hund folgte prompt, weiter heulend. Doch jetzt kam noch ein weiteres Heulen dazu: „Herbert, er darf die Wurst nicht fressen, er ist doch auf Diät!" Das war zu viel für Tantchen. Sie hielt sich die Ohren zu, schloss die Augen und bat alle höheren Wesen inbrünstig darum, dieser Szene ein Ende zu setzen, notfalls auch ein endgültiges.

Ihr Flehen wurde insofern erhört, als sie relativ sanft in die Wirklichkeit zurückgeholt wurde. Eine erstaunte Stimme fragte. „Was machen Sie denn hier? Sind Sie verletzt? Kann ich Ihnen helfen?"

Tantchen öffnete die Augen. Erschöpft stammelte sie: „Ja, ich hätte gern einen Kaffee oder einen Schnaps oder – am besten – beides. Danach werde ich Ihnen alles erklären."

Wenig später saßen alle im Wohnzimmer der Nachbarn und stärkten sich mit Kaffee, der mit einem gehörigen Schluck Cognac aufgewertet worden war. Tantchen erklärte stockend, dass sie sich nur ein Bild davon machen wollte, wie Renate abgestürzt sein könnte. Schließlich habe sie Renate schon wiederholt ins Gewissen geredet, ihren Garten sicherer zu machen. Sie wurden ja alle nicht jünger. Und nun wollte sie sehen, welche Vorschläge sie Renate machen könnte. Die anderen schauten sie immer noch misstrauisch an. Zumindest schienen sie aber nicht mehr zu glauben, dass sie jemandem nach dem Leben trachtete. Die „Bäume" hatten sich als große abgeschnittene Äste entpuppt, die auf ihren Abtransport zur Kompostanlage warteten.

Das aufmunternde Getränk verfehlte seine Wirkung nicht. Nach kurzer Zeit redeten alle durcheinander und warfen Fragen auf. Warum war Renate hinausgegangen auf die Treppe, am späten Abend? Und warum war sie in der Mitte der Treppe gestürzt? Konnte es sein, dass Renate etwas

Ungewöhnliches gehört oder gesehen hatte und dem Ding auf den Grund gehen wollte?

Tantchen beteiligte sich kaum an der Diskussion, teils, weil sie wirklich geschafft war, teils, weil sie inzwischen fest davon überzeugt war, dass Renate hinausgelockt worden war, und zwar von dem Mann, den sie im Wald gesehen hatte. Aber wie hatte er Renate zu Fall gebracht? Hatte er sie gestoßen? Was hatte der kleine Ast zu bedeuten? Renate hatte vermutlich großes Glück gehabt, dass sie die Stufen hinuntergestürzt war: Wäre sie, mit dem Kopf voran, zur Seite gefallen, hätte sie bestimmt nicht überlebt.

Tantchen grübelte. Sollte sie Liebetraut ihren Verdacht mitteilen? Das Ganze war, zugegeben, etwas abstrus. Liebetraut würde wieder sagen, dass sie zu viele schlechte Krimis guckte. Das mit den Krimis war zweifellos richtig. Aber man konnte schließlich nur das gucken, was angeboten wurde. Trotzdem. Sie mochte es nun mal nicht, wenn er sich über sie lustig machte. Sie sollte jetzt nach Hause gehen, es war ja nicht weit. Morgen früh würde sie weitersehen. Sie entschuldigte sich bei der Runde und verließ das Grundstück. Auf dem Heimweg schwankte sie ein wenig.

Liebetraut saß beim Frühstück in der Pension, als sein Smartphone klingelte. Am Computerwagen hatte man keine Fingerabdrücke feststellen können. Das ließ nur einen Schluss zu: Er war gesäubert worden, und zwar nicht von der Putzfrau. Die hatte zu Protokoll gegeben, dass sie den Wagen nicht angefasst hatte. Es lag also nahe, dass der Herr Menzel – in welchem Lebensstadium auch immer – mit dem Computerwagen transportiert worden war. Und vermutlich hatte das Unheil in Menzels Arbeitszimmer seinen Anfang genommen. Beweise dafür hatten sie freilich noch nicht.

Liebetrauts Smartphone meldete den Eingang einer neuen Mail: Kollmann bat darum, umgehend zurückzurufen.

Kollmann hatte, irgendeiner Eingebung folgend, die Maße der gefundenen Pyramide mit den Maßen aus der Gerichtsmedizin verglichen und festgestellt, dass sie nicht übereinstimmten. Liebetraut hatte das Gefühl, dass der Boden unter seinen Füßen nachgab. Bisher hatte wenigstens die Tatwaffe auf das Institutsgebäude hingewiesen. Jetzt war ihnen dieses Argument genommen worden. Mussten sie wieder von vorn anfangen? Schlimmer konnte es ja kaum noch kommen.

Aber Kollmann hatte noch eine Nachricht. Lieferte die einen neuen Ansatzpunkt?

Eine Postbotin hatte sich am Freitagnachmittag an die örtliche Polizeidienststelle gewandt und erzählt, dass sie eine Woche vorher von einem jungen Mann in der Nähe von Menzels Wohnung nach der Adresse des Herrn Professor Menzel gefragt worden war. Kollmann hatte die Postbotin ausfindig gemacht und sich mit ihr unterhalten. Sie hatte am frühen Freitagnachmittag gerade das Postauto in der Nähe geparkt, als sie angesprochen worden war. Der junge Mann, der als etwa dreißig bis fünfunddreißig Jahre alt, groß und blond beschrieben wurde, hatte angegeben, ein ehemaliger Student des Herrn Menzel zu sein. Er sei in der Nähe vorbeigekommen und wolle dem Herrn Menzel „Hallo" sagen, weil er ihm viel verdanke. Das alles war ihr ein bisschen übertrieben vorgekommen, aber was wusste sie schon, wie sich Akademiker benahmen. Jedenfalls hatte sie sich nichts Schlimmes dabei gedacht und so gut sie konnte beschrieben, wo der Herr Menzel wohnte. Erst als ein Nachbar des Herrn Menzel so eine komische Bemerkung gemacht hatte, dass der Herr Menzel ja nun auch keine Postwurfwerbung mehr benötige, war sie stutzig geworden, hatte nachgefragt und das Ungeheuerliche erfahren. Und weil der junge Mann doch so seltsam gewesen war, hatte sie sich auf der Polizeidienststelle gemeldet. Kollmann hatte sie für ihre Umsicht gelobt und nach ihren Angaben mit dem Computer ein Phantombild angefertigt.

Liebetraut und Kollmann trafen sich im provisorischen Arbeitszimmer, und Kollmann präsentierte das Phantombild. Liebetraut sah ein schmales Gesicht mit einem blonden Bart. Das Gesicht kam ihm irgendwie bekannt vor. Kollmann bestätigte, dass es ihm ebenso ergangen war. Da sich die Schnittmenge ihrer Bekannten im Wesentlichen auf Institutsangehörige beschränkte, beschlossen sie, in diesem Personenkreis mit der Suche zu beginnen. Bei den Bildern auf der Webseite des Institutes wurden sie nicht fündig. Sie mussten wohl einen Insider fragen. Aber es war Sonnabend. Den chinesischen Doktoranden aufzusuchen, der sicher auch heute im Institutsgebäude arbeitete, würde wohl kaum die Mühe lohnen. Liebetraut hatte einmal gehört, dass man Gesichter einer anderen Bevölkerungsgruppe schlechter unterscheiden kann als die Gesichter der Gruppe, in der man aufgewachsen ist. Zumindest für ihn, Liebetraut, stimmte diese Aussage. Außerdem schien der Herr Wang nach allem, was sie bisher über ihn gehört hatten, sein Arbeitszimmer höchstens zu verlassen, um ein Bedürfnis zu verrichten.

Aber bevor sie sich ins Auto setzten, um anderenorts Nachforschungen anzustellen, konnten sie genauso gut auch erst einmal den Herrn Wang fragen. Der erschrak mächtig, als sie sein Zimmer betraten und redete mit einer seltsamen Mischung aus Deutsch und Englisch auf sie ein. Liebetraut zeigte Herrn Wang das Phantombild. Der sah sich das Bild an, und ein Lächeln breitete sich auf seinem Gesicht aus. Er nickte heftig. Dann stürmte er aus der Tür und rannte mehr, als er ging, zu einer der Plakatreihen mit den Konterfeis der Institutsangehörigen und deutete auf einen jungen Mann in der unteren Reihe. Liebetraut und Kollmann waren verblüfft. Das Phantombild konnte durchaus einen Herrn namens Sebastian Kaufmann darstellen. Da hatten sie aber Glück gehabt, dass der Weg von Wangs Arbeitszimmer zur Herrentoilette an der richtigen Bildergalerie vorbeiführte. So eine Galerie war offenbar doch nützlicher, als sie bisher gedacht hatten. Auf die Frage, wo man den Herrn Kaufmann denn erreichen könne, musste sie der Herr Wang allerdings enttäuschen: „Nicht mehr hier. Weiß nicht, wo jetzt."

Enttäuscht sahen sich Liebetraut und Kollmann an. Vermutlich war ihre Portion Glück für heute schon wieder aufgebraucht.

Da entdeckte Kollmann in der Bilderreihe mit dem Herrn Kaufmann auch den Herrn Professor Behrmann. Es war also zu vermuten, dass der ihnen etwas mehr sagen konnte über den Herrn Kaufmann. Das Glück hatte sie also noch nicht ganz verlassen, wenn sie denn überhaupt auf der richtigen Spur waren. Behrmann öffnete gleich beim ersten Klingeln. Erstaunt betrachtete er das Phantombild. „Ja, das sieht Sebastian Kaufmann sehr ähnlich. Nur … nach meiner Kenntnis ist Sebastian Kaufmann nicht mehr in Deutschland."

Liebetraut fragte entgeistert: „Und wieso hängt er dann noch hier?"

„Es ist noch nicht so lange her, dass er uns verlassen hat. Und wir nehmen auch ehemalige Mitarbeiter nicht sofort herunter. Es kostet ja auch Geld, so ein Poster neu zu drucken."

Liebetraut sagte nichts. Er konnte sich auch Möglichkeiten der Präsentation des Personals vorstellen, die sich kostengünstiger auf dem aktuellen Stand halten ließen. Auf seine Nachfrage hin erfuhr er, dass noch mindestens drei der

Dargestellten seit Jahren keinen Kontakt mehr zum Institut pflegten. Vermutlich war das Verbundenheitsgefühl zwischen Institut und Ehemaligen nicht in jedem Fall auf beiden Seiten gleich stark ausgeprägt. Und manche hatten wohl dankend darauf verzichtet, an der Wand der Besten zu erscheinen. Tantchen zum Beispiel schien nirgends verewigt zu sein. Oder war sie in den Augen der „Entscheider" nicht würdig, hier zu erscheinen? Waren manche froh, wenn sie sie nicht mehr sehen mussten?

Liebetraut fragte vorsichtig: „Hier fehlen aber doch einige, oder?" Und Behrmann erklärte ihm, dass es die Idee eines jungen Professors gewesen war, seine Mitarbeiter zu präsentieren. Zwei weitere Arbeitsgruppen hatten sich angeschlossen, zwei leider nicht. Typisch Tantchen, dachte Liebetraut. Sie war auch hier wieder aus der Reihe getanzt.

Aber sie waren ja nicht wegen Tantchen hier. Schließlich ging es um den Herrn Kaufmann. Mit Hilfe des Referenten für Ausbildungsfragen machten sie Adresse und Telefonnummer ausfindig, die Kaufmann bei Studienbeginn angegeben hatte. Die damalige Adresse lag etwa eine Autostunde entfernt.

Sie versuchten es zunächst per Telefon. Eine Frau meldete sich. Behrmann erklärte ihr, wer er war, und dass man hoffe, auf diesem Weg Kontakt zu Sebastian Kaufmann knüpfen zu können. Die Frau war kurz angebunden. Ja, Sebastian Kaufmann sei ihr Sohn, und nein, er sei nicht mehr unter dieser Adresse zu erreichen. Dann legte sie ohne ein weiteres Wort auf. Liebetraut, Behrmann und Kollmann sahen sich überrascht an. Mit dieser Abfuhr hatten sie nicht gerechnet. Wieso hatte die Mutter nicht neugierig gefragt, worum es denn gehe?

Ehe Liebetraut zu einer Entscheidung darüber gekommen war, wie sie nun verfahren sollten, fing Behrmann plötzlich an zu reden. Es schien, als ließe er alles, was im Zusammenhang mit Sebastian Kaufmann in einem Kästchen seines Gedächtnisses gespeichert war, ohne Filterung hinsichtlich Relevanz für ihr Problem einfach herausfließen. Liebetraut hatte den Eindruck, dass Behrmann mit seinem Redefluss irgendetwas übertünchen wollte, vielleicht ein nicht ganz blütenreines Gewissen? Auf jeden Fall waren ein paar gezielte Zwischenfragen angeraten.

Eigentlich war nie etwas Besonderes vorgefallen, nur dass Kaufmann vor etwa einem Jahr unverhofft aufgetaucht war, angeblich, um sich für eine Weltreise zu verabschieden. Nein, es hatte keine Zerwürfnisse gegeben, der Herr Kaufmann war immer freundlich und zuvorkommend gewesen. Ja, vielleicht hatte er sich Hoffnungen auf eine Mitarbeiterstelle am Institut gemacht, aber eine solche Stelle hatte man leider, leider, einfach nicht gehabt. Man hatte die wenigen befristeten Stellen doch benötigt, um den Juniorprofessoren einen Assistenten zuordnen zu können, damit die ihre Fähigkeiten zur Anleitung eines Doktoranden und ganz allgemein zur Leitung einer Arbeitsgruppe demonstrieren konnten. Nein, nicht alle Juniorprofessoren hatten eine solche Stelle bekommen, einer hatte ja auch mit seinen wissenschaftlichen Leistungen eine solche Stelle von einem Drittmittelgeber eingeworben. Ja, der Herr Kaufmann war talentiert gewesen, talentierter als mancher andere. Er hatte eine dieser ostdeutschen Spezialklassen besucht und schon als Schüler bei den deutschlandweiten Fachwettbewerben vordere Plätze belegt. Nein, auf solche Meriten konnten durchaus nicht alle Mitarbeiter und Professoren verweisen. Ja, aber die Zwänge, … Da konnte man doch einfach nichts machen.

Liebetraut beschlich das Gefühl, dass die Sicht von Herrn Kaufmann auf die Zwänge vielleicht ein klein wenig von

Behrmanns Darstellung abwich. Es war wohl angeraten, sich darüber Gewissheit zu verschaffen. Er entschied, mit Kollmann umgehend zu der angegebenen Adresse zu fahren.

Das Navi führte sie zu einem älteren Einfamilienhaus in einer Gegend, die die modernen, auf Wachstum orientierten Ökonomen wohl als abgehängt bezeichnet hätten. Das Grundstück sah gepflegt aus und wirkte ein bisschen wie ein aus der Zeit gefallener Bauerngarten. Die Kiesschüttungen, die über einige Jahre von den Landschaftsarchitekten als das Nonplusultra angepriesen und mittlerweile von den Naturschützern verdammt worden waren, hatten hier vermutlich keine Chance gehabt.

Auf ihr Klingeln öffnete eine Frau unbestimmten Alters und sah sie fragend an. Liebetraut stellte sich und Kollmann vor und bat um Einlass. Die Frau erschrak sichtlich, bejahte schließlich, dass sie am Telefon mit Behrmann gesprochen hatte, und ließ sie widerwillig eintreten.

Behrmann erläuterte, dass der Herr Professor Menzel unter ungeklärten Umständen ums Leben gekommen sei. Sie sprächen mit allen Personen, die den Herrn Menzel näher gekannt hatten, um sich ein Bild von der Persönlichkeit des Professors machen zu können.

Frau Kaufmann sagte ungläubig: „Und da kommen Sie zu mir? Es gibt doch wohl in Engelsburg genügend Leute, die Ihnen da Auskunft geben können. Ich habe den Herrn ja nur zur feierlichen Übergabe der Dissertationsurkunde getroffen. Da war er des Lobes voll über Sebastian, aber eine Post-Doktoranden-Stelle gab es nicht. Da war Sebastian voll auf sich allein gestellt. Und hier gibt es doch nichts. Sie sehen ja selbst, wie es hier aussieht."

„Wo ist Ihr Sohn jetzt? Wir müssen dringend mit ihm sprechen."

„Was soll denn das? Mein Sohn kann Ihnen genauso wenig weiterhelfen wie ich!"

So kamen sie nicht voran. Liebetraut musste die Katze aus dem Sack lassen. „Es gibt eine Person, die glaubt, Ihren Sohn kürzlich in Engelsburg gesehen zu haben."

„Das ist gar nicht möglich. Sebastian …" Sie brach ab und schloss die Augen. Nach ein paar Minuten sagte sie gefasst: „Entschuldigen Sie bitte, ich habe Ihnen noch gar nichts zu trinken angeboten. Darf ich Ihnen einen Kaffee machen?" Was blieb ihnen übrig? Ganz sicher wollte Frau Kaufmann jetzt Zeit gewinnen. Aber Zeit konnte sie auch gewinnen, indem sie gar nichts sagte. Und einen Kaffee hatte Liebetraut mittlerweile nötig.

Nach etwa fünf Minuten kam Frau Kaufmann mit Kaffee und Keksen zurück. Täuschte sich Liebetraut oder spürte er einen leichten Geruch von Baldrian?

Frau Kaufmann sprach leise: „Ich habe ihm seinerzeit zu einem Studium in Engelsburg geraten, Die Grundausbildung dort war gut, und die Wohnheimplätze waren günstig. Sebastian hat Talent, und ich hatte mich genügend mit den Jobaussichten befasst, um zu glauben, dass er mit seinem Studium gute Chancen hatte, sowohl in der Forschung als auch in der Industrie. Auch nach der Wende hier im Osten. Er wollte gern an einer Hochschule forschen und lehren. Er hat das Zeug dazu. Er ist besser als ich."

Sie schwieg und atmete langsam aus und ein. Offenbar rang sie um Fassung. Schließlich fuhr sie fort: „Aber erstens kommt es anders und zweitens, als man denkt. Zwar hat er, auf meine Empfehlung hin, eine Spezialisierung gewählt, die aktuell stark nachgefragt wird. Wenigstens hier habe ich mir nichts vorzuwerfen. Aber er hat keine Lobby. Das habe ich unterschätzt. Einflussreiche Leute, bei denen er nach dem Studium forschen wollte, gingen entweder kurz vor seinem Dienstbeginn an eine andere Uni oder sie kamen entgegen anderslautenden Ankündigungen nicht. Ohne Vitamin B hat man im Hochschulgetriebe keine Chance. Und wenn man keine Möglichkeit bekommt, Beziehungen aufzubauen, kann man gleich einpacken."

„Und der Herr Menzel konnte ihm nicht helfen?"

„Konnte ihm nicht helfen oder wollte ihm nicht helfen, das kann ich nicht beurteilen. Sebastian hatte zwei befristete Stellen, eine in Baden-Württemberg und dann eine in Bayern. Aber wie gesagt: Da war auch niemand, der ihn gefördert hätte. Mehrfach hat er sich auf eine Juniorprofessur beworben, zwei waren hier im Osten ausgeschrieben. Aber es ist sinnlos. Er hat im Osten keine Chance, er hat in Deutschland überhaupt keine Chance."

„Ihr Sohn ist doch noch jung. Ich weiß, dass man einen langen Atem braucht. Aber manche reden doch heutzutage sogar von wünschenswerten Ossi-Quoten. Es ist zu früh zum Aufgeben."

„Jaja, ich weiß, Sie werden es nicht verstehen. Ich will Ihnen ein Beispiel nennen." Doch dann schloss sie die Augen und sagte: „Das bringt jetzt auch nichts mehr."

Nach einer Weile fuhr sie fort: „Wenn einem so etwas passiert ist wie meinem Sohn, glaubt man nicht mehr daran, dass man noch eine reale Chance hat. Und vor einem Jahr erklärte mir Sebastian, dass er nun die Nase voll habe vom Hangeln von Befristung zu Befristung. Er wolle gemeinsam mit einem Freund nach Südamerika gehen, ein bisschen die Welt kennenlernen und nach einer geeigneten ‚Location' für eine Outdoor-Event-Agentur Ausschau halten.

Ich konnte sagen, was ich wollte, sein Studium, die Dissertation, alles umsonst. Wir hatten ihn doch all die Jahre unterstützt. Das haben wir doch nicht gemacht, damit er Outdoor-Events organisiert. Rafting, Klettern, das ist ja auch gefährlich. Er erklärte mir, dass es schließlich sein Leben sei und ich mich nicht länger einmischen solle. Dann ist er gegangen. Ich habe danach begriffen, dass ich loslassen muss, wenn ich nicht vor Sorge zugrunde gehen will. Also habe ich den Kontakt auch nicht gesucht. Seitdem habe ich Sebastian nicht mehr gesehen. Er schickt Karten zu Weihnachten und zum Geburtstag. Viele Grüße, weiter nichts. Und warum sollte er ausgerechnet in Engelsburg auftauchen? Das macht doch keinen Sinn."

„Hat Ihr Mann Kontakt zu Ihrem Sohn?"

„Mein Mann ist vor einigen Jahren an Krebs gestorben. Er war wissenschaftlicher Mitarbeiter an der Fachhochschule in der Kreisstadt. Ich habe auch studiert, hatte auch sehr gute Noten, war zunächst auch an der Fachhochschule. Aber einer musste halt zurückstecken, wie es so schön hieß. Und das waren damals die Frauen. Also habe ich eine Zusatzausbildung als Lehrerin gemacht, und wir sind hierher zu meinen Eltern gezogen. Meine Eltern sind aber nun auch schon eine Weile tot. Seit mein jüngerer Sohn studiert, wohne ich allein hier, in einem Zwei-Familien-Haus. Und ich sage es noch einmal: Zu Sebastian habe ich keinen Kontakt, ich weiß nicht, wo er sich aufhält. Und ich halte es für ziemlich ausgeschlossen, dass er in Engelsburg gesehen wurde. Das muss eine Verwechslung sein."

„Könnte es sein, dass Ihr jüngerer Sohn in Engelsburg gesehen wurde?"

„Wer hat denn Sebastian angeblich gesehen? Klopfen Sie nur auf den Busch? Sie verschweigen mir doch etwas?" Frau Kaufmann schien plötzlich nervös zu werden.

Liebetraut zeigte ihr das Phantombild. Sie schluckte. Dann nahm sie ihr Smartphone und öffnete die Bildergalerie. „Das ist mein jüngerer Sohn Julian!"

Julian hatte tatsächlich kaum Ähnlichkeit mit dem Phantombild, und es war zu vermuten, dass sie ihnen kein falsches Bild gezeigt hatte. Eine Fotografie ließ sich schließlich leicht überprüfen.

Frau Kaufmann fing an, das Geschirr zusammenzuräumen. In einem geschäftsmäßigen Ton sagte sie: „Wie Sie sehen, kann ich Ihnen nicht weiterhelfen. Ich kenne die Eltern des Freundes nicht, weiß nur, dass sie irgendwo in Baden-Württemberg leben. Die Geburtstagskarten habe ich nicht aufgehoben, wozu auch? Um ständig wieder von neuem ins Grübeln zu verfallen?"

Sie machte eine kleine Pause und holte tief Luft. Dann blieb sie stehen und sah Liebetraut an. „Was hätte ich denn wann anders machen müssen? Ich habe immer getan, was ich konnte, nach bestem Wissen und Gewissen. Ich habe seinerzeit meine Stelle an der Fachhochschule wegen der Kinder aufgegeben. Die männlichen Kollegen zählten nämlich zu Beginn des Semesters die Frauen mit Kindern, die in der gleichen Lehrgruppe waren. Die konnten ja wegen kranker Kinder ausfallen, waren also ‚Risikofaktoren'. Meine Kinder waren leider besonders oft krank. Zwar wohnte meine Mutter nicht sehr weit weg, aber wir hatten kein Telefon, also konnte ich sie nicht kurzfristig um Unterstützung bitten. Außerdem war sie ja selbst berufstätig. Und Tagesmütter gab es im Osten nicht. Und wenn es sie gegeben hätte, hätten wir sie nicht bezahlen können. Also habe ich aufgegeben.

Und nun werde ich ein zweites Mal gestraft, weil ich Söhne habe und aktuell gerade die Erhöhung der Frauenquote ausgerufen worden ist! Ich habe nichts gemerkt, als Sebastian darüber nachdachte aufzugeben. Das kann man mir vorwerfen. Das ist aber auch alles! Bitte lassen Sie mich endlich in Ruhe! Bitte gehen Sie!"

Liebetraut sah keine andere Möglichkeit mehr, als der Aufforderung Folge zu leisten. Sie mussten nun wohl oder übel nach Sebastian Kaufmann suchen. Über die einzelnen Schritte würden sie morgen beraten. Sie brauchten eine Pause.

Auf der Heimfahrt hing jeder seinen Gedanken nach. Liebetraut hatte Mühe, sich auf den Verkehr zu konzentrieren. Mussten sie nun wieder ganz von vorn anfangen? Sicher würde man ihn in Kürze wegen Unfähigkeit von dem Fall abziehen. Da fiel ihm wieder Leons Aussage ein. Sie hatten noch diesen Zipfel, an dem sie weitermachen konnten. Auch wenn das „Phantom" bisher nur in der Nähe von Menzels Wohnung gesehen worden war, konnte man das Institut als Tatort noch nicht ausschließen. Nein, noch würde er nicht aufgeben. Er atmete ein paar Mal tief aus und ein. Angeblich sollte das ja helfen, einen kühlen Kopf zu bewahren. Was hatten sie denn an gesicherten Fakten?

Die Gerichtsmedizin hatte sich inzwischen auf den Freitag als Todeszeitpunkt festgelegt. Der Computerwagen hatte am Freitagnachmittag im ersten Stock gestanden, am Montagmorgen war er wieder oder immer noch dort gewesen, aber möglicherweise in einer anderen Position. Nach Leons Beobachtung konnte in der Nacht vom Sonnabend zum Sonntag jemand etwas aus dem Institut weggeschafft haben – vielleicht den Herrn Menzel. Aber dann wäre es unwahrscheinlich, dass dieser bereits am Freitag getötet worden war. Wo hätte die Leiche aufbewahrt werden sollen? In den öffentlich zugänglichen Räumlichkeiten drehte die Security regelmäßig ihre Runden, in den Zimmern und auf den Fluren war die Putzfrau aktiv. Vielleicht hatte sich Leon hinsichtlich der Nacht geirrt? Er musste noch einmal mit Leon reden.

Als sie wieder in Engelsburg angekommen waren, rief Liebetraut Leons Mutter an und bat sie, Leon ans Telefon zu holen. Leon sprudelte sofort los und erklärte Liebetraut, dass er inzwischen sogar den Fahrer des Lexus getroffen habe. Vielleicht dürfe er, Leon, sogar einmal mit dem Lexus mitfahren. Liebetrauts Laune sank weiter. Dann würde auch Leons Mutter mitfahren. Und was, wenn der Fahrer einem Abenteuer nicht abgeneigt, vielleicht sogar ledig war? Das würde seine Chancen bei der hübschen Mutter nicht befördern.

Aber Leon gab Entwarnung: „Der Herr Eichinger muss nur noch seine Frau und die Clara fragen, die fahren nämlich auch mit."

„Wer ist denn die Clara?"

„Na, ein Mädchen. Aber die fährt auch gern mit dem Lexus."

„Gut Leon, aber jetzt habe ich noch eine Frage: Wann genau hast du das Auto gesehen, das durch die Pfütze gefahren ist?"

Man konnte Leons Enttäuschung förmlich hören, als er sagte: „Du glaubst mir auch nicht. Aber ich weiß es genau. Es war in der Nacht vor Lindas Geburtstag."

„Nicht vielleicht schon eine Nacht vorher?"

„Nein!"

„Gut, und wo genau hat das Auto gestanden, als du es zum ersten Mal gesehen hast?"

„Da, wo vorher immer das große Auto gestanden hat!"

Liebetraut war verblüfft. Von einem „großen Auto" hatte ihm noch niemand etwas erzählt.

„Wann stand denn das große Auto da?"

„Na, vom Mittwoch bis zum Freitagnachmittag. Das weiß ich genau. Und am Montag war es auch noch einmal da."

Leons Mutter sagte im Hintergrund: „Das waren Handwerker. Die haben irgendwas im Gebäude gemacht. Ich habe gehört, dass Wasser ins Gebäude eingedrungen sein soll, vor drei Wochen, als es so stark geregnet hat."

Liebetraut atmete tief durch. Handwerker im Haus. Wieso hatte ihm davon niemand etwas erzählt?

Eine Rückfrage bei Behrmann und der Security-Firma ergab, dass die Garderobe im Keller abgesperrt gewesen war, weil man einige Wände ausbessern und zum Teil neu verputzen musste. Zerknirscht gab der Sicherheitsbeamte zu, dass er den Garderobenkeller nicht inspiziert hatte. „Da konnte doch keiner rein." Und nein, es war ihm in den Kellergängen nichts aufgefallen.

Liebetraut lief noch einmal durch die Kellergänge, dieses Mal aber nicht auf kürzestem Weg zu dem Ausgang, auf den Leons Beschreibung passte. Er machte den Weg über die Garderobe. Und er wurde fündig! Kurz vor der Garderobe hatte der Computerwagen offenbar einen Türrahmen in Mitleidenschaft gezogen. Ein ganz kleines bisschen nur, aber die Höhe stimmte exakt. Endlich ein Anhaltspunkt!

Liebetraut war sich nun sicher, dass das Institutsgebäude der Tatort war und die Leiche im Garderobenkeller gelegen haben musste. Die Spusi würde das sicher irgendwie beweisen können. Aber Liebetrauts kurze Euphorie legte sich sofort wieder. Wer hatte die Leiche in die Garderobe gebracht, und warum hatte der Herr Menzel überhaupt aus dem Leben scheiden müssen? Trotz des kleinen Teilerfolges, der außerdem noch bewiesen werden musste, waren sie nicht viel weiter. Auf Geschenke wie Fingerabdrücke wagte er nicht zu hoffen. Auf jeden Fall musste man noch einmal alle unter die Lupe nehmen, die am Freitag im Institut gewesen waren. Selbst wenn sie nichts mit Menzels Tod zu tun haben sollten, konnten sie irgendetwas beobachtet haben, was den Durchbruch brachte. Und einen Durchbruch brauchten sie jetzt endlich.

Da klingelte sein Smartphone. Tantchen! Am liebsten hätte er den Anruf weggedrückt, aber gegenwärtig brauchte er jede Information, mochte sie auch noch so abwegig erscheinen.

Tantchen berichtete Liebetraut von Renates Unfall und der Beobachtung im Wald. Ihre Inspektion von Renates Grundstück überging sie. Liebetraut hörte missmutig zu. Nun ja, der von Tantchen beschriebene „Beobachtungspunkt" lag zumindest in der weiteren Umgebung des Fundortes der Leiche. Allerdings musste man „weit" schon ziemlich weit fassen. Aber der Zeitpunkt – früher Sonntagmorgen – passte.

Schließlich rückte Tantchen damit heraus, dass sie in Baumanns Dissertation einen Fehler gefunden habe, und wenn man eins und eins, sprich Renates Beobachtung und den Fehler zusammenzähle … Sie kam nicht mehr dazu, das Ergebnis der Rechnung zu präsentieren. Liebetraut unterbrach sie heftiger, als er beabsichtigt hatte: „Der Baumann kann es nicht gewesen sein. Die Gerichtsmedizin hat sich inzwischen festgelegt, dass Menzel am Freitag gestorben ist. Der Baumann ist aber erst am Sonnabendmittag von einer Tagung zurückgekommen."

Tantchen schwieg betroffen. Schließlich wagte sie noch einen schwachen Versuch: „Und wenn er doch vorher schon mal da war?"

„Haben wir nachgeprüft. Es gibt genügend Zeugen für den ganzen Freitag. Und außerdem besitzt er kein kleines graues Auto." Liebetraut biss sich wütend auf die Zunge. Von dem Auto hatte er Tantchen ja noch nichts erzählt. Zu seiner Erleichterung ging sie aber nicht auf dieses Thema ein.

„Und seine Freundin? Vielleicht war die es. Habt ihr nachgeprüft, ob sie im Institut war?"

„Wir machen unsere Arbeit. Ja, sie war im Institut. Aber sie kann es nicht gewesen sein. Bitte halte dich endlich heraus und bring dich nicht noch einmal in Gefahr!"

Tantchen versprach, den Rest des Tages in der Wohnung zu bleiben. Als Liebetraut auflegen wollte, kam ihm der Herr Kaufmann in den Sinn. Tantchen behauptete ja immer, dass sie alle Studenten aus ihrer Zeit kenne. Ja, natürlich erinnere sie sich an den Sebastian Kaufmann. Das war auch einer von denen, die trotz Talent keine Chance bekommen hatten. Da hatte es sein Zwillingsbruder, der im Westen studiert hatte, schon geschickter angestellt.

Liebetraut verschlug es den Atem. Zwillingsbruder? Wieso hatte ihm Behrmann nichts davon erzählt? Und in den Aussagen der Mutter hatte es keine einzige Andeutung gegeben, dass Sebastian einen Zwillingsbruder haben könnte. Ein erneuter Anruf bei Frau Kaufmann wurde nicht angenommen. Liebetraut versuchte es bei der zuständigen Polizeidienststelle. Nach kurzer Zeit erhielt er die Information, dass Frau Kaufmann nach Aussage der Nachbarn mit dem Auto weggefahren und bisher nicht zurückgekehrt war.

Liebetraut fühlte sich sehr unwohl. Einerseits, weil er Tantchen so barsch angefahren hatte, andererseits, weil sich die Zahl der Verdächtigen auch bei Ausschluss von Tantchens Vermutungen plötzlich ziemlich erhöht hatte. Und mit dem Computerwagen konnten auch Frauen eine Leiche transportieren. Es war wohl angeraten, das Freitag-Alibi von Frau Kern noch einmal zu überprüfen.

Apropos Auto: Liebetraut war wieder eingefallen, dass Leon von einem Auto im Parkverbot gesprochen hatte. Das sollte man auch im Auge behalten. Zwar konnte das eigentlich Gretel übernehmen, aber die Gelegenheit, Leons Mutter wieder einmal zu treffen, konnte er nicht ungenutzt vorbeigehen lassen.

Er rief Leons Mutter an und bat darum, Leon kurz besuchen zu dürfen. Und wirklich, Leon gab an, dass er in der Nacht vor dem „Pfützenauto" ein Auto in der Parkverbotszone gesehen hatte. Die Mutter fragte: „Bist du ganz sicher?" Leon ging nicht auf den Einwand ein, setzte aber wieder die Miene auf, die Liebetraut schon an ihm beobachtet hatte, wenn er sich nicht ernstgenommen fühlte.

„Dort darf kein Auto stehen. Ich habe gedacht, dass die Polizei kommt, aber sie ist nicht gekommen. Die Polizei muss den Fahrer-Schlingel doch fangen. Der Opa hat mir gesagt, dass das Nummernschild dazu da ist, der Polizei zu sagen, wem ein Auto gehört. Ich weiß, was auf dem Schild stand." Jetzt war Liebetraut ehrlich verblüfft. Nicht die Polizei war hier Freund und Helfer, sondern vor ihm stand ein Freund und Helfer der Polizei. Genauer gesagt, er stand nicht mehr vor ihm, sondern lief ins Kinderzimmer und kam mit einem Zettel zurück. Die Mutter schnappte nach Luft, als sie einen Blick auf den Zettel geworfen hatte. „Leon, du kannst doch gar nicht …" Auch Liebetraut hatte nicht mit dem gerechnet, was er zu sehen bekam: Leon hatte versucht, Nummernschilder abzumalen, und er hatte sich sichtlich große Mühe gegeben. „Donnerwetter, da wird der Opa aber stolz auf dich sein. Und welches Auto stand in der Nacht vor dem ‚Pfützenauto da?" Leon zeigte auf eine Zeichenkette. Die Mutter atmete hörbar ein und aus und schüttelte sprachlos den Kopf. Leider hatte Leon die Nummer des „Pfützenautos" nicht erkennen können. Das wäre ja auch zu schön gewesen.

Ein Anruf bei der Zulassungsstelle ergab, dass das Auto im Parkverbot einem jungen Mann namens Kai Seltmann gehörte. Er wohnte am entgegengesetzten Ende der Stadt. Ein junger Mann – Liebetraut fiel der Anruf bei Marie ein. Sie beschlossen, die Stimme des Herrn Seltmann heimlich mit einem Diktiergerät aufzunehmen und Marie vorzuspielen. Auch wenn die Chance sehr klein war, auf diesem Weg weiterzukommen, sie mussten jedem Anhaltspunkt nachgehen.

Seltmann spielte zunächst den Unwissenden. Erst als man ihm mitteilte, dass es Zeugen gab, die ihn in der Mordnacht am Institut gesehen hatten, wurde er gesprächiger: „Ich habe nichts Schlimmes getan, nur ein bisschen Crystal vertickt. Ich habe einen Kunden bei den Studenten dort. Das Zeug für ihn versteckte ich immer unter einem Schrank in der Garderobe, neben der Toilette im Untergeschoss. Ist doch einfacher, als wenn man sich treffen muss. Und neben der Toilette ist man auch nicht verdächtig, man ist nur mal schnell hereingekommen, um was loszuwerden."

„Loswerden" war noch nicht einmal falsch, dachte Liebetraut, sagte aber nichts.

„Also, an dem Abend habe ich plötzlich was gehört, mitten in der Nacht. Ich mach mich dünn und gucke kurz, was los ist. Steht so ein Wagen im Flur vor der Toilette im Keller, und drinnen scheint jemand zu kotzen. Klang zumindest so. Ich warte und warte. Es hat ewig gedauert. Dann kommt jemand raus und macht sich an dem Wagen zu schaffen. Dauert auch eine Weile. Dann wird der Wagen weggefahren."

„Und was haben Sie getan? Sie wollten doch sicher wissen, wer sich dort rumgetrieben hat."

„Naja, ich hab mich erst ein bisschen auf der Toilette umgeschaut, Terrain sondieren sozusagen. Dann bin ich vorsichtig hoch. Da war aber niemand mehr. Nur der Wagen stand rum im ersten Stock."

„Und Sie sind nicht auf die Idee gekommen, jemanden zu informieren?"

„Hä, bin ich blöd oder was? Soll ich der Polizei selbst sagen: ‚Seht mal nach, ich hab da was gebunkert?' Hab mein Zeug geschnappt und mich vom Acker gemacht."

Seltmann hielt kurz inne, dann fügte er hastig hinzu: „War allerdings nur eine klitzekleine Menge, nicht der Rede wert. Das ist bestimmt überhaupt nicht strafbar."

Liebetraut ging nicht darauf ein. Stattdessen fragte er: „Und die Person, wie sah die aus?"

„Hab ich ja nicht gesehen."

Liebetraut ließ eine Weile vergehen. Seltmann sah ihn erwartungsvoll an. Dann sagte Liebetraut betont ruhig: „Wissen Sie, was ich glaube? Sie erzählen uns hier eine Lügengeschichte. Vermutlich ist alles folgendermaßen abgelaufen: Der Herr Professor Menzel hat Sie bei ihren Drogengeschäften erwischt, und Sie haben zugeschlagen."

„Nein, nein, so war es nicht. Sowas können Sie mir nicht anhängen."

„Solange Sie nicht mehr zu Ihrer Entlastung sagen können als das, was wir bis jetzt hier gehört haben, sieht es schlecht für Sie aus."

Seltmann atmete schwer. Schließlich sagte er: „Ich habe einen Beweis. Ich will eine Kronzeugenregelung."

„Über das weitere Vorgehen können wir erst entscheiden, wenn wir Ihre Beweise kennen. Also lassen Sie hören: Wie sah der Täter aus, und welche Beweise haben Sie?"

„Ich habe doch schon gesagt, dass ich den Täter nicht gesehen habe. Und außerdem war es eine Täterin."

„Ich denke, Sie haben den Täter nicht gesehen? Woher wollen Sie dann wissen, dass es sich um eine Frau handelte?"

„Ja, aber die Person war auf der Damentoilette."

Gretchen und Liebetraut sahen sich erstaunt an. Sie wussten, dass die beiden Toiletten nebeneinander lagen. Ein kürzerer Weg konnte als Grund für die Wahl der Damentoilette wohl ausgeschlossen werden. Vielleicht hatten sie es aber auch mit einem besonders raffinierten Täter zu tun.

Seltmann räusperte sich und sagte schließlich: „Ich habe einen Beweis. Die Person hat etwas verloren. Ich kann es Ihnen zeigen, bei mir zu Hause."

In seiner Wohnung präsentierte ihnen Seltmann ein Tempotaschentuch. Das konnte natürlich auch ein Fake sein, aber die Tatsache, dass er das Taschentuch gut versteckt hinter einem Stapel Kassetten in einem Plastikbeutel aufbewahrt hatte, deutete darauf hin, dass er dem Gegenstand eine gewisse Bedeutung beigemessen hatte. Sie veranlassten, dass das Taschentuch auf dem schnellsten Weg ins Labor kam. Als sie das Haus verließen, fiel Liebetrauts Blick zufällig auf das Klingelschild. Ein Name kam ihm bekannt vor.

Mit dem Herrn Seltmann waren sie aber noch nicht ganz fertig. Marie hatte inzwischen bestätigt, dass Seltmann durchaus der Anrufer gewesen sein könnte, der auf die Pyramide hingewiesen hatte. Woher also wusste er etwas von der Pyramide? Und hatte er etwas mit dem Verschwinden der Pyramide aus dem Zimmer der Frau Rieger zu tun?

Liebetraut versuchte es unverfänglich: „Was wissen Sie über die Pyramide der Frau Professor Rieger?"

„Ich kenne keine Frau Professor Rieger. Und eine Pyramide? Sowas gibt es doch nur in Ägypten. Und die sind auch ein bisschen groß für unsereinen."

Liebetraut bemühte sich, freundlich zu klingen: „Nun, es gibt auch kleine Pyramiden. Und manche sind sehr hart." Seltmann sah ihn gespannt an. Liebetraut fuhr ungerührt fort: „Pyramide, das ist Täterwissen. Dagegen kommt ein Tempotaschentuch nicht an. Ich wiederhole mich nur ungern: Es sieht schlecht aus für Sie. Wir haben die Pyramide übrigens gefunden. Und ich bin sicher, dass wir darauf Fingerabdrücke finden werden."

„Nicht, wenn die Pyramide abgewischt wurde."

„Ach, Sie wissen auch, dass die Pyramide abgewischt wurde?"

Und zu Gretchen gewandt, fügte Liebetraut hinzu: „Das reicht jetzt eigentlich für eine Haftbefehl. Was meinst du?"

Seltmann war nun richtig nervös: „Also gut, ich hab die blöde Rieger im Magen sitzen. Sie hat mich mal erwischt, als ich in der Kochnische in den Kühlschrank geguckt habe. Danach hat die Security besonders aufgepasst. Die Rieger sollte mal so richtig Ärger bekommen. Und schließlich hätte sie es doch auch gewesen sein können, als Frau, meine ich."

„Und die Information, dass eine Pyramide im Spiel ist, haben Sie vom Herrn Professor Heldmann erhalten?"

Seltmann guckte verblüfft. „Heldmann, wieso? Ich kenne keinen Herrn Professor Heldmann."

Liebetraut ließ Seltmann eine Weile zappeln. Dann sagte er: „Es ist schon erstaunlich, dass Sie Ihren Nachbarn nicht kennen. Wir können das ja mal dem Herrn Professor erzählen." Jetzt gab Seltmann wohl endgültig auf. „Der Professor wohnt im gleichen Aufgang. Seit seine Frau gestorben ist, ist er allein, und manchmal helfe ich ihm ein bisschen, bringe was vom Einkaufen mit und so. Er bezahlt immer gut. Als ich von den Gerüchten mit dem verschwundenen Professor gehört habe, habe ich ihn ein bisschen angefixt. Und er war ja auch neugierig. Und dann hat er zufällig gehört, was Ihre Leute so geredet haben. Das musste doch ein Wink des Schicksals sein!"

„Wieso Wink des Schicksals?"

„Naja, der Heldmann hat so nebenbei erzählt, dass die Rieger eine Pyramide hat. Hat auch keinen Hehl daraus gemacht, dass es ihn freut, wenn nun endlich mal der schlechte Charakter der Frau Rieger ans Tageslicht kommt. Ja, genauso hat er es gesagt."

„Und wie sind Sie an die Pyramide der Frau Rieger gelangt?"

„Der Heldmann hatte ja einen Generalschlüssel. Und als er mir seinerzeit sagte, dass er den bald abgeben muss, weil er in Rente geht, habe ich mir gedacht, dass es ja nicht schaden könne, wenn wir eine Kopie haben."

„Der Herr Professor Heldmann hat Ihnen den Generalschlüssel zur Verfügung gestellt, damit Sie eine Kopie anfertigen lassen können?"

„Natürlich nicht. Ich habe Blumen gegossen, als er auf einer Dienstreise war. Und da hat es sich halt angeboten."

Liebetraut sagte nichts mehr. Mit einem Generalschlüssel konnte man allerhand anfangen.

Kaffee und Cognac feuerten Tantchens Fantasie weiterhin an. Still zu Hause sitzen, das ging einfach nicht. Sie lief wieder los und überdachte die verbleibenden Möglichkeiten – nun, nachdem Baumann als Mörder ausgeschieden war. Die Freundin oder ein Freund, die oder der ihm aus der Patsche helfen wollte. Wer würde so weit gehen? Der- oder diejenige musste schon ein erhebliches Interesse an dem Herrn Baumann haben. Oder sollte nur die Spur zu Baumann führen? Gelegt von jemandem, der nicht wusste, dass Baumann ein Alibi hatte? Renates Erzählungen deuteten auf einen Mann hin. War der Baumann schwul? Hatte er die Freundin nur zur Tarnung? War da eine Ménage-à-trois zugange? Fragen über Fragen!

Wenn sie jetzt jemanden hätte, mit dem sie die verschiedenen Aspekte diskutieren könnte! Häufig half es ja schon, dass jemand nachfragte, weil er manches nicht verstanden hatte, damit man selbst einige Dinge klarer sah. Sie hätte ihre Gedanken gern an Liebetraut oder Renate „ausprobiert". Aber das ging ja nun nicht. Jemand mit ein bisschen Einblick in den Hochschulalltag und viel Menschenkenntnis wäre ein nützlicher Gesprächspartner. Jemand, der die richtigen Fragen stellte. Leider fiel ihr niemand ein, mit dem sie auch das nötige Vertrauensverhältnis verband.

Wer blieb noch? Eine andere Freundin kam noch in Betracht. Die war sehr nett, aber bei ihr konnte sie sich die Antworten auch gleich selbst hersagen. Da kam kein Input, auch keiner, über den sie sich ärgern würde.

Sie musste wohl oder übel allein nachdenken. Immerhin war sie das von ihrer beruflichen Tätigkeit her gewöhnt. Sie beschloss, an einem anderen Ende anzufangen. Was hatte sie denn noch? Der Zettel fiel ihr wieder ein. Der Text klang wie die Vorgabe zu einem Lehrgutachten. Wofür wurde so etwas benötigt? War es die Einschätzung eines Kollegen – im Rahmen des Qualitätsmanagements? Wer wurde da eingeschätzt? Eigentlich wurden am Institut nur alte Ossis von noch älteren Ossis begutachtet. Ossis, die aus Altersgründen aus dem Dienst ausgeschieden waren, verfassten gelegentlich solche Gutachten. Die jungen Wessis waren natürlich über jeden Zweifel erhaben und wurden nicht begutachtet. Vielleicht hatten es sich die jungen Wessis auch verbeten, von einem alten Ossi bewertet zu werden. Nach welchen Kriterien sollten die Ossis denn bewerten? Die hatten doch gar keine freiheitlichen Lehrmethoden und -meinungen kennengelernt! Wie auch immer. Das Qualitätsmanagement-System bezog seine Legitimation zu einem nicht unerheblichen Teil aus den Begutachtungen. Ob es viel Sinn machte, einen Professor oder wissenschaftlichen Mitarbeiter im letzten Dienstjahr zu bewerten und mit Tipps zur Verbesserung seiner Tätigkeit zu erfreuen, war da zweitrangig. Hauptsache, die Zahl der Begutachtungen stimmte.

Gegen die Begutachtungsvariante sprach ein bisschen die Tatsache, dass das Semester gerade erst begonnen hatte und die „Hoch-Zeit" der Bewertungen am Ende des Semesters lag. Aber vielleicht wollte der Herr Menzel auf Nummer sicher gehen, indem er schon zu Beginn klarstellte, wofür im Verlauf der Vorlesung Beweise gesammelt werden mussten?

War es überhaupt die Schrift von Herrn Menzel? Wenn sie Liebetraut beeindrucken wollte, durfte sie sich nicht noch einen Fehler erlauben. Sie kehrte nach Hause zurück, übertrug die Bilder, die sie von den Randbemerkungen der Dissertation aufgenommen hatte, auf den Rechner und vergrößerte sie. Nein, aus ihrer Sicht gab es keinen Zweifel daran, dass es sich um Menzels Schrift handelte. Wenn jemand das alles so gut nachgeahmt haben sollte, musste er oder sie ganz schön geübt haben. Es war sehr wahrscheinlich, dass Menzel der Schreiber und wohl auch der Erfinder der Textpassage war.

Aber wofür war der Text gedacht? Das Berufungsverfahren kam ihr wieder in den Sinn. Für alle Kandidaten, die in die engere Wahl kamen und zu einem Probevortrag eingeladen worden waren, mussten Lehrgutachten erstellt werden. Wer die Lehrgutachten richtig einzusetzen wusste, konnte Beachtliches mit ihrer Hilfe erreichen. Man tat so, als sei eine gute Lehre das entscheidende Kriterium bei der Auswahl. Wer wollte dem widersprechen? Schließlich waren die eingeladenen Kandidaten zunächst aufgrund ihrer Forschungs-Meriten bestimmt worden. Und nun sollten aus diesem illustren Kreis diejenigen ausgewählt werden, die auch in der Lehre Großes vollbringen würden.

Ein bisschen störend war die Forderung, dass die Lehrgutachten von Studierenden zu erbringen waren. Ob aber die kollektive Meinung von fünf Seminargruppen berücksichtigt wurde oder nur die zwei oder drei handverlesenen Studenten aus der Kommission hinter dem abgelieferten Text standen, wurde nicht hinterfragt. Und ein „Student" konnte natürlich auch ein sogenannter „Promotionsstudent" sein, der die Einschätzungen zu deuten wusste, die sein Betreuer hin und wieder in ein fachliches Gespräch einfließen ließ.

War Baumann Mitglied der aktuellen Berufungskommission? Wie in den letzten Jahren üblich, hatte man die Namen der Mitglieder der Berufungskommission ziemlich geheim gehalten.

Vielleicht war Baumanns Freundin in der Kommission. Das war naheliegend, schließlich war mindestens eine Frau vorgeschrieben. Sicher war die Frau Professor Hofmeier gesetzt. Aber zwei Frauen waren allemal besser als eine. Und eine willige junge Mitarbeiterin war auf jeden Fall ein geringeres Risiko als eine störrische Professorin.

Angenommen, Baumanns Freundin sollte diesen Text abgeben. Über wen sollte sie den Stab brechen? Vielleicht über den Bewerber, den die Rieger favorisierte? Aber hatte der denn überhaupt eine Chance? Schließlich wollte die Rieger nach ihren Aussagen „ein Gegengewicht zum Eschenbach" installieren. Und das, obwohl sie vermutlich bei der Zusammensetzung der Kommission ausgebootet worden war. Wenn ihr Anliegen irgendwie durchgesickert war, gab es auch ohne den Herrn Menzel genügend Gegenwind. Es ging also wohl darum, einen aussichtsreicheren Kandidaten auszubooten. Wen? Und wer sollte davon profitieren? Das musste sie unbedingt herausfinden.

Liebetraut überlegte. Ein mutmaßlicher Täter, der die Damentoilette benutzt hatte. Wenn es die Frau Rieger nicht gewesen war, wer blieb dann noch? Die Frau Kern? Hatte

Tantchen vielleicht in diese Richtung weisen wollen? Aber keines der Gespräche hatte einen Hinweis auf ein Zerwürfnis zwischen Menzel und der jungen Frau ergeben. Die beiden hatten nichts miteinander zu tun. Die einzige Verbindung bestand darin, dass Menzel der Betreuer der Dissertation von Kerns Freund Baumann war. Aber die Dissertation war nicht in Gefahr gewesen. Nach Tantchens Hinweis hatte er Behrmann angerufen und nach möglichen Fehlern in der Dissertation gefragt. Behrmann war sehr erstaunt gewesen und hatte es weit von sich gewiesen, mögliche Fehler übersehen zu haben. Liebetraut musste die Seite mit dem Fehler nennen und begründete sein Insiderwissen mit einem anonymen Hinweis. Dabei hoffte er inständig, dass Behrmann noch nichts von seinen verwandtschaftlichen Beziehungen zu Tantchen gehört hatte. Behrmann hatte zugesagt, die Passagen zu überprüfen. Bereits nach einer Stunde rief er wieder an und bestätigte den Fehler. Dieser sei aber nicht gravierend. Behrmann bemühte sich nach Kräften, etwas über den Hinweisgeber zu erfahren. Dabei sagte er etwas Interessantes. Er, Behrmann, sei der Meinung, dass ein Konkurrent von Baumann, der ihm die Stelle nicht gönne, dahinterstecken müsse. Und da gäbe es nur einen, der in Frage käme. Liebetraut notierte sich den Namen und bat Hensel, den Herrn am Montag genauer unter die Lupe zu nehmen. Sie mussten aber auch noch einmal die Frau Kern überprüfen. Er schickte Kollmann zu der Nachbarin, die Kerns Alibi für den Freitag bestätigt hatte.

Es dauerte nicht lange, bis Kollmann zurück war. Was er zu berichten hatte, warf ein neues Licht auf die Abläufe. Die Frau Kern musste nun wohl oder übel noch einmal befragt werden. Am besten, er bat Gretchen, dabei zu sein. Es war immer gut, wenn man bei der Befragung von Frauen eine Frau dabei hatte. Glaubte er zumindest.

Liebetraut schickte Hensel und Gretel zu Kerns Wohnung. Gretchen sollte die junge Frau ins Institut begleiten, damit sie sich nicht aus dem Staub machen konnte. Hensel sollte mit den anderen Nachbarn reden und herausfinden, ob sie etwas Relevantes beobachtet hatten.

Wenig später erschien Frau Kern mit Gretchen. Sie wirkte äußerlich ruhig. Liebetraut glaubte aber Anzeichen dafür zu entdecken, dass sie angespannt war.

Nach den üblichen Formalitäten fragte Liebetraut noch einmal nach dem Tagesablauf am Freitag. Kern blieb bei ihrer bisherigen Version. Nein, am Freitagabend war sie nicht noch einmal im Institut gewesen. Am Samstagnachmittag hatte sie noch ein paar Unterlagen aus ihrem Zimmer geholt. Die Vorbereitung der Vorlesung, die eigentlich Herr Professor Raupenfeld zu halten hatte, war aufwendiger als gedacht. Sie hatte den Seiteneingang benutzt und sich etwa eine Viertelstunde im Institut aufgehalten. Es war ihr niemand begegnet, zumindest hatte sie niemanden wahrgenommen.

Liebetraut fragte, wann sie das letzte Mal durch die Kellergänge gelaufen sei. Irrte er sich oder zuckte sie kaum merklich zusammen? Sie zögerte etwas. Dann sagte sie: „Ach, jetzt erinnere ich mich. Das muss am Samstag gewesen sein. Ich habe noch etwas in die Papiertonne geworfen, bevor ich wieder gegangen bin."

„Was war das denn?"

„Ach, nur eine Werbung für einen Workshop." Sie schien sich sicher zu sein. Vermutlich rechnete sie nicht damit, dass die Spusi den Inhalt der Papier- und Plastiksammelbehälter für alle Fälle aufbewahrt hatte. Liebetraut gab Gretchen ein Zeichen. Sie würde sich die Papierreste vornehmen. Liebetraut unterbrach das Gespräch und bat Frau Kern, sich im Institutsgebäude zur Verfügung zu halten.

Es sprach einiges gegen Frau Kern. Allerdings gab es auch ein entlastendes Detail. Und das machte Liebetraut mehr Kopfzerbrechen, als er sich eingestehen wollte. Auch Frau Kern besaß leider kein kleines graues Auto. Hatte sich Leon geirrt? War er nur ein kleiner Spinner, der sich etwas ausdachte, um sich wichtig zu machen? Irgendetwas in Liebetraut sträubte sich dagegen, das zu glauben.

Dann überschlugen sich die Ereignisse. Zuerst rief Gretchen an und vermeldete, dass sich im Papiercontainer kein Werbeprospekt befunden habe. Danach bestätigte das Labor, dass man am Papiertaschentuch weibliche DNA-Spuren sicherstellen konnte.

Liebetraut wartete, bis Gretchen wieder eingetroffen war. Dann konfrontierte er Frau Kern zuerst mit Gretchens Feststellung. Frau Kern suchte Ausflüchte. Sie habe da vermutlich etwas verwechselt. Aber immerhin sei doch wohl bestätigt, dass Herr Menzel noch lebte, als sie am Freitag das Institut verließ. Liebetraut ließ einige Sekunden vergehen, bevor er sagte: „Leider ist die Bestätigung ins Wanken geraten. Sie haben der Frau die Zeit eingeredet."

„Wir haben über die Zeit geredet, ja. Warum sollte ich jemandem eine Zeit einreden? Aber selbst wenn ich mich in der Zeit geirrt haben sollte, beweist das doch gar nichts. Woher sollte ich denn wissen, dass die Zeitangabe irgendeine Bedeutung hat? Das müssen Sie mir erst einmal erklären."

Frau Kern schaute ihn an. Ihr Gesichtsausdruck irritierte Liebetraut. War das Hochmut oder schlecht verhehlter Hass? Er kannte diesen Ausdruck von irgendwoher. Und plötzlich war ihm klar, dass seine Lehrerin in der Grundschule so geguckt hatte, wenn sie ihn wieder einmal tadelte, weil er nicht stillsitzen konnte. Vielleicht war ihm Leon auch deshalb so sympathisch, weil der offenbar ein ähnliches Problem hatte. Die Erinnerung bewirkte, dass er in schärferem Tonfall antwortete als beabsichtigt.

„Nun, ich kann Ihnen das erklären. Die Nachbarin hat ausgesagt, dass sie gleich nach ihrem Eintreffen zu Hause den Fernsehapparat eingeschaltet hat. Sie wollte eine aufgenommene Sendung anschauen. Während sie das Gewünschte auswählte, lief im Hintergrund eine Sendung im ZDF. Die Nachbarin konnte sich an einige Szenen aus dieser Sendung erinnern. Und unsere Recherchen ergaben, dass diese Sendung erst eine halbe Stunde nach dem von Ihnen angegebenen Zeitpunkt begonnen hat."

Liebetraut machte ein Pause. Frau Kern sagte in schneidendem Tonfall: „Das erklärt schließlich nur, dass ich mich in der Zeit geirrt habe. Daraus können Sie keinen Vorsatz konstruieren!"

„Doch, können wir. Fast alle Institutsangehörigen wissen, dass sich der Herr Prüfer am Freitagnachmittag gegen 15.30 Uhr mit dem Herrn Menzel zu einer Besprechung trifft. Und Sie haben den Herrn Prüfer vermutlich aus Menzels Zimmer kommen sehen."

„Weder wusste ich von der Besprechung, noch habe ich den Herrn Prüfer gesehen."

„Dass Sie den Herrn Prüfer gesehen haben, können wir nicht beweisen, wohl aber, dass Sie von der Besprechung wussten. Sie haben sich einmal mit Marie Heimer darüber unterhalten."

Dann zog Liebetraut seinen letzten Trumpf. „Wir haben an einem Taschentuch, das Sie auf der Toilette verloren haben, DNA sichergestellt."

Frau Kern schluckte, wahrte aber immer noch eine erstaunliche Fassung. Sie schwieg.

Liebetraut verwies darauf, dass er sie nun als Beschuldigte vernehme und bot ihr an, einen Rechtsanwalt hinzuzuziehen. Sie winkte ab.

Eine Weile saß sie reglos da. Dann straffte sie sich und sagte: „Ich möchte ein Geständnis ablegen."

Liebetraut spürte, wie sich Erleichterung in ihm breit machte. Er hatte es geschafft!

Aber sofort wurde das gute Gefühl von irgendetwas in seinem Inneren wieder vertrieben. Da war etwas, das sagte, dass er noch nicht am Ziel war und im Folgenden auf der Hut sein musste. Hatte nicht Venske immer wieder darauf hingewiesen, dass es zwei Gruppen von Geständigen gab, solche, die reinen Tisch machen und sich alles von der Seele reden wollten, und solche, die für sich selbst retten wollten, was zu retten war. Frau Kern gehörte vermutlich zur zweiten Gruppe. Diese Frau kippte nicht so einfach um. Sie war ein ernst zu nehmender Gegner.

Mechanisch sagte Liebetraut: „Ich nehme an, dass Sie einverstanden sind, wenn ich Ihre Aussage aufzeichne."

Frau Kern nickte wortlos. Dann sagte sie: „Herr Professor Menzel hatte mich am Vortag gebeten, am Freitag gegen 16.00 Uhr zu ihm zu kommen, aber nur, wenn er um diese Zeit allein sei. Er sagte, er habe mir etwas Wichtiges mitzuteilen."

„Haben Sie ihn nicht gefragt, warum er Ihnen das ‚Wichtige' nicht gleich sagen konnte?"

Kern zögerte eine Weile. Schließlich antwortete sie: „Ja, ich habe ihn gefragt. Und er sagte, es würde länger dauern, die Sache zu erläutern, und dazu habe er erst am Freitag genügend Zeit. Herr Menzel war immer sehr beschäftigt."

„Und was passierte am Freitag?"

„Gegen 15.50 Uhr war nach meiner Meinung niemand mehr da. Vielleicht noch der chinesische Doktorand, das kann ich nicht sagen. Ich ging zum Zimmer von Professor Menzel. Weil ich keine Stimmen hörte, klopfte ich und trat ein." Sie schwieg.

„Und dann?"

„Er war allein im Zimmer. Er fragte mich nach dem Stand meines Projektantrages. Sagte, dass er jemanden kenne, der für ein Gutachten dazu angefragt worden sei."

„Wer war das?"

„Er hat keinen Namen genannt."

„Sie haben nicht versucht, den Namen zu erfragen?"

„Doch, natürlich, aber er sagte, dass ich das nur unter einer Bedingung erführe ..."

„Und die wäre?"

„Ich sollte ihn zu Hause besuchen, noch am gleichen Abend. Er wusste, dass mein Freund auf einem Workshop war, der noch bis zum Samstag dauern würde." Wieder schwieg sie.

„Und dann?"

„Ich erklärte ihm, dass ich mit einer Freundin verabredet sei. Ich war wohl nicht sehr überzeugend. Er sagte, dass ich diese Verabredung doch leicht absagen könne, dass ich auch am nächsten Morgen noch mit der Freundin reden könne, wenn es so dringend sei. Schließlich sei Samstag und die Freundin müsse nicht arbeiten. Ich erklärte ihm, dass ich nicht zu ihm nach Hause kommen würde, wir könnten alles hier besprechen."

Frau Kern fing an zu weinen. Es wirkte ziemlich echt. Wollte sie Zeit gewinnen, um ihre Aussage zu überdenken? Liebetraut fühlte sich ein bisschen hilflos. Wie immer, wenn seine gewesenen Freundinnen in Tränen ausgebrochen waren. Aber schließlich half ihm die Erinnerung an den vorhergehenden Lehrerinnen-Blick über die kurze Verlegenheit hinweg. Ruhig sagte er:

„Bitte fahren Sie fort!"

„Ich, ich kann nicht, er war so niederträchtig."

„Sie müssen uns schon sagen, was passiert ist!"

Frau Kern weinte leise vor sich hin und sagte nichts. Liebetraut dachte angestrengt darüber nach, wie er sie zum Weitersprechen bewegen konnte. In ihrer Ausbildung hatten sie kaum etwas darüber gelernt, wie man sich in solchen Situationen verhielt. Liebetraut merkte, wie Frust in ihm aufstieg. Hatten sie überhaupt etwas gelernt, was sich in realen Situationen anwenden ließ? Immerhin erinnerte er sich daran, wie einmal eine Dozentin behauptet hatte, dass es auch Männer gab, die das Weinen gezielt einsetzen konnten. Also ging man davon aus, dass Frauen auf diesem Gebiet wesentlich erfahrener waren. Was aber machte der Anblick einer weinenden Frau mit einem Mann? Welche uralten Instinkte wurden hier angesprochen? Dazu hatten sie nichts gelernt. Und was man tun konnte, um den tatsächlichen oder vorgetäuschten Gefühlsausbruch abzukürzen oder zu unterbrechen, hatte ihnen erst recht niemand erzählt.

Schließlich wurde er durch Frau Kern von seinen fruchtlosen Gedanken erlöst. Sie sagte schluchzend: „Könnten Sie bitte das Diktiergerät ausschalten? Ich kann das Folgende sonst nicht erzählen." Widerwillig schaltete Liebetraut das Gerät aus.

„Der Herr Menzel hat behauptet, dass ich meine Stelle ja nur erhalten hätte, weil ich besonders nett zu meinem Betreuer war. Jeder könne sich schon denken, was an den Abenden passiert ist, an denen ich bei ihm zu Hause war. Aber das ist alles gelogen. Wir haben nur über Fachliches geredet."

„Das kann Ihr Betreuer doch sicher bestätigen. Wieso haben Sie sich nicht an den gewandt? Immerhin wurde er verleumdet, hatte also auch ein Interesse an der Wahrheit."

„Ja, hinterher ist man immer klüger. Ich war in dem Moment so verzweifelt, dass ich nicht mehr realistisch gedacht habe. Jeder glaubt doch in solchen Fällen: ‚Kein Rauch ohne Feuer, irgendwas wird schon dran sein.‘ Ich wäre doch abgestempelt gewesen. Und der Herr Menzel hat Dinge gesagt … Das kann ich hier einfach nicht wiederholen. Und über meinen Betreuer gibt es gewisse Gerüchte …“ Wieder schwieg Frau Kern.

Gretchen kritzelte etwas auf einen Zettel und schob ihn Liebetraut zu. Der nickte und sagte zu Kern: „Und Ihre Kandidatur für den Senat hätten Sie dann wohl auch vergessen können. Wenn man als Mitarbeiterin in den Senat gewählt wird, ist die unbefristete Stelle, vielleicht sogar eine Professur, nicht mehr weit. Das setzt man nicht so leicht aufs Spiel.“

Als hätte sie den Einwurf nicht gehört, fuhr Frau Kern fort: „Und dann kam er auf mich zu, fasste mich an. Ich habe ihn weggestoßen. Er hielt mich fest, ich dachte … Er hatte mich ja früher schon manchmal so merkwürdig angesehen. Und dann habe ich das erstbeste Ding gegriffen und zugeschlagen. Ich habe nur einmal zugeschlagen. Er fiel sofort um, rührte sich nicht mehr. Ich wusste nicht … Ich hatte Panik. Bin weggerannt, in mein Zimmer. Habe mich dort eingeschlossen. Wie lange, weiß ich nicht. Schließlich ging ich zurück in das Zimmer vom Professor. Ich wollte nachsehen … ob ich noch etwas tun konnte.“

„Und? Konnten Sie?“

„Ich habe seinen Puls gefühlt und einen Spiegel vor sein Gesicht gehalten, um festzustellen, ob er noch atmet. Beides zeigte, dass er tot war.“

„Wieso haben Sie nicht die Polizei gerufen?“

„Ich hätte erklären müssen, warum ich zugeschlagen hatte. Ich konnte einfach nicht darüber sprechen.“ Das Weinen wurde stärker. „Ich, ich konnte doch nichts dafür. Er hat mich völlig grundlos beschuldigt. Und nun sollte ich die

Konsequenzen tragen, für etwas, das ich nicht getan hatte. Das ist, das war ... so ungerecht. Ich brauchte Zeit zum Nachdenken. Da habe ich den Raum abgeschlossen und bin nach Hause gegangen. Ich habe meinen Freund angerufen und ihm alles erzählt. Ich konnte nicht mehr. Da hat er das Heft in die Hand genommen."

„Wollen Sie damit sagen, dass er von da an die Dinge vorangetrieben hat?"

Die Antwort kam für Liebetrauts Geschmack etwas zu schnell: „Ja, genau. Ich habe nur noch gemacht, was er gesagt hat."

Liebetraut schaltete das Aufnahmegerät wieder ein. „Und nun erzählen Sie uns bitte, was Ihr Freund gesagt hat!"

„Er hat gesagt, ich solle keinesfalls zur Polizei gehen. Wenn mich niemand gesehen hätte, könnte uns niemand mit dem Geschehen in Verbindung bringen, niemand. Er sagte, ich solle die Leiche in der Nacht in den Garderobenkeller bringen und alle Ausweise an mich nehmen. Am Samstag wollte er dann den Rest erledigen."

Liebetraut gab Gretchen einen Wink. Sie suchte im Computer und nach kurzer Zeit nickte sie und machte mit den Fingern ein Zeichen. Das Telefongespräch hatte also stattgefunden, war allerdings nach der Fingersprache schon nach wenigen Minuten beendet gewesen. Wie der Herr Baumann innerhalb dieser kurzen Zeit ein umfassendes Bild gewinnen und auch noch Handlungsanweisungen geben konnte, musste das Pärchen noch erklären.

Liebetraut beantragte Untersuchungshaft für Frau Kern und Herrn Baumann. Herr Baumann weinte, als ihn die Beamten informierten, sagte aber nichts. Es war zu erwarten, dass er die Wahrheit sagen würde.

Sonntag

Am nächsten Morgen wachte Tantchen mit der Gewissheit auf, dass sie in Renates Garten irgendetwas übersehen hatte. Irgendetwas, das anders gewesen war als bei ihrem letzten Besuch. Renates Mann zu fragen war sinnlos, der mähte nur den Rasen und wäre nach Renates Erzählungen höchstens dann stutzig geworden, wenn sich die Rasenfläche über Nacht verdoppelt hätte. Tantchen beschloss, dem Nachdenken an der frischen Luft auf die Sprünge zu helfen. Sie ging in das neue Wohngebiet am Hang und sah sich im Vorbeigehen die Gärten an. Und plötzlich wusste sie, was anders gewesen war.

Entschlossen machte sie sich auf den Weg zu Renates Garten. Dieses Mal wollte sie nicht wieder riskieren, für eine Einbrecherin gehalten zu werden. Bestimmt hatten die Nachbarn und vielleicht auch Renates Mann aufgerüstet. Womöglich gab es Fallen, verdeckte Löcher und Fallstricke. Und eine Alarmanlage. Vor ihrem geistigen Auge sah sie sich schon in einem Loch gefangen und von einer empörten Menge umgeben, die kurz davor war, sie zu lynchen. Nein, eine erneute Aufregung brauchte sie nun wirklich nicht. Ihre Nerven waren nicht mehr stabil genug. Was also tun?

Sie schaute auf die Uhr. Renates Mann schlief um diese Zeit noch, zudem war Sonntag. Während sie noch überlegte, kam ihr der Zufall zu Hilfe. Der Nachbar führte den Hund aus! Sie erklärte ihm kurz ihren Verdacht, und nach einigem Zögern war der Nachbar bereit, mit Tantchen Renates Garten zu erkunden. Der Hund durfte auch mit. Sie konnten nicht riskieren, dass das Tier die ganze Nachbarschaft durch empörtes Kläffen auf ihr halblegales Tun aufmerksam machte. Glücklicherweise war die Töle kooperativ. Sie genoss es offenbar, bisher mehr oder weniger verbotenes Terrain gründlich durchschnüffeln zu können. Tantchen erklärte dem Nachbarn, was ihr aufgefallen war.

Am Rand der Terrasse stand normalerweise eine Solarleuchte, die mit Mosaiksteinchen besetzt war. Und diese Leuchte war nicht mehr an ihrem Platz! War die Leuchte versetzt worden? Hatte man Renate damit in die gewünschte Richtung und über die Treppe gelockt? Gemeinsam suchten sie das in Frage kommende Gartenareal ab – und fanden ein Mosaiksteinchen, das wohl zur Leuchte gehört hatte. Trittspuren waren zunächst nicht zu sehen, aber als sie an einigen Stellen die lockere oberste Schicht des Rindenmulches weggefegt hatten, kamen Fußabdrücke zum Vorschein. Hier hatte jemand gestanden. Und nach weiterer Suche fanden sie auch ein Loch, in dem die Solarleuchte vermutlich gesteckt hatte.

Doch wie nun weiter? Der Nachbar schlug eine Suche mit dem Hund vor. Tantchen stimmte widerwillig zu. Diese Ehre hatte die Töle ihrer Meinung nach nicht verdient. Aber der Zweck entschuldigte die Mittel.

Tantchen erfuhr, dass die Töle Frieder vom Ehrenstein hieß und reinrassig war. Ob das ihrem Vorhaben zuträglich oder eher hinderlich war, konnte sie leider nicht beurteilen. Allerdings wussten weder Tantchen noch Herrchen, wie sie Frieder erklären sollten, wonach er suchen sollte, Stammbaum hin oder her. Frieder schnupperte ein bisschen an der Stelle herum, wo sie das Mosaiksteinchen gefunden hatten. Er schien etwas interessant zu finden, aber nur an dieser Stelle. Offenbar war da nichts, was ihn veranlasst hätte, in irgendeine Richtung zu gehen. Ein aufmunterndes „Such, Frieder, such!" bewirkte nur, dass Frieder sein Herrchen verständnislos mit treuen Hundeaugen ansah. Dafür hatten sich mittlerweile etliche Nachbarn auf der Streuobstwiese eingefunden. Tantchen gab auf. Sie rief entnervt den Kommissar an und bat ihn einzugreifen.

Wenig später erschien Liebetraut und forderte Tantchen auf mitzukommen. Er wollte nicht, dass sich der nachbarschaftliche Auflauf aufgrund von Tantchens Aktivitäten noch vergrößerte. In Kürze würde ein trainierter Hund der Polizeistaffel die Suche aufnehmen. Vielleicht hatte der- oder diejenige Duftspuren hinterlassen.

Die Möglichkeit, dass Renates Mann seine Frau entsorgen wollte, war allerdings noch nicht vom Tisch. Morde und versuchte Morde gingen ja zu einem hohen Prozentsatz auf das Konto von nahen Verwandten. Renate konnte stur sein. Das war Tantchen bekannt. War Renates Mann ein Trittbrettfahrer, der einfach eine sich geradezu aufdrängende Gelegenheit genutzt hatte? Schließlich wusste er, dass Renate eine besorgniserregende Beobachtung gemacht hatte.

Bei der nun folgenden „hochnotpeinlichen" Befragung in der „Einsatzzentrale" gestand Tantchen reumütig all ihre Aktivitäten und berichtete von den vermutlich vertauschten Exemplaren der Dissertationsschrift und dem gefalteten Zettel in Baumanns Exemplar, das wohl Menzels Exemplar gewesen war. Sie fügte hinzu, dass der Text auf dem Zettel wie die Vorlage zu einem Gutachten über die Befähigung oder besser Nichtbefähigung zu guter Lehre klang.

Zerknirscht gab sie auch zu, dass sie nicht genau wusste, wofür die Vorlage dienen sollte. Bei einer Dissertation wurde kein Gutachten zur Lehre gefordert. Aber vielleicht mischte sich die Fakultätsleitung jetzt in die Einstellung von Mitarbeitern ein und hatte ein Gutachten zur Lehrbefähigung des Herrn Baumann gefordert? Grund hätte sie schon gehabt. Es gab hin und wieder Klagen zu den Lehrveranstaltungen, die Doktoranden des Herrn Eschenbach durchführten. Eschenbach war ja der Meinung, dass nur die Befähigung zur Forschung zählte. Trotzdem. Die Fakultätsleitung hatte sich noch nie in Einstellungsverfahren für Doktoranden eingemischt.

Schließlich erzählte sie Liebetraut auch von der Möglichkeit, dass der Zettel etwas mit dem Berufungsverfahren zu tun haben könnte. Dann schwieg sie und wartete auf den fälligen Tadel.

Aber Liebetraut reagierte anders, als Tantchen erwartet hatte. Er sinnierte laut und schien auch kein Problem damit zu haben, dass Tantchen zuhörte. „Vielleicht war der Zettel nur zufällig in der Dissertationsschrift, vielleicht auch nicht. Wie ist Menzels Exemplar der Dissertation überhaupt zum Baumann gekommen? In der Aussage von Frau Kern war nie von Baumanns Dissertation die Rede. Vielleicht hat sie uns nicht alles über ihr Gespräch mit Menzel erzählt."

Er merkte, wie Tantchens Eifer zurückkehrte. „Was hat sie euch denn erzählt? Ich schwöre, dass ich niemandem etwas sage."

„Nun ja, in der Gerichtsverhandlung kommt es ja sowieso zur Sprache. Er hat ihr vorgeworfen, dass sie sich die sehr positive Bewertung ihrer Dissertation mit gewissen Diensten erkauft habe und verlangte nun ein ähnliches Entgegenkommen."

Tantchen platzte sofort heraus. „Nie im Leben, der Menzel doch nicht! Nein, das nehme ich der nicht ab! Er muss etwas anderes von ihr verlangt haben. Und als Druckmittel muss er auch etwas anderes eingesetzt haben als das ‚Entgegenkommen gegenüber dem Betreuer', vielleicht den Fehler in Baumanns Dissertation. Das würde aus meiner Sicht Sinn machen."

Liebetraut kam eine Idee: „Sag mal, was hältst du von folgender Variante? Der Menzel will, dass die Kern über jemanden ein schlechtes Lehrgutachten schreibt und gibt sogar den Text vor. Als Druckmittel benutzt er den Fehler, bauscht ihn vielleicht ein bisschen auf. Die Kern kann die Relevanz des Fehlers nicht einschätzen, weiß keinen anderen Weg …"

Tantchen hatte mit wachsendem Interesse zugehört. „Genau, das könnte hinkommen. Es würde auch erklären, warum die Beleg-Exemplare der Dissertationsschrift vertauscht wurden."

„Es gibt leider nur noch zwei Haken: Wir müssen herausfinden, wer Benachteiligter und wer Begünstigter des Lehrgutachtens ist, und wir müssen unsere Theorie beweisen. Der Vorwurf der sexuellen Belästigung passt doch perfekt in den Mainstream. Ich fürchte, da will gar keiner eine andere mögliche Erklärung hören. Und für Verteidiger in einem möglichen Gerichtsverfahren ist das doch eine Steilvorlage.

Ich frage mich allerdings, ob wir nicht vom Herrn Baumann einiges erfahren können. Jetzt, wo ihn die Kern stark belastet hat. Sie hat ihn regelrecht fallengelassen. Mal sehen, wie er das verkraftet."

Tantchen stellte erfreut fest, dass Liebetraut „wir" gesagt hatte, und sie bildete sich ein, dass sie dieses Mal einbezogen war. Natürlich durfte sie an den Befragungen wieder nicht teilnehmen. Sie fluchte innerlich in ihrem Heimatdialekt. Das Fluchen im Dialekt hatte sie sich vor langer Zeit angewöhnt. Es war manchmal erleichternd, laut Dampf ablassen zu können, ohne gleich schief angesehen zu werden. Bei ihren Kollegen erntete sie in solchen Fällen nur verständnislose Blicke. Aber bei Liebetraut musste sie vorsichtig sein. Er hatte den Dialekt zwar nicht mehr von klein auf gelernt, war aber in einer Laienspielgruppe gewesen, die Sketche im Heimatdialekt aufführte.

Doch ihr Ärger währte dieses Mal nur kurz. Sie hatte Liebetraut wichtige Hinweise gegeben. Vielleicht ließ sich das ausbauen? Konnte man in ihrem Alter eigentlich noch Kriminalbeamter werden? Oder nicht gleich Beamter, sondern so eine Art Konsultant, selbstverständlich nach einer entsprechenden Vereidigung hinsichtlich Geheimnisverrats und dergleichen? Sie hatte sich schließlich ausgiebig mit Gruppenpsychologie beschäftigt und wäre in der Lage, allerhand in dieser Richtung beizutragen. Nicht nur bei den Kriminalisten. Sie konnte zum Beispiel einfach nicht verstehen, wieso Lehrer und ähnliche Berufsgruppen so wenig über dieses Thema lernten. Ein echtes Manko! Vielleicht gäbe es bei entsprechender Aus- oder Weiterbildung nicht mehr so viele ausgebrannte Lehrer. Wäre das nicht eine neue Aufgabe für sie? Schulungen in Gruppenpsychologie, für wen auch immer? Konnte nicht jeder Coach werden, der sich dazu berufen fühlte? Darüber musste sie mal in Ruhe nachdenken.

Einigermaßen zufrieden, versprach sie wieder einmal, sich nicht mehr in Gefahr zu bringen und durfte gehen. Liebetraut überlegte kurz, ob es Sinn machte, seinen Vater einzuladen, damit der Tantchen beschäftigte und sie nicht auf „dumme Gedanken" kam. Aber er verwarf die Idee wieder. Die Gefahr, dass Tantchen auch noch seinen Vater zu unüberlegten Handlungen anstiftete, war größer als ein eventueller Nutzen.

Auf Wunsch von Frau Kern war eine Rechtsanwältin bei der Vernehmung anwesend. Die noch junge Frau war am hiesigen Amtsgericht tätig. Liebetraut betrachtete sie interessiert. Offenbar hatte ihr jemand eingeredet, dass ein Anwalt nicht nur durch geschliffene Reden, sondern auch durch sein Äußeres Überlegenheit zu demonstrieren habe. Sie war nur mittelgroß, trat diesem Mangel aber tapfer mit sehr hohen High Heels entgegen. Und nicht nur in der Körpergrö-ße, auch bei der Kleidung wollte die junge Dame offenbar ganz oben mitspielen. Allerdings war sie nach Liebetrauts Geschmack ein bisschen über das Ziel hinausgeschossen. Zwar verstand er nicht viel von Mode, aber er konnte sich des Eindrucks nicht erwehren, dass irgendetwas am Klei-dungsstil nicht zusammenpasste. Er konnte nicht sagen, was es war, hatte aber das Empfinden, dass da jemand aktuel-le Modetrends ohne kritische Reflexionen vor dem heimi-schen Spiegel umgesetzt hatte.

Liebetraut begann mit den Formalitäten. Noch bevor er damit fertig war, fiel ihm die Rechtsanwältin ins Wort: „Was wirft man meinen Mandanten denn eigentlich vor?"

Liebetraut entgegnete ruhig, dass man den Mandanten bisher gar nichts vorwerfe, sondern dass sie im Rahmen ei-nes Tötungsdeliktes befragt würden.

Die resolute Dame gab nicht auf. „Wir müssen aber trotz-dem wissen, was uns vorgeworfen wird!"

Liebetraut blieb ruhig: „Sie waren hoffentlich nicht be-teiligt, Ihnen wird also auch nichts vorgeworfen. Ihre bei-den Mandanten halte ich für verdächtig, etwas mit dem ge-waltsamen Tod des Herrn Menzel zu tun zu haben."

Liebetraut wandte sich an Baumann: „Gab es schon frü-her sexuelle Belästigungen Ihrer Freundin, die Ihnen be-kannt geworden sind? Möglicherweise auch von anderen Kollegen und Kolleginnen?" Letzteres konnte er sich ein-fach nicht verkneifen, obwohl ihm klar war, dass das kin-disch war. Die Rechtsanwältin sprang auch sofort darauf an. „Einspruch! Ihre Frage enthält eine Unterstellung."

Liebetraut zuckte mit den Schultern. Baumann, der ihn verwundert ansah, sagte zögernd: „Nein, mir ist nichts be-kannt."

Gretchen bemerkte, wie in Kerns Gesicht fast unmerklich ein Mundwinkel zuckte. Was drückte diese kleine Veränderung aus? Enttäuschung? Gar Verachtung?

„Frau Kern, Sie haben angegeben, dass der Herr Menzel Sie schon häufig in einer Weise angesehen habe, die Ihnen unangenehm war. Warum haben Sie davon nichts Ihrem Freund erzählt?"

Die Rechtsanwältin kam wieder einer Antwort zuvor. In einem Ton, der offenbar Professionalität ausdrücken sollte, sagte sie: „Ich sehe nicht, was das mit dem Tatvorwurf zu tun hat. Schließlich geht es doch um den Ablauf des vorigen Wochenendes."

Liebetraut beschloss, die Rechtsanwältin zu ignorieren, so gut es eben ging. Die junge Dame war offenbar auf dem Profilierungstrip. Wollte sie sich schon mal als Verteidigerin im Gerichtsverfahren ins Gespräch bringen? Eigentlich brauchte sie sich um ihre Zukunft doch keine Sorgen zu machen. Hieß es nicht immer, dass Rechtsanwälte und vor allem Richter fehlten?

„Frau Kern, ich bitte um Ihre Antwort!"

„Ich wollte ihn nicht beunruhigen."

„Aber Sie mussten doch damit rechnen, dass die Annäherungsversuche weitergehen würden."

„Nach Abschluss des Promotionsverfahrens meines Freundes hätte ich ihn zurückgewiesen."

„Also haben Sie ihn bisher nicht zurückgewiesen?"

Frau Kern blinzelte. „Es war ja bisher nichts passiert, nur die Blicke. Ich dachte, dass ich das aushalte, solange, bis die Verteidigung über die Bühne gegangen ist."

Die Rechtsanwältin mischte sich wieder ein: „Sie sehen doch, dass Sie meine Mandantin …"

Liebetraut beachtete sie nicht und fuhr fort: „Herr Baumann, Sie haben angegeben, dass Sie den Leichnam am

Sonntagmorgen gegen 5.30 Uhr an der Fundstelle abgelegt haben. Sind Sie direkt dorthin gefahren?"

Baumann sah ihn erschrocken an. Offenbar beunruhigte ihn der Themenwechsel. Schließlich kam ein leises „Ja".

„Bitte schildern Sie genau, welche Straßen Sie gefahren sind."

Dieses Mal antwortete Frau Kern: „Ich verstehe nicht, was das soll. Er hat doch zugegeben, die Leiche abgelegt zu haben."

„Ich bin erst eine Weile herumgefahren. Für den Fall, dass mir jemand folgt."

„Bitte genauer!"

„Ich weiß nicht mehr so genau. Ich war aufgeregt."

„Wozu hatten Sie das Fahrrad dabei?"

„Das Fahrrad? Ich verstehe nicht … Wozu?"

„Was wollten Sie am Salbach?"

Jetzt fing Baumann an zu zittern. Die Rechtsanwältin merkte, dass ihr da etwas entglitt, und bemühte sich, wieder ins Spiel zu kommen: „Mein Mandant sagt jetzt nichts mehr!"

Gretchen konstatierte, dass Frau Kern die Mundwinkel verächtlich verzog. Offenbar waren Kerns Gefühle dabei, den Kampf gegen die Selbstbeherrschung zu gewinnen. Unklar war nur, ob sich ihr Gesichtsausdruck auf Baumann oder die Rechtsanwältin bezog. Sie sagte: „Ich hatte Felix gebeten, die Leiche mit dem Fahrrad ein bisschen tiefer in den Wald zu fahren. Er kam zurück und sagte, er habe keine geeignete Stelle gefunden. Also haben wir sie gemeinsam zum späteren Fundort getragen. Wo er war, weiß ich nicht!"

Baumann schluchzte und an Kern gewandt sagte er leise: „Du weiß genau, wo ich gewesen bin und warum ich zurückgekommen bin."

Frau Kern sah Baumann eindringlich an und antwortete schneidend: „Ich weiß es nicht."

Liebetraut hatte das Gefühl, dass es angeraten wäre, Baumann noch ein bisschen auf den Zahn zu fühlen. Es schien so, als habe Frau Kern mehr Angst vor Baumanns Aussagen als vor den Fragen der Beamten.

„Herr Baumann, können Sie mir sagen, was das hier ist?"

Liebetraut hielt ihm Menzels Zettel unter die Nase. Baumann guckte verständnislos. Entweder kannte er den Zettel wirklich nicht, oder er war ein guter Schauspieler, was er allerdings bisher noch nicht unter Beweis gestellt hatte.

„Woher haben Sie das?", sagte Baumann zögernd, indem er auf Frau Kern schaute. „Das, das gehört mir nicht."

„Man hat es aber in Ihrem Büro gefunden. Warum schauen Sie dabei Frau Kern an? Kann sie vielleicht eine Erklärung liefern?"

Die Rechtsanwältin war offenbar der Meinung, dass sie nun auch wieder etwas beitragen müsste, und intervenierte. „Meine Mandanten sagen jetzt nichts mehr."

Allerdings schien ihre Meinung die Mandanten aktuell nicht allzu sehr zu interessieren. Frau Kern sagte kühl: „Wieso sollte ich eine Erklärung dafür haben, was Sie im Zimmer meines Freundes gefunden haben?"

„Weil Sie es dort deponiert haben, zusammen mit dem Exemplar der Dissertationsschrift, das eigentlich Herrn Professor Menzel gehörte. An der Arbeit gibt es Ihre Fingerabdrücke und auch dort, wo die Arbeit gefunden wurde, konnten Ihre Fingerabdrücke nachgewiesen werden."

Frau Kern erklärte, dass sie nun, wie ihr die Rechtsanwältin geraten habe, nichts mehr sagen werde.

Liebetraut fuhr ungerührt fort: „Das wird vielleicht auch nicht mehr nötig sein. Wir haben das hier gefunden." Mit diesen Worten legte er ein Mosaikplättchen auf den Tisch.

„Du hast ...", Baumann verstummte entsetzt. Kern schaute Baumann an. In ihrem Blick war nun nur noch Verachtung.

„Ich weiß nicht, was das soll", sagte sie, ohne den Blick von Baumann abzuwenden. Die Rechtsanwältin schaute verständnislos von einem zum anderen und wirkte plötzlich hilflos.

Baumann griff zögernd nach dem Plättchen. Liebetraut ließ ihn gewähren.

„Sie können es ruhig anfassen. Wir haben die Solarleuchte inzwischen gefunden. Sie wird gerade untersucht. Und wir werden etwas darauf finden, da bin ich sicher."

Baumann öffnete den Mund, wie um etwas zu sagen. Kern hustete, und Baumann schloss den Mund wieder. Die Rechtsanwältin fragte verwirrt: „Was, äh, was hat das zu bedeuten?"

Liebetraut schaute auf sein Smartphone und verließ den Raum. Nach wenigen Minuten kam er zurück, schaute Kern erwartungsvoll an und sagte: „Das war die Spurensicherung. Also, was haben Sie mir zu sagen über die versetzte Leuchte?"

Baumann sagte entsetzt: „Was hast du gemacht? Wir waren uns doch einig?"

Entgegen ihrer Ankündigung sagte Kern nun doch noch etwas. „Sei wenigstens still! Wenn du nicht so ein Versager wärst, wäre alles in Ordnung gekommen."

Die Rechtsanwältin schnappte nach Luft, brachte aber keinen Ton heraus.

Zum Kommissar gewandt fuhr Kern fort: „Die Frau sollte ja nicht ernsthaft verletzt werden, ist sie ja wohl auch nicht. Eine Gehirnerschütterung, ein bisschen Verwirrtheit. Dann hätte ihr niemand geglaubt, wenn sie mit der Begegnung im Wald herausgerückt wäre. Mehr habe ich dazu nicht zu sagen."

Eine Woche später

Tantchen hatte Liebetraut zum „Abschiedsessen" eingeladen. Natürlich wollte sie bei der Gelegenheit vor allem herausfinden, was ihr noch an Informationen fehlte. Sie hatte schließlich allerhand zur Aufklärung beigetragen, also stand ihr das wohl auch zu. Und auf Liebetrauts Seite waren noch ein paar Fragen zu diesem wunderbaren Hochschulsystem offen geblieben, die man jetzt, wo der Zeitdruck weg war, diskutieren konnte.

Natürlich interessierte sich Tantchen am meisten dafür, wer ihr diesen gewaltigen Schrecken eingejagt hatte. Sie hatte sich selbst schon eine Erklärung zurechtgelegt: Es musste der Baumann gewesen sein. Stolz nahm sie nun zur Kenntnis, dass sie – wieder einmal – richtig gelegen hatte. Baumann hatte bereitwillig berichtet. Es hatte den Anschein gehabt, als sei er erleichtert, dass er sich alles von der Seele reden konnte. Tantchen konnte sich den Kommentar „Weichei" nicht verkneifen.

Die Frau Kern hatte allerdings ein ganz anderes Format. Am Freitagnachmittag hatte sie Menzels Exemplar der Dissertation und die Mappe sowie seinen Hausschlüssel, seinen Generalschlüssel für das Institut und die Brieftasche an sich genommen. Dann hatte sie die Tür zu Menzels Zimmer abgeschlossen, Menzels Exemplar der Dissertationsschrift in Baumanns Zimmer versteckt und war nach Hause gegangen. In Ermangelung von Handschuhen war ein altes Deckchen dabei zu unverhofften Ehren gekommen. In der Nacht war Frau Kern zurückgekehrt, nun natürlich mit Handschuhen, und hatte die Leiche mit dem Computerwagen in den Garderobenkeller gefahren. Dabei hatte sie Menzels Smartphone entdeckt und ausgeschaltet. Aus dem Dekanat hatte sie das dort deponierte Ansichtsexemplar von Baumanns Dissertation geholt, ein bisschen präpariert und auf Menzels Schreibtisch gelegt. Außerdem hatte sie sich in Menzels Wohnung vergewissert, dass dort offenbar keine Unterlagen zu Baumanns Dissertation aufbewahrt wurden. Menzels Computer hatte sie zunächst nicht ausgeschaltet. So konnte sie am Sonnabendnachmittag die Online-Fahrkarte kaufen und den Eindruck erwecken, dass Menzel zu diesem Zeitpunkt noch gelebt hatte und verschwinden wollte. Die Eingabe des Passwortes war erstaunlicherweise nicht nötig gewesen. Nach dem Fahrkartenkauf hatte Frau Kern den Computer heruntergefahren.

An dieser Stelle unterbrach Tantchen die Ausführungen. „Frauen sind halt doch das starke Geschlecht. Wenn auch nicht in der Körperkraft, so doch in der Nervenstärke. Und Letzteres ist ja heutzutage wichtiger."

Liebetraut war sich nicht sicher, ob Tantchen das ernst meinte oder wieder nur ein bisschen provozieren wollte. Vorsichtshalber wies er sie darauf hin, dass Frau Kern nach dem Transport der Leiche in den Garderobenkeller schließlich auch Schwäche gezeigt hatte. Aber Tantchen focht das nicht an: „Ich habe vom Großhirn gesprochen, nicht vom Bauchhirn", antwortete sie ungerührt.

Allerdings hatte die Frau Kern doch einen Fehler gemacht: Sie hatte nicht daran gedacht, Menzels Exemplar ganz verschwinden zu lassen und damit Tantchen letztendlich auf die richtige Spur gebracht. Tantchen kommentierte das so, dass die Stärken und Schwächen von Frauen eben nur von Frauen richtig eingeschätzt werden konnten. Ein Mann wäre sicher nicht so schnell auf die richtige Spur gekommen.

Und dann hatte der Herr Baumann schließlich auch einmal zeigen sollen, was in ihm steckte. Leider war das in Sachen

Nervenstärke eben nicht viel. In der Nacht vom Sonnabend zum Sonntag musste er der Frau Kern helfen, die Leiche aus dem Garderobenkeller ins Auto zu tragen und am frühen Sonntagmorgen in den Wald zu fahren. Das Auto gehörte einer Freundin von Kern, die für einige Tage bei einem Selbstfindungskurs in einem Kloster weilte. Kern hatte sich bereit erklärt, das Auto für die Freundin aus der Werkstatt zu holen. Ein sehr passender Zufall.

Nun war im Wesentlichen noch ein Problem zu lösen: Es musste wieder ein Exemplar der Dissertation ins Dekanat geschmuggelt werden. Eigentlich eine leichte Aufgabe. Man brauchte ja nur ein neues Exemplar binden zu lassen und das dann im Dekanat zu deponieren. Das Binden der Arbeit nahm etwas Zeit in Anspruch, weil man dazu in die Nachbarstadt fahren musste. Schließlich war es angeraten, das Exemplar nicht dort binden zu lassen, wo im Fall der Fälle zuerst nachgeforscht werden würde. Die Frau Kern hatte entschieden, dass der Herr Baumann durchaus in der Lage sein sollte, die Arbeit an den richtigen Platz zu legen. Und das neue Halloween-Kostüm hatte sie – auch wieder ein Glücksfall – nicht im Internet und auch nicht in Engelsburg gekauft.

Am Abend nach Erhalt der gebundenen Arbeit war Baumann mit Menzels Generalschlüssel ins Institut gegangen, hatte das Halloween-Kostüm notdürftig um sich geschlungen, die Sicherung herausgedreht und die Arbeit im Dekanat deponiert. Weiter hatte seine Kraft aber wieder einmal nicht gereicht. Auf dem Rückweg hatte sein nervöser Darm das halb verdaute Endprodukt plötzlich loswerden wollen, und Baumann hatte gerade noch die Damentoilette erreicht, „mit Müh und Not sozusagen". Danach war er panisch aus dem Gebäude geflohen. Tantchen hatte er nicht gesehen.

Seitdem war Baumann nur noch nach erheblichem Medikamentenkonsum in der Lage gewesen, ins Institut zu gehen. Von Menzels Exemplar in seinem Büro hatte er nichts gewusst. Frau Kern hatte es ihm nicht gesagt, weil er ohnehin schon zu schusselig war. Und Baumann hatte einen regelrechten Verfolgungswahn entwickelt, was die Frau mit der Mütze anging.

Also musste sich die Frau Kern auch hier wieder etwas einfallen lassen. Sie hatte nach Einbruch der Dunkelheit die Solarleuchte umgesetzt und einen Gummi über die Treppe gespannt. Hinter der Hecke versteckt, hatte sie den Gummi wieder zurückgezogen. In dem folgenden Durcheinander konnte sie problemlos durch den Wald verschwinden.

Tantchen kommentierte: „Frauen haben nun mal ein Faible für Gärten. Deshalb war in den früheren Lady-Krimis ja auch der Gärtner der Mörder, meistens jedenfalls."

Ja, und woher kam nun eigentlich die Pyramide? Schließlich gehörten Pyramiden nicht gerade zum Inventar eines Dienstzimmers. Da wäre ein Messer zum Apfelschälen doch viel naheliegender. Auch das hatte geklärt werden können: Der Herr Professor Menzel hatte sie vor etlichen Jahren zu einem runden Geburtstag von einem älteren ehemaligen Kollegen erhalten. Es hatte irgendeine Symbolik dahintergesteckt, die aber außer dem Kollegen und dem Herrn Menzel scheinbar niemand kannte. Und beide konnten ihr Wissen nicht mehr mitteilen.

Die Pyramide war wieder hervorgeholt worden, weil der Herr Menzel bei einer Vorlesung der Kinder-Uni etwas über Pyramiden erzählen wollte. Das hatte der Herr Prüfer berichtet. Der war offenbar ins Vertrauen gezogen worden, vielleicht weil der Herr Menzel sein Vorhaben vorsichtshalber vorab schon einmal testen wollte. Das alte Ägypten und die Pyramiden waren zwar nicht unbedingt sein Forschungs-gegenstand, aber seine Forschungen hätten die Kids wohl kaum die ganze geplante Zeit über bei der Stange gehalten. Wenn es überhaupt möglich gewesen wäre, das Thema so weit abzurüsten, dass Kinder etwas damit anfangen konn-ten. Da hätten wohl alle vorbereitenden Ermahnungen der Lehrer nichts geholfen. Ein paar gruselige Geschichten über die alten Ägypter aber, ab und zu garniert mit einem Hin-weis, dass seine Forschung – wenn auch entfernt – damit zu tun hatte, das ging sicher gut. Und würde die Kids viel-leicht sogar davon überzeugen, dass man später unbedingt an einer Uni studieren musste, wo sich Professoren mit der-art spannenden Dingen befassten.

Nachdem das geklärt war, wollte Tantchen nun auch haarklein wissen, wie der Herr Menzel die Frau Kern auf diese abschüssige Bahn gebracht hatte. Eine Bahn, auf der es letztlich kein Halten mehr gegeben hatte. Denn dass der Menzel an allem schuld war, davon war Tantchen angeblich von Anfang an überzeugt gewesen.

Stolz stellte sie fest, dass sie auch hier, im Prinzip zumin-dest, den richtigen Riecher gehabt hatte. Menzel hatte Frau Kern am Freitagnachmittag zu sich bestellt, um ihr nahezu-legen, ein negatives Lehrgutachten der Studierenden für den Erstplatzierten auf der vorläufigen Berufungsliste durchzu-drücken. Die Frau Kern hatte ein enges Verhältnis zu der Doktorandin, die den Text des studentischen Lehrgutach-tens formulieren würde. Der Herr Menzel hatte also schon mal ein bisschen Vorarbeit geleistet und aufgeschrieben, was man an dem Vortrag des Erstplatzierten so alles monieren konnte. Allerdings hatte die Frau Kern zunächst nicht ein-gesehen, warum sie den Ansichten des Herrn Menzel fol-gen sollte. Nach ihrer Aussage hatte sie dem Herrn Menzel entgegengehalten, dass sie den Vortrag des Erstplatzierten sehr gut gefunden habe, wie die studentischen Mitglieder der Berufungskommission übrigens auch.

Also hatte Menzel versucht, Frau Kern mit dem Fehler in Baumanns Dissertation zu erpressen. Er hatte so getan, als würde der Fehler die Arbeit wertlos machen. Kern hatte sich weiter geweigert. Menzel, der mit diesem Widerstand nicht gerechnet hatte, fiel nun nichts Dümmeres mehr ein als die Anzüglichkeiten bezüglich Kerns Dissertation. Kern hatte verzweifelt nach entlastenden Argumenten gesucht. Schließlich war Menzel zum Telefon gegangen, angeblich um den Zweitgutachter Behrmann darüber zu informieren, dass Baumanns Arbeit wertlos sei. Kern hatte versucht, ihn daran zu hindern. Nach ihrer Aussage war es zum Handgemenge gekommen, Menzel hatte sie bedrängt – und sie hatte in Panik zugeschlagen. Allerdings war das „Handgemenge" durch die Ergebnisse der Spurensicherung weder zu belegen noch zu widerlegen. In der Gerichtsverhandlung würde es hier viel Spielraum geben.

Danach hatte die Frau Kern, wie schon bekannt, eine erstaunliche Kaltblütigkeit bewiesen. Vermutlich hatte sie den ganzen Plan zum weiteren Vorgehen entworfen. Baumann hatte einfach nicht die Nerven, um mit der Situation fertig zu werden.

Tantchen fragte nach den Einzelheiten des „Entsorgens" der Leiche. Schließlich ging es auch darum, ihre Freundin Renate zu rehabilitieren. Sie freute sich schon darauf, Renates Mann den Ablauf süffisant zu schildern, damit dem eindrücklich klar wurde, wie sehr er Renate unterschätzt hatte.

Baumann sollte die Leiche irgendwo verstecken. Weil der Herr Menzel auch für ihn zu schwer war, hatte er beschlossen, die Leiche mit dem Fahrrad zu transportieren. Er glaubte, dass Hunde Duftspuren nur am Boden wahrnehmen können und hatte deshalb das Fahrrad sogar ein Stück durch den Bach geschoben. Als er Renate entdeckt hatte, war er entnervt umgekehrt, hatte Frau Kern angerufen und sich mit ihr etwa hundert Meter vom Parkplatz entfernt getroffen. Gemeinsam hatten sie die Leiche dann zum Fundort getragen, darauf bedacht, immer wieder in Schlenkern und auch Kreisen zu laufen, um Hundenasen zu irritieren. Mit Ausnahme der Rückgabe der Dissertation hatte Kern von da an alles allein in die Hände genommen.

Und wen wollte der Menzel eigentlich puschen? Auch hier hatte man inzwischen Klarheit. Menzels Ziel war es gewesen, den spanischen Bewerber auf Platz 1 zu setzen. Menzel hatte den Spanier in Holland kennengelernt, und die beiden hatten sich nach Aussage der holländischen Kollegen sehr gut verstanden. Die Nachbarin hatte bestätigt, dass es der Spanier gewesen war, der drei Wochen vor der Tat in der Nähe von Menzels Wohnung gewartet hatte.

Tantchen seufzte: „Der Menzel wollte hier endlich einen Freund haben, jemanden, mit dem er sich austauschen konnte. Eigentlich ein verständlicher Wunsch. Ich würde gern etwas über seine Kindheit und Jugend wissen. Wird das in der Gerichtsverhandlung eine Rolle spielen?"

Liebetraut schüttelte den Kopf. „Kann ich mir nicht vorstellen. Dazu haben die doch gar keine Zeit, bei dem heutigen Prozess-Stau. Schließlich ist es nicht der Herr Menzel, der angeklagt werden wird."

Sie kamen auf die Rechtsanwältin zu sprechen. Es stellte sich heraus, dass Tantchen die junge Dame kannte. Liebetraut nahm erstaunt zur Kenntnis, dass Tantchen einmal Beklagte in einem Gerichtsprozess gewesen war: Parkplatzunfall. Liebetraut erinnerte sich an die Aussage ihres Nachbarn. Es war offenbar angeraten, nicht in der Nähe von Tantchens Auto zu parken.

Die junge Dame wollte seinerzeit beweisen, dass Tantchen die allein Schuldige war, allerdings ohne sich die Mühe gemacht zu haben, den Parkplatz zu besichtigen. Nicht einmal Dr. Google hatte sie eingeschaltet. Sie behauptete einfach, Tantchen sei zu schnell gefahren. Zu Tantchens Erstaunen hatten auch die anderen Amtspersonen in der Gerichtsverhandlung keine Ahnung vom Ort des Geschehens. Zwar war Tantchen am Ende freigesprochen worden, aber ihr Vertrauen in das deutsche Rechtssystem war nach diesem Erlebnis empfindlich gestört. Und ihr Verhältnis zum Straßenverkehr, auch dem ruhenden, war noch angespannter geworden.

Tantchen saß eine Weile still da. Dann seufzte und nickte. „Also die Kern hat beide Untaten auf dem Gewissen", sinnierte sie. „Sie war mir nie ganz geheuer."

Liebetraut versuchte eine schwachen Einwand: „Schließlich war es aber jemand anderes, der das alles ins Rollen gebracht hat."

„Jaja, aber ohne die schlimme Situation, in der sich viele junge Leute befinden, hätte er seine Intrigen nicht spinnen können."

Tantchen schwieg wieder. Dass der Erstplatzierte nun wahrscheinlich seinen Platz auf der Liste behalten konnte, würde die Frau Rieger sicher schmerzen. Aber der Spanier war ja auch nicht Riegers Wunschkandidat gewesen. Waren überhaupt irgendwelche Konsequenzen aus dieser ganzen traurigen Geschichte zu erwarten? Konsequenzen, die über die Verurteilung derer hinausging, die gegen Gesetze verstoßen hatten? Eher nicht. Und das war in Tantchens Augen das richtig Traurige.

Dann fiel Tantchen noch etwas ein: „Habt ihr etwas über Sebastian Kaufmann und seinen Zwillingsbruder herausgefunden? Hat wirklich einer der beiden die Postbotin angesprochen?"

„Ja, es war der Zwillingsbruder. Er war auf der Durchreise zu einer Tagung im Osten. Er wollte mit Menzel reden, wollte ihn fragen, ob sein Bruder als Ossi nicht doch noch eine Chance bekommen könnte, sozusagen als ‚Heimkehrer'. Leider traf er den Herrn Menzel nicht an und fuhr unverrichteter Dinge weiter. Die Mutter hatte befürchtet, dass ihr zweiter Zwilling in die Sache verwickelt sein könnte, und wollte keinesfalls den Verdacht auf ihn lenken."

Liebetraut aß schweigend. Die Rieger fiel ihm ein. Sie war „ausgetauscht" worden gegen eine jüngere Frau. Vielleicht hatte Tantchen ähnliche Erfahrungen gemacht. Was wusste er überhaupt von Tantchen? Sie war ein bisschen verbittert, das stand außer Zweifel. Wäre sie anders geworden, wenn sie verheiratet gewesen wäre?

„Warum hast du denn niemals geheiratet?"

„Das musst gerade du fragen. Du bist doch auch noch solo. Ich war halt nicht hübsch genug, mich wollte keiner."

Wieder so ein typischer Tantchen-Satz. Er erinnerte sich, dass sein Vater erzählt hatte, dass Tantchen einen Freund gehabt hatte, von dem aber später nie wieder geredet wurde. Die Großeltern hatten auch nichts darüber erfahren, warum die Beziehung gescheitert war. Und seine neugierige Oma hatte bestimmt alle Tricks angewandt, um etwas herauszulocken. Er selbst konnte ein langes Lied davon singen, wie die Großmutter immer wieder versucht hatte, etwas über seine Freundinnen zu erfahren. Das konnte schon nerven, und die Oma hatte letztendlich mehr erfahren, als ihm heute lieb war. Vielleicht hatte Tantchen irgendwann dichtgemacht oder sich weitere Fragen nach ihrem Beziehungsstand verbeten. Vielleicht hatte auch sein Vater genügend Stoff für die mütterlichen Nachforschungen geliefert, und Tantchens Beziehungen waren dabei ins Hintertreffen geraten. Möglicherweise war da auch einfach nichts Spannendes gewesen. Aber einen weiteren Versuch war es wert.

„Komm, jetzt untertreibst du aber gewaltig. Für dein Alter hast du dich gut gehalten." Anspielungen auf das Alter von Frauen war eines der Themen, die tabu waren, wenn man etwas erfahren wollte. Also eigentlich ein Fehltritt für einen Verhörspezialisten, als den er sich gern sah.

Aber Tantchen nahm es hin. „Naja, ich bin rechtzeitig einer Berliner Verkäuferin in die Hände gefallen. Die hat mich in der speziellen Art der Berliner darauf aufmerksam gemacht, dass das Kosmetikregal für meine Altersgruppe weiter hinten zu finden sei. Da habe ich beschlossen, der traurigen Realität ins Auge und morgens kritisch in den Spiegel zu sehen. Ich bin mir zwar darüber im Klaren, dass du mit deinem Kompliment jetzt bloß versuchst, mich ein bisschen aufzuheitern. Aber ich nehme es trotzdem mal positiv, man wird ja sonst nie gelobt. Irgendjemand soll ja mal in Abwandlung eines Zitates von Albert Schweitzer gesagt haben, dass das Aussehen mit zwanzig Jahren ein Geschenk, das Aussehen mit sechzig aber ein Verdienst ist. Und das zu einer Zeit, als man mit sechzig noch nicht zur Hälfte aus Implantaten und Botox bestand. Heute hat der Spruch ja noch mehr Gültigkeit, Verdienst wird durch Verdienst ermöglicht, manchmal auch nur den des Ehemannes."

Liebetraut beschloss, noch nicht aufzugeben. Omas Neugierde hatte sich wohl ein bisschen vererbt. Und schließlich konnte er das Gespräch vor seinem Gewissen als Trainingseinheit für Verhörmethoden rechtfertigen. „Du hattest doch mal einen Freund, die Oma hat ein bisschen gepetzt. Warum habt ihr euch getrennt?"

„Soso, die Oma."

Tantchen schaute aus dem Fenster und schwieg. Er befürchtete schon, dass auch dieser Versuch ins Leere gelaufen war, als sie in verändertem Tonfall fortfuhr: „Meine Mutter hätte es nicht verstanden. Und sie hat nie viel von mir gewusst." Tantchen starrte eine Weile vor sich hin. Dann sagte sie: „Schluss mit den Sentimentalitäten. Ja, also, um deine Frage zu beantworten: Ich war im Ausland, und er hat in der Zeit eine andere kennengelernt."

„Na und danach? Keine weiteren Männergeschichten?"

Nun antwortete Tantchen wieder im gewohnten Tonfall: „Spätestens am Ende des Studiums waren die Männer im Osten vergeben. Und das Studium konnte man seinerzeit nicht nach Belieben in die Länge ziehen. Die Männer, die nicht irgendeine Macke hatten, waren mit Mitte zwanzig in festen Händen. Und für die Resteverwertung war ich noch nicht bereit."

Wieder eine lange Pause. „Das kannst du nicht verstehen. Heute ist das alles ganz anders. Man lässt sich viel mehr Zeit, aber einfacher ist es dadurch nicht geworden, im Gegenteil."

„Wie meinst du das?"

„Na, warum bist du denn noch solo? Gut, da ist einerseits die Erbmasse deines Vaters drin. Das ist nicht zu unterschätzen. Der konnte sich auch nicht entscheiden, er hatte ja auch eine große Auswahl. Heutzutage wägt jeder ab und wartet ab. Es könnte ja noch was Besseres des Weges kommen. Das ist wie mit den übervollen Supermarktregalen. Die erschweren den Einkauf. Aber vielleicht ist ja auch das gewollt. Was sollen die Leute mit der vielen gewonnenen Zeit anfangen? Das Studium von Supermarktregalen ist zumindest eine Option."

Er resignierte innerlich. Wollte Tantchen vom Thema ablenken oder nutzte sie wieder brutal die Gelegenheit, ihre gesammelten Ansichten an den Mann zu bringen? Nachdem sie nun die Studenten nicht mehr behelligen durfte? Vermutlich hatte sie auch in den Vorlesungen mit ihrer Meinung nicht hinter dem Berg gehalten. Und wie er schon mehrfach festgestellt hatte, waren nicht alle ihre Ansichten mit der Political Correctness voll verträglich. Wahrscheinlich hatte es an etlichen Stellen Erleichterung gegeben, als man sie los war.

„Studierst du jetzt Supermarktregale?"

„Ganz so weit bin ich noch nicht. Aber ich habe schon angefangen, die wöchentlichen Werbeprospekte der Supermärkte zu lesen. So viele Ärzte, dass man die ganze Woche in ihren Wartezimmern zubringen und dort Konversation betreiben könnte, gibt es hier ja nicht."

„Besuchst du denn nicht ab und zu deine ehemaligen Arbeitskollegen?"

„Wer von den Jüngeren hat heutzutage schon die Muße, sich die Ansichten der Alten anzuhören? Wir Alten unterhalten uns notgedrungen ab und zu untereinander. Solange wir noch das Emeriti-Zimmer haben. Die Jungen müssen ja schließlich das Wachstum erwirtschaften, ohne das nach Meinung der Chefökonomen die gesamte Welt zusammenbrechen würde. Nebenbei, ich weiß nicht, ob ein ständiges Wachstum ein erstrebenswertes Ziel ist. Diesbezüglich scheinen auch schon einige der Jüngeren Zweifel zu haben. Im Großen und Ganzen sind die Jungen aber der Meinung, dass wir die neue Zeit sowieso nicht verstehen. Nach ihrer Ansicht hinken wir hoffnungslos hinterher, weil wir noch nicht richtig vernetzt sind. Aber ich bin lieber im eigenen Kopf noch ein bisschen vernetzt als im Internet."

Beide schwiegen. Dann fuhr Tantchen fort: „Wenn ich in zehn Jahren noch leben sollte, werde ich aber auch zur Bloggerin. Ich hoffe, dass ich bis dahin verstanden habe, wie es geht. Die Reaktion des Gegenübers ist mir dann vermutlich ohnehin egal. Ich blogge, also bin ich. Du wirst dich noch wundern."

Bei dem Gedanken an tausende bloggende Senioren wurde Liebetraut mulmig. Aber warum eigentlich? Zwar würde man die Zahl der Server beträchtlich aufstocken müssen. Aber für Computerspezialisten, noch dazu solche, die eine vage Vorstellung von Big Data hatten, würden goldene Zeiten anbrechen. Er hatte mit seiner Orientierung auf Computerkriminalität auf das richtige Pferd gesetzt. Er fühlte sich bestätigt. Das hob seine Laune.

Epilog

Zwei Monate später sahen sich Liebetraut und Tantchen wieder. Liebetrauts Vater hatte Geburtstag. Bei dieser Gelegenheit fragte der Kommissar nach, wie es denn der Uni gelungen sei, die Presse weitgehend von einer ausführlichen Berichterstattung über den Fall abzuhalten. Tantchen war der Meinung, dass man das im Wesentlichen der Medienfakultät zu verdanken habe. Die hatten Erfahrung im Umgang mit Presse- und Fernsehleuten, auch im Abwimmeln. Sie besaßen eben „Medienkompetenz". Liebetraut beschloss daraufhin, seine Meinung über die „Irgendwas-mit-Medien-Studiengänge" zu korrigieren.

Schließlich wusste Tantchen noch zu berichten, dass die Stelle, die Frau Kern erhalten sollte, dem Fachgebiet von Professor Eschenbach zugeschlagen worden war. Dieser beabsichtigte, die Stelle als Juniorprofessur auszuschreiben.

HERZ FÜR AUTOREN A HEART FOR AUTHORS À L'ÉCOUTE DES AUTEURS MIA ΚΑΡΔΙΑ ΓΙΑ ΣΥΓΓΡΑ
RTA FOR FÖRFATTARE UN CORAZÓN POR LOS AUTORES YAZARLARIMIZA GÖNÜL VERELIM SZÍV
PER AUTORI ET HJERTE FOR FORFATTERE EEN HART VOOR SCHRIJVERS TEMOS OS AUTOR
ONKERT SERCE DLA AUTORÓW EIN HERZ FÜR AUTOREN A HEART FOR AUTHORS À L'ÉCOUT
ΑÇÃO ВСЕЙ ДУШОЙ К АВТОРАМ ETT HJÄRTA FÖR FÖRFATTARE Á LA ESCUCHA DE LOS AUTOR
MIA ΚΑΡΔΙΑ ΓΙΑ ΣΥΓΓΡΑΦΕΙΣ UN CUORE PER AUTORI ET HJERTE FOR FORFATTERE EEN H
ARIMIZA GÖ⋯ ⋯ ⋯RT SERCE DLA AUTORÓW EIN HERZ FÜR
SCHRIJVERS ⋯ ⋯ ⋯СЕЙ ДУШОЙ К АВТОРАМ ETT HJÄRTA FÖR

Die Autorin

Karla Bergman wuchs in einer Kleinstadt mit idyl-
lischer Umgebung im Osten Deutschlands auf. Sie
nutzte die Bildungschancen, die ihr geboten wurden, und konnte schließlich im Hochschulwesen
der DDR und der BRD Erfahrungen und Einsichten
sammeln. Mehr und mehr kam sie dabei zu der
Erkenntnis, dass auch an den Unis längst nicht alles
so läuft, wie man es sich gemeinhin wünscht.
Mit der Absicht, auf einige Probleme in diesem
Bereich hinzuweisen und Denkanstöße zu geben,
schrieb sie ihr erstes Buch „Tod an der Uni".

Zeitfracht Medien GmbH
Ferdinand-Jühlke-Straße 7
99095 Erfurt, Deutschland
produktsicherheit@kolibri360.de